張廉

插畫／Ai×Kira

鳳的男臣

5

愛江山更愛妖男

Kadokawa Fantastic Novels DX

凰的男臣

目錄

今年冬天不僅來得早，而且尤為寒冷，行軍的速度也因此受到很大的影響。

一隊殘兵與逃難的百姓衝向了巫月中域最富饒的天富城，他們滿臉血跡，蓬頭垢面，衣衫襤褸，極為狼狽地一邊跑，一邊哭喊：「救命啊——屠城啦——救命啊——」

他們的嘶喊聲驚動了守城的士兵，士兵驚恐地看向他們。

「站住！你們打哪兒來的？」

「我們是韓城逃出來的，韓城失守，他們在屠城，太恐怖了——」

「快救救我們啊——救命啊——」

「他們把俘虜的士兵活埋！」

城樓上的士兵登時臉色蒼白，雙手哆嗦起來。

「他們還把韓城太守給五馬分屍了！」

「他們連我們普通百姓都不放過！」

「他們有三十萬兵！你們還守什麼！快跑吧——」

「三、三十萬！」城樓上的士兵驚恐地看看彼此，登時扔了兵器，逃下城樓。

我坐在馬車上遠遠觀望，所有人深藏樹林之中，瑾崋騎馬站在我的身旁，面色冷然。自從離開玉女關後，他一直沒有笑過，也不與我說話。

「玉狐姊姊真神！」鳳鳴策馬到我身前，扭頭欣喜看我：「他們真逃了！」

我微微點頭：「越是富饒之處，人越是怕死。怕死之人，自然會畏懼恐懼。差不多了，等城門一開，我們就殺進去！」

自回到韓城後，我們直接點兵來到下一座城池——天富城。只要拿下這裡，糧草、補給還有保暖的棉衣，都不用愁！

這座城作為據點更加合適！

所以我們領兵五千，馬不停蹄繼續前進。

月傾城見到鳳老爺子和楚嬌也是極為驚訝，這一次，兩位老將軍不用來，我只帶了鳳鳴和瑾崋。其實……瑾崋也不用來，我知道，他是為了監視泗海。

天富城因為富饒，所以守軍也很多。但因為富裕讓這座城貪腐更深，官員和將領日日花天酒地，聲色犬馬。忤逆他們或是看不慣他們的官員和將士被誣陷關押，所以，現在天富城的防禦如同一個大泡泡，看似包裹嚴實，實則一戳即破。

有怎樣的將，自然帶怎樣的兵，那些守城士兵也是貪生怕死，酒肉之輩。之前已發現那些守城士兵精神委靡，一副酒徒之色，這樣的兵，又怎能打仗呢？所以散布恐怖的謠言，誇大軍隊數量，讓他們畏懼恐慌，甚至會棄城而逃。

「吱呀！」天富城的城門開了。

喬裝打扮的士兵立刻衝入，驚得那幾個士兵登時傻了眼，幾乎是頃刻間被控制。

我一揚手，立時五千精兵從樹林中殺出，直取這座毫無防備，還活在平靜中的城市。

我立於馬車上，大喝：「直取太守府——」

「是——」

「殺——」

幾乎是眨眼間，天富城被我們佔領。

我們跑過大街時，百姓還一頭霧水，驚慌躲藏，門店急急關閉。而巡邏的士兵更是逃入小巷，巡邏隊的隊長還躲進了茅廁裡！

「太守府在何處——」士兵們一路喊過去，大膽的百姓給我們指路。沒多久工夫，我們包圍了太守府，直接踹門而入，驚擾家僕丫鬟，尖叫四起，四處逃竄。

瑾崋直入臥房，日上三竿，官員本應上堂，可是我們的太守居然還在睡覺！

我是看著瑾崋衝進房的，可是下一刻，他紅著臉又逃了出來。

「怎麼了？」我疑惑看他。

大家也都在看他。

他的臉更紅了，側開臉嘟囔：「裡面的女人沒穿衣服。」

這是他這麼久以來跟我說的第一句話，卻是這樣的一句話！

我怔怔看他一會兒，轉臉看鳳鳴：「鳳鳴，你進去吧。」

「是！」鳳鳴毫不猶豫地進入，立時，尖叫四起，三個裸身的女人和一個裸身的大胖子男人裹著床單狼狽地被鳳鳴趕了出來！

瑾崋害臊地撇開臉，我冷冷看那位還有些發懵的太守。

他眨眨眼睛，驚駭看我們：「你們！你們是誰？竟敢擅闖太守府！」

「前方韓城淪陷，你還有心思玩女人？」我冷笑。

太守的臉色立刻蒼白起來，視線散亂：「不、不是，我們不是有五萬守軍嗎？我們的兵呢？」

「你和你的將士都在睡覺，誰來帶兵？」

他登時瞪大了因為肥胖而被擠成一條線的眼睛，我在寒冷的雪天下冷冷一笑，沉沉而語：

「天富城太守怠忽職守，貪贓枉法，令天富城失守，判斬立決！」

「啊？妳！妳這個叛軍敢判我的罪！不怕攝政王……」

「斬！」我厲喝一聲，立時，瑾崋銀槍劃過空氣，在我冷冷轉身時，身後傳來人頭落地聲，與女人的尖叫：「啊——啊——」

「撲通！撲通！撲通！」女人的尖叫止於她們的落地聲，三個妓女被活活嚇暈過去。

我單手負在背後，沉沉命令：「速速釋放牢中所有無辜之人，恢復被陷害的將領之職！」

「是！」鳳鳴帶領士兵而去。

瑾崋要走時，我拉住他：「瑾崋，你剛才怎麼了？不過幾個女人就把你給嚇出來了？」

他好不容易恢復白淨的臉再次炸紅，尷尬、難堪和煩躁立時浮上他的臉，他有些憤怒地甩開我的手。

「別管我！」他甩臉就走。

我看著他的背影，立刻提醒：「通知月傾城來接管。」

「知道了！」

瑾崋是處男，家教甚嚴，非禮勿視，自小到大應是沒怎麼見過女人的身體，更別說是觸碰。之前在宮中和我同床共枕已讓他煩躁不堪。

天富城一戰速戰速決。我迅速封鎖了城門，不讓詳細的消息走漏，並同時再次派出我的表演小隊，向下一個城市進發，散布屠城的謠言。

即使我沒有屠城的消息傳了出去，謠言和真相混淆起來，也足夠讓城裡的人，人心惶惶，軍心不定。

相信屠城的會害怕，不相信的會期盼我們的到來，因為，我會開倉發錢。

泗海的馬車避在小巷裡，在眾人各自忙碌之時，我獨自牽出馬車從側門而入。天富城的太守府果然奢華無比，我找了個安靜的院子，扶泗海走出，進入房間。

雪雲不知何時散開，一縷冬日的陽光落入房中，帶來許久未見的溫暖。

無論外面現在如何喧鬧，整個天富城如何翻天覆地，也不會影響我和泗海享受此刻的安寧。取來地墊放落廊簷下的地板，扶他一起坐下，在陽光中沏上一壺清新的暖茶，靜靜地在這戰爭的喧囂中一起曬一會兒太陽。

這個院子很偏僻，但卻有一株妖嬈的紅梅，白雪壓枝，點點紅梅破雪而出，爭做陽光下那最耀眼的一點紅。

美男冊中只有一人似這紅梅般豔麗，那就是月傾城。只因他是巫月第一美男子，讓孤煌泗海覺得他才配服侍我，才配被我擁有。

但我告訴他，我不喜歡用別的女人用過的男人，即使沒有被用過，我也覺得渾身不舒服。這種用巫術得來的愛情，我巫心玉可不稀罕。

這麼說也是為了阻止他，因為孤煌泗海想做的事，一定會做。他可是個瘋子。

「妳把王太守殺了？」他手捧墨綠色粗陶的茶杯，面具下的眼睛斜睨我。

我雙手捧著茶杯，在陽光下輕輕吹散從茶杯中飄出的霧氣，隨口答：

「他是你哥哥的人，從你哥哥那裡買到這官，此後年年給你哥哥進貢，幫你哥打點這裡不少的生意，你說我能不殺嗎？」

孤煌少司金庫裡的錢只是他的九牛一毛，聰明的男人又怎會藏錢？早把錢換作了無數實業。天富城裡的好幾條街，可都是他們孤煌家的。

孤煌泗海詭異的面具一直朝前，但是我知道，他的目光正在看我。

「多曬曬太陽，對你的骨頭有好處。」

他靜默無聲，低下臉微微上移面具執杯喝茶。即使他身上是普通男子的灰布麻衣，他渾身散發出來的獨特陰沉詭異的氣息，依然讓他可以在人群中萬眾矚目。

見他有幾縷髮絲鬆散，我起身跪坐到他身後，拔下了木簪，雪髮立時從我指尖散落，絲絲清涼的感覺如最清冽的泉水從手心流過。

輕輕梳理他的長髮，輕輕挽起他的長髮，執君之雪髮在手，如情絲綿綿入我心。

「泗海。」

「嗯。」

「喜歡我給你挽髮嗎？」

「喜歡。等我手好之時，也給妳挽髮可好？」

「好……」

以木簪在他頭頂挽起白髮後，他揚起了面具：「小花花回來了。」

「知道了。」我扶起他進屋，房門關閉，遮掩住孤煌泗海的身形。

我轉身再次坐在門前走廊的地板上，拿起茶杯，瑾崋從院門而入，院中馬車的馬兒正昂首吃那梅枝上的紅梅，咬下一朵時震落了滿枝的積雪，灑在自己臉上，受驚搖頭。

瑾崋匆匆到我面前，往我身後看了一眼，悶悶地轉開臉說：

「信鴿已經放出，月傾城最快傍晚會到。」

他說完又看向我身後的房門，轉身就走。

「瑾崋。」我喚了一聲，他頓住了腳步，沒有轉身，後背起伏，似正在隱忍憤怒和殺意。

「不要告訴月傾城，孤煌泗海在我這兒。」

「妳藏不了多久！」他怒然轉身，銀甲在陽光中閃亮。

我微微蹙眉：「你看，你又躁了，過來喝杯茶。」

「我不要！」他再次甩臉，深深呼吸，神情再次複雜和糾結。

整個院子又再次陷入安靜，他雙手扠腰大大地深呼吸，讓自己慢慢平靜。

我看他一會兒，低眸為他倒上一杯熱茶，放落自己身邊的地板，再次喚他：「瑾崋，來。」

他轉臉看我，我拍了拍身邊，他的目光落在那杯茶上，糾結了一會兒，咬了咬下唇似是豁出去般大步到我身邊拿起茶杯轉身坐下，一口飲盡。

「謝謝你，在這件事上遷就我。」我給他再次倒上茶：「我以茶代酒敬你。」

我端起茶杯，他煩躁地看我一眼，甩臉轉開，但手中的茶杯還是撞上了我的茶杯，再次一飲而盡。

「如果蘇凝霜在這兒，又會說你不夠坦誠了。」我看他而笑。

「我該怎麼坦誠？」他轉回臉憤憤看我：「說我想現在就殺了那妖男嗎？」

他甩手指向我們身後的房門，灼灼瞪視我。

「那個妖男為妳巫心玉捨命妳就感動，那我們呢？我們哪個不願用生命來護妳？」

他的質問讓我愣怔在他面前，他朝我步步欺近，再次大聲質問：

「那個妖男愛妳，妳就為他心動！那我們呢？妳巫心玉把我們的愛當作什麼了？」

他已經近在咫尺的臉上布滿了痛苦和掙扎，彷徨與迷惘，一縷迷失從他星眸中劃過，他失落地垂下臉抱住了自己的頭。

「我真的不知道該怎麼辦，我真的快煩死了！煩死了！」

「等我死了，你就不煩了～」

悠然的，甚至帶一絲幸災樂禍的聲音從屋內傳出，清澈的聲音動聽舒心。

瑾崋抬起臉，立刻狠狠瞪視聲音的方向。

「我的心玉是誰？你是第一美男子嗎？」

瑾崋一怔。

「你是第一智者嗎？還是你的武功舉世無雙？既然你什麼都不是，有何資格要求心玉也對你動心？」

瑾崋的星眸瞪視圓睜，胸膛大大起伏起來，起身就要衝進房間，我立刻拉住他。

「泗海！不要刺激瑾崋！」

「哈哈哈哈——哈哈哈——」房內傳出格外狂妄和妖邪的大笑聲。

瑾崋的手臂都已經繃緊，憤恨地咬牙切齒！

「瑾崋，不要把他的話放在心上。」我立刻說。

他咬唇捏了捏拳頭，倏然閉眸大嘆。

「不，他說得很對，我一直知道自己配不上妳。如果是凝霜一定會理解妳喜歡這個妖男，但我做不到，我連凝霜都不及……」

他緩緩睜開眼睛，反而因泗海的嘲笑而平靜下來，再次坐回地板，陷入更大的低落。

見他這麼低落，我伸手攬住了他的肩膀，見他微微一怔，我轉向前方。

「誰說我不在意你們？謝謝你，瑾崋。不過，我知道你愛我，但何來你……們？」

「妳……不知道？」他愣了愣，轉臉疑惑看我。

我細細思索，瑾崋在我長時間的思索中輕笑。

「原來妳什麼都不知道，還說我不夠坦誠。巫心玉，如果我不說，妳是不是也不知道？」

我對他誠實地點點頭。

「嗤。」他笑了起來，有幾分哭笑不得的含義。「枉妳那麼聰明，原來在這件事上那麼遲鈍。」

他輕笑連連搖頭，嘴角的笑帶著幾分苦澀。

聽了瑾崋的話，心情複雜，手握茶杯，垂下臉，靜靜看那縷縷繚繞的香氣。我是女皇，身邊無數男子來去，頻頻接觸，誓死效忠，難道我自作多情地認為那都是愛情嗎？

「哼～～」房內再次傳來泗海悠然的笑聲：「瑾崋，雖然我與你為敵，也一直看不上你。」

瑾崋的目光立時收緊，再次狠狠盯視那緊閉的房門。

「但你要答應我，在我死後，誓死守護在心玉身邊！」

忽然正經的語氣，讓瑾崋也面露吃驚，臉上的殺氣和怒氣在陽光中漸漸消散。他開始深深盯視那扇緊閉的門和忽然陷入安靜的門後房間。

「泗海，我的事你不要管……」我立刻道。

「你真是說了句廢話啊！」忽的，瑾崋的話打斷了我的話音，我複雜地看向他，他甩臉站在了走廊之下，背對我偉岸站立，身上的銀甲在陽光下閃亮耀眼，如神兵天降。

「你不說我也會！她也是我瑾崋所愛的女人，哼！」他沉沉說罷，大步離去，銀光閃閃的身體漸漸走出我的視線。

我喝下一口熱茶，身邊茶杯裡的水還在冒著熱氣。

「小花花性子就是急，也不陪我再喝一會兒茶。」

「因為我在。」身後房門「吱呀」打開，他身上的異香也隨之而出。他輕輕側坐在了我的身後，又貼上了我的後背，幾縷雪髮在陽光中輕輕飛揚，掠過我的唇邊。

「你說……若是我對小花花說去找一個比我更合適的女孩兒，他會不會生氣？」

「當然。」他一手環過我的腰在我的後背輕蹭，聲音慵懶帶沙，像是曬太陽的懶貓兒。「那不過是拒絕他的漂亮話兒，他已知妳不愛他，妳何須再傷他心？」

「看來你並不在意。」我淡淡而笑。

「我怎會在意？是他愛妳，又非妳愛他。我的心玉本該就被天下男子所愛，但我的心玉只愛我一人。」他的語氣得意、囂張、自豪，還有點……炫耀。

他最後的那句話，跟那隻自負的騷狐狸，好像啊……

師傅也是那麼的自負，他從小在我的容貌上下了很多工夫，他要讓我成為天下最美的女人，人見人癡。那時我以為是他對美的癖好，後來才知道，是因為愛。他愛我，所以要讓我變得完美，讓我成為世間的獨一無二。

「這麼急的性子，會生女兒，心玉的女兒……一定很漂亮……」

幽幽的空氣響起他淡淡的輕嘆，帶著一絲羨慕和嫉妒……

師兄說過，他的妖氣和我的仙氣相剋，他永遠不會有屬於自己的孩子，他無法在這世界上給我留下任何回憶。從他那幽幽的輕嘆中，我能感覺到他對孩子的喜愛，但是，我們什麼都不會有。

「妳打算把那些守將怎樣？」他輕蹭我的後頸。

我緩緩放落茶杯，冷冷吐出了一個字：「殺！」

「哼……清、君、側，夠狠。」他冷笑起來，拿起自己的茶杯悠然品茶。

這些人全是孤煌少司的人，我能不除嗎？難道還要等女皇登基，再來一個個處理？人早跑了。現在可是戰爭，不藉機清理，更待何時？

而且，他們可是蛀蟲，不除不足以平民憤，無法震懾後面城池的守將！

今日天富城的法場尤其熱鬧，掌聲和歡呼聲此起彼伏，欺壓良民和貪贓枉法的官員和將領全部被拖上了法場，那些原本應該守護城中百姓，卻反之魚肉百姓之人，現在得到了應有的懲罰！

監獄被清空，所有被誣陷之人官復原職，繼續看守天富城，並為城中百姓伸冤。與官員勾結的奸商也被抓捕入獄，城門關閉，他們無法逃離。聽說有些奸商已經化妝成普通百姓，混在人群之中。

這些後事，便轉交給城中的官員了。一切要重新開始，百廢待興。

月傾城還沒趕到時，楚嬌先到了，要跟自己兒子搶仗打。於是我們再次起兵。攻打天富城的五千士兵留守天富城，我們帶領在城外休息的五萬士兵繼續征戰，還有五萬會隨後趕到天富城，如此交替使用，可以讓士兵得到充足的休歇。

駕起馬車，踏著夕陽出城，滿城百姓夾道歡送，馬車後的箱子裡，是太守和守將的人頭！

瑾崋手提銀槍到我身邊，看了我身後馬車一眼，為我遞上了一個精美的鎏金銀質面具。

「湊合著戴，比頭巾方便點，後面認識妳的人會越來越多。」

我接過他手中的面具，拉下面巾感謝地看他：「謝謝。」

他的臉一紅，星眸映著夕陽眨了眨，匆匆轉開臉。

「快戴上吧。」一說完，他策馬跑到了前方。閃亮的銀甲被夕陽染成了暖人的金色。

我再次戴起面具，玉狐又回來了。

一路過去，特別順利，沿途的村鎮被屠城和發錢截然不同的傳說弄得人心惶惶，不敢阻攔我們，無不讓路讓我們前行。

轉眼又到一座城池，我讓大家等天黑，當夜深人靜，萬籟俱寂之時，城上士兵無論精神還是戒備都是最薄弱的時候。

我讓楚嬌和瑾崋一箭把太守和其他人的人頭給射了上去，夜半三更，突然幾個人頭掉落，這讓久未打仗之人登時嚇得三魂丟了七魄，慘叫連連。

「啊——啊——」

巫月一直太平，只有邊境偶有戰事，所以，在巫月境內的士兵很多連屍體都沒見過，甚至沒有殺過一個敵人。

正因抓住這一點，讓我們的戰事極為順利，半夜扔人頭的方法屢試不爽！

但貪官汙吏之中也並非全是酒囊飯袋之徒，我們下一個將要到達的榮城裡，就有一個非常厲害的戰將，名叫申屠金！

他生性殘暴、好戰、酷吏，並且，他主張男人執政！他對巫月女人執政早有不滿，所以他是絕對的孤煌派，是真正的效忠於他，而非畏懼於他。朝中有不少男性官員是為此而效忠孤煌少司，這批人才是巫月真正的隱患！

申屠金不僅武藝高強，且英勇善戰。曾是北辰家族麾下一員猛將，在北疆戰事時立下汗馬功勞，更受當時的慧芝女皇宴請。

可是，申屠金酒品不好。

因其在宴會上酒醉對女皇饞涎欲滴而做出越軌行為惹禍，後被北辰家族力保，才勉強保住性命。

在北辰效忠孤煌少司後，他也被派到榮城守城。

榮城是相當富庶的城市，外人看來，這是可遇不可求的美差，但實則榮城在地理位置上非常重要！它是守衛京都的第一道大門。之前我們打得順利並不稀奇，拿下榮城才是至關重要的一戰！申屠金治軍也非常嚴酷。曾有士兵知其愛酒，在其練兵時特向其獻酒，結果反被申屠金一頓杖刑，險些喪命。

我們在榮城十里外紮營，這也是我們行軍以來第一次如此謹慎。

大家齊聚在營帳，探子來報，榮城已經戒備森嚴，密不透風。

因為榮城是京都第一道護牆，所以城池修建得極為堅固，可謂銅牆鐵壁，攻城很有難度。而前往榮城只有一條陽關小道，兩邊是密林，密林之後是高山，所以易守難攻。

瑾崋、楚嬌、鳳鳴的堂姊鳳棲桐，鳳老爺子和鳳鳴，還有楚星、楚月也相繼趕到，楚星、楚月年紀小，只是來見習。

大家看著那座城池，密林之間的道路狹窄，導致行軍緩慢，攻城的兵力一時無法全部集中，若是敗退，撤退也會發生壅塞，這是硬傷。

「玉狐姑娘，妳可有良策？」鳳老爺子問我，大家相繼看向我。

「強攻太難，除非……」我蹙眉看了許久。

「除非什麼？」瑾崋立刻追問。

「除非把申屠金給引出來。」我指向道路兩邊的密林：「這段路地勢對攻者不利，但若是能把他和他的兵給引出來，那對我們絕對有利！」

大家在我的話音中微微點頭。

「我去！」楚嬌主動請纓！

我認真看大家：「大家小心，到現在我們一直順利，屢戰不敗，現在將士多出現驕傲之姿，我擔心他們戒備鬆懈。」

「明白。」瑾崋認真點頭，大家出營帳點兵！

孤煌泗海的馬車停在營帳一邊，我與他寸步不離。我走到馬車邊，裡面傳來他一絲得意的話音：「此戰妳未必會勝。」

我心中一緊，看向陰沉的車廂門：「你是不是知道什麼？」

「哼……」輕笑響起，飄然如風：「心玉，棋局開始，我們現在可是敵人了。」

我不由輕笑，坐上馬車。

「不負哥哥不負我是嗎？我知道了。但是，我若是輸給別人，你會開心嗎？」

立時，陰沉的殺氣從車廂內而來，我揚唇而笑。

「果然不爽吧。你放心，我無需你提示，我巫心玉不會輸。」

拉起韁繩，馬車再次而動，穿過兵營，和楚嬌的隊伍向榮城進發。

楚嬌領兵從大道而入，瑾崋和鳳鳴分別帶領士兵潛入密林埋伏。

我駕馬車入右側密林，在林中遠遠觀瞧。

榮城果然已經防備森嚴，城門緊閉，士兵立於城樓手執弓箭，眸光銳利，不放過一點風吹草動。

楚嬌帶兵到城樓之下，大聲一喝：「讓你們申屠金出來給老娘舔腳！」

此戰是激將法，要把申屠金給激出來。

城樓上的士兵非但沒有慌張，反而張弓搭箭陷入防備。

「叫陣者何人！」

楚嬌大砍刀揮過頭頂：「你家楚嬌奶奶！」

「可是西鳳家族？」

「不錯！」

就在這時，城門開了，一個身材健碩魁梧的男子身穿鎧甲從城門裡獨自騎馬而出，男子劍眉虎目，鼻梁高挺，輪廓硬朗，線條深刻，英武非凡！

男子走出後，弓箭兵緊隨其後張弓保護。

男子手中沒有帶任何兵器，近乎兩米的高大身形讓人畏懼。此人應該就是申屠金。

「嬌姨，好久不見～」他隨意地揚手抱拳。

楚嬌揮舞砍刀：「小金，既然你叫我一聲姨，姨也不想欺負晚輩，你速速降了交出榮城。」

「交出榮城？哈哈哈哈——」申屠金仰天大笑：「姨，您年紀大了，還是回去帶孫子，我若是真動起手來，傷了您這老人家多不好意思？」

「你說誰老人家？」楚嬌的脾氣就跟朝天椒一樣火辣，她扠腰好笑地看申屠金。「有句話叫四肢發達，頭腦蠢笨。」

「老太婆妳找死！」申屠金登時直起身體。

楚嬌也是虎軀一震。

「我看你真是光長塊頭沒長腦子，你小時候的尿布還是老娘幫你做的呢！怎麼樣？是不是穿著特別舒服、特別溫暖，要不要到我這兒再來抱抱～」

「死老太婆，我今日不宰了妳不叫申屠金！」申屠金登時橫眉怒目，策馬朝楚嬌衝來。

楚嬌立刻調轉馬頭往回跑。

就在我以為申屠金中計之時，忽然空氣中傳來一曲簫聲，簫聲悠揚而高遠，我立刻循聲望去，卻見城樓上立著一青衣長髮男子，身披黑色斗篷，手執玉簫吹出那悠揚的簫聲。

沒想到，申屠金不追了，反而扭頭跑回，弓箭兵立刻湧上，與此同時，城樓上也布滿弓箭兵，申屠金一退回城內，所有弓箭兵的箭矢上已燃起火焰，瞄準兩側密林。

我心中一驚，立刻揚手：「撤！」

但是，我們的速度還是沒有弓箭兵的飛箭快，立刻飛箭如流星一般落下，位於城樓上的弓箭兵射程更遠，密密麻麻射入這片密林，射中了我們埋伏在密林中的士兵，立時慘叫聲四起，陷入一片混亂！

弓箭兵一排接著一排輪換，射下火箭，讓人沒有絲毫喘息的時間。士兵在火箭中逃竄，火焰照亮了整片樹林！

大家迅速後撤，互相幫助，終於遠離了弓箭的射程，兩側密林已是黑煙滾滾。

我駕馬車緩緩走出密林，撤退的楚嬌和士兵從我身旁跑過，我依然筆直盯視那座城池，火箭從我兩側而過，我迎火箭而上。

「妳瘋了！」瑾崋突然衝出，攔住我：「小心他們有追兵！」

「他不敢，他不知道密林中有多少伏兵，箭的射程始終有限。」我笑看他。

瑾崋轉身和我一起看那座城樓，申屠金已經跑上城樓，站在那青衣男子身邊，二人也遙遙朝我們望來。瑾崋揮起銀槍打落我身邊的火箭，我依然鎮定地站立起，對他們喊道：

「今日領教，改日再戰——」

申屠金立時揚手，弓箭兵停止攻擊，二人一直遠遠看我，我揚唇一笑，和瑾崋一起轉身回營。

那城樓上的青衣男子，必是申屠金的謀士。當猛將遇見謀士，會迸發出可怕的化學效應，我們遇到真正的對手了！

「啊——啊——」

營地裡傳來聲聲痛呼，軍醫忙前忙後醫治受傷的士兵。這次我們沒有帶太多人去，箭的射程也有限，所以只有十幾人受了箭傷，並無人死亡。

我駕馬車到營地旁的一處山坡，遙望密林之後的高山。

馬蹄聲傳來，楚星、楚月騎馬前來，好奇地張望我遙望的方向。

「玉狐姊姊是不是有良策了？」

楚星有些崇拜地看我，楚月推了他一把：「別吵，玉狐姊姊觀察地形。」

我遙看陰沉的天空，再看積雪覆蓋的山林。

「兵法無外乎火攻、水攻、誘敵、使詐，你們說，他們會覺得我們下一步怎麼做？」

「他們？」楚星、楚月面面相覷一會兒：「他們怎麼想的我們怎麼知道？」

我認真看向他們被東風吹得紅撲撲的臉龐。

「不，敵人怎麼想的很重要，只有知道他們怎麼想，我們才能選擇怎麼做，是將計就計，還是逆行倒施，打他們個出其不意！」

楚星、楚月眨了眨大眼睛，面對面點頭，恍然大悟：「哦～～」

兵法講究天時地利人和，比如東風為天時，大河決堤為地利，將領心性為人和。所以，無論是孫子兵法還是諸葛詭兵，需要結合我們現實情況，並非隨便抓出一計便能用之。

空城之所以好，是因為諸葛亮知曉對方將領的性格，揣度出他對空城的判斷，如果諸葛亮遇上衝動的張飛，此計未必能成。

如我們現在面前的滎城，雖知申屠金性格急躁易怒，但偏偏有了個謀士，一曲簫聲提醒了他，讓他及時返城，沒有被我們誘騙成功，所以要勝申屠金，先要勝那謀士。

大家再次聚集在帳篷裡，蹙眉深思。

「有誰知道那謀士的底細？」我問。

眾人紛紛搖頭，看來知道那人底細的，只有帳外馬車裡的泗海了。但是，他不會告訴我。

「玉狐姊姊！妳那麼厲害，不如去把那謀士殺了吧！」楚月提議。

刺殺對方也是一個方法，而且這對我來說，並不難。但是……

「若我潛入滎城，誰來看孤煌泗海？」我擰起眉，看向眾人。

不知天高地厚的楚星一拍胸脯：「我來！這有什麼難的，他還是個瘸子。」

就在這時，立時寒氣射入營帳，穿破營帳之時，朝楚星直接而去！

「小心！」我立時推開楚星，「叮！」一聲，一根筷子直接釘在了原本楚星所站位置之後的木架上，看得所有人咋舌！

鳳老爺子抹了抹冷汗，連不把別人放在眼中的楚嬌也默默地咽了口口水。

瑾崋沉下了臉，拔下了筷子，在所有人目瞪口呆的神情中狠狠摔在地上。

「這是那妖怪對我們的挑釁！」

「好、好厲害！」鳳鳴的下巴久久沒有合上：「我、我們都沒察覺到。」

我看向營帳上被筷子射穿的洞。

「你們是看不住他的，只要我不在，他會立刻脫身。」我們是相愛的戀人，又是棋局上的敵人，這複雜的關係讓他很享受。他不喜歡平淡，他就喜歡把任何事情變得複雜。

所以，他不會因為愛我而幫我，就像我不會因為愛他而放他。

「我們繼續吧。」我回到桌邊，順便朝帳外的馬車冷冷道：「別再扔筷子了，現在筷子不多，再扔你就用手吃飯！」

我轉回目光時，大家的眸光中掠過一抹懼色，看來我是讓他們更加「畏懼」之人。

我在面具下微微一笑：「怎麼了？」

「咳。」鳳老爺子咳了一聲，看地圖。「守城和攻城都會遇到的問題是補給。榮城有足夠的補給，而我們現在已經沒有時間繞過榮城去切斷他們的補給，所以，我們在時間上，佔了劣勢。」

大家紛紛點頭。

「那你們覺得，那謀士下一步會怎麼做？」我問道。

「通常會夜間突襲。」瑾崋擰起了眉：「我們第一仗未勝，敵人會趁我們回去重新休息整頓時，派人來突襲我們營地，燒我們糧草。」

「那我們若是突襲呢？」我反問。

「我們肯定不會突襲啊。」楚嬌理所當然地說：「一般懂點兵法的人都會在晚上嚴防突襲，所以晚上的兵力會比白天還要多，我們明知對方加重兵力，還晚上強攻，太吃虧了。」

「那我們就先消耗他們一些弓箭吧。」我點了點頭。

大家莫名看我，我微微而笑。

「弓箭不比糧草，糧草不足，只需從後方的糧倉裡直接取；弓箭需要鍛造的過程，一座城池儲備的弓箭再多，始終不及消耗得快。今晚，我們就去突襲，取他們弓箭。瑾崋。」

「在。」瑾崋立刻向我抱拳。

「你今夜子時就帶上兩千人在樹林中穿行，誘他們放箭。」我命令道。

「是！」

「楚將軍、鳳老爺子、鳳鳴。」

「在。」

「明日早上你們繼續和今天一樣前去叫陣，並在兩邊埋伏，繼續誘他們放箭，這樣連續兩天後，我另有吩咐。」

「是！」

大家眸光再次閃亮起來。

我看向楚星：「楚星。」

「這次我也有份嗎？」楚星激動起來。

「你帶一百人去後面的村鎮，盡量多收些炮仗來，能收多少，就是多少！」我笑道。

「啊……」楚星不高興地垮下臉：「買炮仗啊……」

「怎麼？不願意？那我叫楚月去。」我笑看他。

「不不不！我去！我去！」楚星領命走出營帳。

「妳讓楚星買炮仗幹嘛？」瑾崋疑惑看我。我認真看向地圖。

「我剛才觀測了林後兩座山離榮城的距離並不遠，而且似乎後山在榮城之內，現在天氣已經陰冷，雪雲密布，我估計暴雪降至。總之……還要看老天是不是幫忙，若是順利，哪怕拿不下榮城也能截斷他們的糧草。」

「什麼？」瑾崋和其他人都吃驚看我，目露深思地再看向榮城之後。榮城後面的道路和前面是一樣的，也只有一條小道，兩旁是那兩座高山。

靠山吃山，榮城富庶是因為盛產水果、茶葉和木材，又因為有茂密的林木，所以絲綢也是榮城的特產。

所以，這兩座山，是我們制勝的關鍵。

申屠金沒有派人來突襲，估計那謀士也料準我們有所防備，而且榮城外的兩座密林非常適合埋伏，他不敢貿然出來。

他應該想跟我打持久戰。天寒地凍，我們行軍在外，補給必然跟不上他們，到時人困馬乏，嚴寒又摧殘人的意志，會讓士兵變得懈怠厭戰，所以，他們重在守城。

子夜時分，瑾崋依照我的命令進入密林，故意弄出聲響，人影跑動，立時引起對方的注意，瞬間又是萬箭齊發，士兵在盾牌後輪流佯裝慘叫。

「啊——啊——」

那慘叫聲簡直像是鬼哭狼嚎，就這樣嚎了一個晚上，然後在天未亮時，瑾崋他們把箭打包帶回來了，臉上笑容洋溢。

「妳這方法不錯。」他騎馬到我馬車邊，我的馬車始終在整個營地外的樹林裡，一是隱蔽，二是沒有帳篷能夠裝下一輛馬車。

士兵扛著箭樂呵呵地走回營地，這像是遊戲一樣的兵法讓他們覺得很有趣，一個個精神反而更好了。

「既消耗了他們弓箭又給我們增加了補給。」瑾崋挑眉笑看我：「妳從哪兒學來的？」

我笑了笑：「書看得多，自然知道得多，既然他們想跟我們耗時間，我們一時也急不來，不如在這段時間裡，做點有用的事。等暴雪來的時候會很冷，你讓其餘人去砍些樹枝，取火保暖。」

「知道了。」他騎馬走入營地，正好和楚嬌他們交接。

守城的遠比我們攻城的更緊張，他們時時刻刻神經緊繃，這樣輪番上場，讓他們沒有喘息時間，精神無法鬆懈，遲早會達到崩潰點。

楚嬌叫了一天陣，城門也沒開，這也在預料之內，他們擺明了不出來。楚嬌回來已是黃昏，神態很悠閒，似是並不急。

他們從我馬車邊走過，我叫住了他們：「楚將軍，鳳老將軍。」

「何事？」兩位老將軍看向我。

「勞煩你們帶兩萬兵去攻城。」我笑道。

楚嬌、鳳老爺子和其他人一愣。

「現在？」鳳棲桐疑惑看我：「可是，我們才回來。」

「所以現在馬上回去攻城，來個出其不意，讓他們變成驚弓之鳥。」

簡單地說，即是讓他們變得神經質。

「老夫明白了。」鳳老爺子笑了。

「一個時辰後，你們回來吃晚飯。」我微笑點頭。

「知道了！」楚嬌掄起大砍刀，大聲一喝：「攻城——」

立時，馬蹄聲起，踏起雪花四濺，黑壓壓的兩萬人聲勢浩蕩地攻城。這一次，我要讓他們見識到我們的兵力，讓他們無法揣測出我們到底帶了多少兵。

虛虛實實，真真假假，他防時我不攻，他當我走時，我回馬槍，一槍一槍戳，不給他籌備的時間；他想耗時間，而我正想拖時間，好讓他不知道我其他的安排。

攻城的聲音遠遠而來，震動著樹上的雪花。一個時辰後，楚嬌回營，傷病入軍醫營帳醫治。火頭兵已為大家煮好熱湯，一場激烈的戰爭下來，喝上一碗熱湯能讓戰士們心中慰藉。

瑾崋從營地裡跑出，給我送來晚餐：「晚上是不是還要去。」

我搖搖頭：「若那謀士聰明，必然會料到我們今晚還會去，所以，我們今晚不去。」

瑾崋困惑看我：「不繼續？」

我打開車廂門，把晚餐放入，裡面傳來孤煌泗海悠閒的聲音：

「今晚榮城的士兵必是不敢有所鬆懈，我看，明天也不用去。」

「正是。」我拿起碗幽幽而笑：「就讓他們等我們一天，如情郎等候夢中情人，待他失望之時，我們再去才好。」

瑾崋陰陰沉沉看車廂，自泗海說話，他的臉又開始沉下。

我想了想，道：「瑾崋，你去幫我要把琴來。」

「琴？」他的目光終於從泗海的車廂離開。

「還有，讓兄弟們做好防寒準備。」

「知道了。」他冷冷睨了泗海車廂一眼，轉身離去。

這一晚很安靜，靜得鴉雀無聲，天寒地凍，讓樹林也凍得沒有半絲聲音。

我駕馬車入樹林，遠遠監視榮城動向。我有仙氣護體，三天不睡無事，精神依然好，但榮城裡的凡人可就不是了。

我試探地抓起一塊石頭扔了出去，立刻數支箭「嗖嗖嗖」從城樓上落下，釘落在石頭周圍。我笑了，他們已經開始神經質了。

寒冷的北風吹得城樓上的火把搖擺不定，立於城樓的弓箭兵們時時瞪大雙眼，不敢懈怠，只要樹林裡一有風吹草動，他們立刻把箭矢瞄準。

我無事之時，把幾根粗大的樹枝綁在馬車後，在樹林裡來回走動，夜深人靜，輕輕的馬蹄聲和樹枝劃過雪地的聲音更像是有人走過，立時一支支箭射來，落在我不遠處的雪地和樹上。

一個晚上，我時不時來回走動一下，都能牽動他們的神經。直到快要天明時，我才回營，讓那些神經緊繃的士兵繼續乾等。

天空漸漸開始下起了飄雪，我回營時楚嬌、鳳老爺子和瑾崋迎了上來。

楚嬌已經備好了砍刀，著急問我：「今天什麼時候攻城？」

「今天休息，不攻城。」我笑說。

「什麼？」

「好哦，吃烤番薯去。」鳳老爺子也笑了起來。

楚嬌白他一眼。

「今天真的什麼都不做？」瑾崋面露急躁。

我在面具下含笑看他。

「今天讓大家好好休息，吃飽睡足，明天四更我們攻城。」四更是人最睏之時，也是天氣最冷之刻。我已耗他們多日，那些士兵的精神應該已經有些浮躁了。

人，是最不受控的。即使有良將智者，有時，往往會壞在他人身上。

「知道了！」楚嬌和鳳老爺子相視一笑。他們攜手而歸，一起去吃烤番薯。

瑾崋還是有些焦躁。

「哪有妳這樣攻城的，打一個時辰，休息兩天。」他不服氣地嘟囔，對我的部署頗有意見。

就在這時，遠處一隊騎兵而來，為首之人快馬來到我和瑾崋面前，抱拳稟報。

「玉狐姑娘、瑾崋將軍，糧草送到，還有，將軍，瑾大人來了。」

「我娘！」瑾崋立時激動起來：「她在哪兒？」

信差指向身後：「在糧草那裡。」

瑾崋立刻飛奔而去。

瑾毓來了？心中欣喜。申屠金那謀士再厲害，也不會想到我早早讓人開始屯糧，再由巫溪雪派人取糧，今天送來的正是時候！

糧草會直接影響軍心，俗話說吃飽了才有底氣！糧草充足，士兵心裡才有底！才會有鬥志！

我立刻駕馬車到後方糧草營，一眼看見正在幫忙卸糧食的瑾毓。

我正想上前招呼時，一個人忽然跑到了我的面前，向我一禮：

「玉狐姑娘，傾城終於追上妳了！」

我吃驚地看站在雪中同樣一身甲冑的月傾城，他怎麼也來了！

聽見月傾城的話音，瑾毓立刻朝我看來，她一身普通農婦的裝扮，頭上是簡單的頭巾，但依然蓋不住將領的英武之氣。

她看見我立刻到我面前，正要拜，月傾城的目光立時看向她，我及時攔住：「瑾大人免禮。」

瑾毓起身笑看我：「玉狐女俠，真是好久不見。」

我也笑著點頭：「真的是好久不見，瑾大人，康大人呢？」

「家夫負責給巫溪雪公主送糧，已去了南面。」

「那北面呢？」我追問。

「巫溪雪公主未吩咐我給他人送糧。」瑾大人露出莫名之色。

我瞬間了然，冷臉看向月傾城，他似是已有察覺，微微側開了臉。

就在這時，瑾崋跑來，激動不已，星眸之中已泛出淚光：「娘！」

瑾毓聞聲轉身，瑾崋三步併成兩步跑到她的身前，「撲通」跪在雪地之中。

「孩兒不孝，讓娘親擔心了。」

瑾毓激動的雙手有些輕顫地撫上瑾崋日漸沉穩的臉龐，仔細端詳。

「長大了……真的長大了！」

「瑾崋，還不帶你娘去營帳休息。」我立刻道。

「是！」瑾崋立刻起身激動地拉起瑾毓的手邊走邊說：「娘，您快跟我來，外面下雪冷。」

瑾毓也是既欣慰又驕傲地看著自己的兒子，不停點頭。

我沉臉落眸，看向馬邊的月傾城：「你跟我來一下，我有話問你。」

月傾城纖眉微微蹙起，在我走時，他默默跟在我的馬車旁邊。

雪花靜靜地撲簌落地，到營外之時，我下了馬車站於他的身前，冷冷看他。

「為何不在後面守城？」

他變得靜默，白色的雪花大朵大朵地落在他的墨髮上，他美豔精巧的臉上露出一抹男人的不甘與野心。

忽的，他似有決定，揚起臉正色看我：「我想參戰！」

「哈！」我好笑地轉開臉。

「妳一定認為我又會壞事是不是？」他忽然大聲地朝我邁進一步，狹長的美眸之中是焦灼不甘的目光。

輕盈的飄雪在我們之間靜靜地落下，溶入地上已經開始變厚的積雪之中。他一直灼灼地迫切看著我，近乎通透的皮膚在寒冷中透出一分凍紅，那張焦急迫切的臉上像是急於證明什麼，又像是有著萬分不甘。

那一次，他害我重傷，想必被獨狼嫌棄了許久。

後來，瑾崋又與他碰面，定是又被嫌惡。

想想他月傾城可是夫王之選，沒有一個男人會願意被人小看嘲笑，那可是男人絕對的尊嚴！

我似乎明白他何以如此迫切地想加入我的戰隊，因為他是從我這裡跌倒的，所以，他要從我這裡再爬起來。

「請給我一次機會，我一定會證明給妳看！」他認真鄭重地如同宣誓一般向我說。

我微微垂眸，雪花開始變得密密麻麻。我轉身，他立刻搶步到我身前，懇切地看我。

「請相信我！」

我白他一眼：「讓開，我拿傘。」

他一怔，白淨的臉立時泛紅，那豔麗的紅色瞬間讓他如雪中的紅梅般讓人無法移開目光。

我拿下車門前的傘撐開，震開片片雪花，我轉身繼續看立於雪中的月傾城。

「就為這個，所以一直追我？」

他面露一絲尷尬。

「是。可我每次趕到，妳已離開，起先無人守城，所以我不得不留下。但天富城後，從牢獄中放出的良將頗多，他們一個個比我更熟悉當地地形，所以我讓他們守城，繼續追妳。」

我抿唇點了點頭：「我明白了，你在我這裡丟了面子，所以也要在我這裡贏回面子。」

他通透的肌膚已經紅得滴血，他蹙了蹙眉，低下臉。

「是！我是男人！我不是花瓶，我要讓所有人知道，我也是能上陣殺敵的！」

他激動起來，再次焦灼看我。原來他這份焦灼的由來，還有一部分來自被人視作花瓶。這不由讓我想起巫溪雪另一個男人林文儒，他那倔強的目光裡也充滿對上陣殺敵的渴望。

莫說他們了，想當初瑾崋在我後宮之中是多麼的焦躁與不耐煩。

他月傾城更是夫王之選，卻始終在後方接手我們攻下的城池。雖然是因為巫溪雪信任他，將後方交由他保管，但在他心裡，他更渴望能上陣殺敵，而不是在後面做保姆。

「我知道，妳不信任我。」他低低的話音從撲簌的飄雪中傳來。

我抬眸看向他，他身體在雪中緊繃，墨髮上、肩膀上已是厚厚的積雪。他側目看向一旁。

「我知道妳為何不信任我，因為我是溪雪的男人。」

我在傘下不由收緊目光，他這句話頗有深意。

他說他知道我不信任他，是因為他是巫溪雪的男人。這可不是一句普通的話。在外人眼中，我是來幫助巫溪雪的，甚至會認為我臣服於巫溪雪。既然如此，我自然也應該效忠於月傾城，因為他可是未來的夫王。

但是，月傾城似乎知道了什麼。我想起了第一次遇到他時，他突然欲言又止。

而且，他說我不信任他是因為巫溪雪，對他行動失敗之事並未提及。若是正常情況，他應該說是因為上次他連累了我，才不被信任。

「所以……」我在面具下漸漸瞇起雙眸，放沉了聲音：「你知道我是誰了？」

他蹙了蹙眉，在靜默之中，點了點頭。

飄雪將我和他密密麻麻覆蓋，也把幽靜帶入我們的世界之中。

他微微抿緊嫣紅的雙唇，那鮮豔的紅色，即使茫茫白雪也無法覆蓋，變成雪中一朵豔麗的紅梅。

「呼……」我緩緩吐了一口氣，化開了飄過我面前的雪花。我抬步走到他的身前，留下一串淡淡的腳印，他抬眸看向我。

「妳放心，我不會說的，只要妳讓我參戰。」

「呵。」我輕笑側臉，舔了舔唇，轉回臉看他：「跪下。」

他微微一怔，但還是單膝跪落在積雪中，我的裙下。我點點頭，他作為巫溪雪的男人，未來的夫王，卻願跪於我的面前，即便是忍辱，也證明他對我的尊敬。

我伸手撣去了他頭頂快要成為帽子的積雪，他怔住了身體。

「什麼時候知道的？」我一邊撣，一邊問。

他垂下在雪中嫣紅似血的臉。

「在妳放人入北城的時候，我看到了子律的錦囊。於是前前後後想通了一些事情。」

我撣去了他肩膀的積雪收回了手，把傘沿遮於他的頭頂。

「不愧是夫王之姿，聰明。那你現在覺得跪迎我該不該？」

「該。無論妳是誰，傾城始終欠妳一條命，傾城要還！」他說得分外認真，他根本不是個花瓶，是條鐵錚錚的漢子！只是，巫月第一美男的頭銜，給他帶來了太多的困擾。

「你可是夫王，我哪敢要你的命，怎麼？夫王不要了？」我笑道。

月傾城在我的反問中，變得語塞。夫王這個頭銜，是使命、是事業、是家族尊嚴，更是權力！

我看他一會兒，蹲下身體執起他在雪中凍紅冰涼的手。他微微一怔，臉龐始終低垂，身體開始變得緊繃。

我把傘柄放入他有些過於緊繃的手中。

「准你留下，若是壞事，自動從我眼前消失別再出現。」說罷，我拉好斗篷的帽子，走回馬車，拉起韁繩，從依然呆呆跪在雪地中的月傾城身邊緩緩而過。

忽的，他回神起身，跑到我的身邊：「傾城有一事不明白，不知當問不當問？」

我牽著馬車繼續前行。

「我知道你想問什麼，我才不喜歡為了延續皇族香火而跟諸多男子成婚，從此不停地生孩子，這種累人的事就交給巫溪雪吧。別告訴她我是誰，不然你老婆吃我的醋，你這夫王就當不成了～」

他在我的話音中怔立在雪中，離我越來越遠……

「月傾城的容貌……確實不錯。」車廂裡響起他清澈動聽的話音。

「難不成你對他也有意思？」我牽馬笑問。

「哼……」嫵媚的笑聲透出一絲慵懶：「只要是我的心玉，是男是女……無所謂～」

我垂眸一笑：「那我若成了你的娘親呢？」

「照樣喜歡～」

「你真變態。」我寒毛一陣戰慄。

「哼……」輕悠的笑聲飄散在這飄雪寧靜的世界，我靠在車廂的門上，能感覺到他亦靠在門後。

「妳怎麼不問他巫溪雪何以不給慕容飛雲他們送糧草？這樣的天氣，北邊可是更惡劣。」

「問有用嗎？不如拿下這榮城，才能轉道去救援飛雲、聞人。」我微微蹙眉。

「妳若是切斷榮城的糧草後援，榮城撐不了多久。」

所以……要設法困住榮城。

我的馬車在營地周圍走上了一圈，到傍晚時積雪已沒至小腿，我捏起一把在手中掂了掂。一旁傳來兩個人的腳步聲。是瑾崋和瑾毓。

「妳怎麼在這兒？我娘找妳呢。」瑾崋臉上紅撲撲，瑾毓到我面前雙手抱拳，面露正色。

「女皇陛下，請讓臣參戰！」

「好！」我一口答應，瑾毓開心地笑了。

「妳怎麼把那個禍害留下了？」瑾崋立刻問道。

「禍害？」我一愣。

「就是那月傾城！」瑾毓補充：「我聽崋兒說了，他曾壞了你們大事，而且，女皇陛下，他畢竟是巫溪雪的未婚夫，您留下他……不妥吧。」

「他也想參戰。」我淡淡道。

「那他可以去他老婆那兒啊！」瑾崋已經面露煩躁：「追著妳幹嘛？」

他憤懣地瞟了兩眼，轉開臉：「總之，妳快打發他走，看著就煩。」

我笑了：「當初是他害了我們，他一直耿耿於懷，所以這一次他追我而來，是為了立功，想在我這兒重新找回尊嚴。你放心，我會安排他別的任務，不讓你們相見，免得讓你心煩。」

「嗯。」瑾崋鼓鼓臉。

瑾毓笑看我與瑾崋，來來回回看了許久，忽然說道：

「崋兒，最近天冷，你可為女皇陛下暖被？」

「咳咳咳咳！」瑾崋登時咳得面紅耳赤。

我扶額而笑：「瑾大人，巫心玉已死，妳的崋兒自由了。」

「什麼？」瑾毓驚詫看我：「女皇陛下真的不做女皇?雖然巫溪雪公主確實不被妖男誘惑，可是在瑾毓看來，女皇陛下比巫溪雪公主更適合做女皇。」

「娘，您別害巫心玉了，做女皇有什麼好，被你們這些老臣整日圍著，一點也不自由。是吧，巫心玉。」瑾崋捶了我一拳胳膊。

瑾毓再次來回看我們，釋然而笑：「崋兒說得對，女皇可不是個好差事。」

我想了想：「瑾崋，既然瑾將軍來了，要攻城，你們準備一下，明日四更天在鳳嬌攻城回來後，你們立刻帶上所有重型投石車再去攻城，在他們想喘息之時，打他們一個出其不意！」

「用投石車？」瑾崋看看雪地，面露正經。「這樣的天氣，石頭難找，而且火攻也不適合啊，城牆城樓被雪覆蓋，火燒不起來。」

我揚唇而笑，拋了拋手中的雪球。

「誰說我要火攻，這一次，我們雪攻。」

「雪攻？」瑾崋和瑾毓疑惑地看向我手中的雪球。

晚飯過後，整個營地熱鬧起來，三千士兵清掃我們要攻城的小道，但沒有掃到榮城城樓士兵可見範圍之內，要給他們一個假象，大雪封道，無人會攻城。若讓他們看見我們掃雪清道，自然知曉我們準備要攻城。

滾起一個個碩大如石頭的雪球，由另一批士兵接管、壓實，再交給另一批士兵，用清水慢慢澆上一層，揉搓，不斷地慢慢澆水滲入雪球之內，這樣周而復始，一個個巨大的冰球做成。

忽的，掃雪的士兵們不知誰扔了一個雪球，登時，一場雪仗開始，整個營地在飄雪下充斥著歡笑聲，完全沒有戰爭前夕的壓抑感。

很快，楚月、鳳鳴也加入其中，瑾崋被士兵們圍攻，瑾毓和楚嬌還有鳳老爺子他們在一邊看著呵呵笑。

我淡定撐起傘擋住亂扔而來的雪球，這有助於將帥與士兵們的關係，並非壞事。

治軍要嚴，也要仁，更要有愛。你愛你的兵，他們才會回報你的愛。更何況這些天都是嚴寒酷冷，大家的意志會在嚴寒中變得薄弱和消極，此番一場雪仗會讓大家活躍開心起來。

就在這時楚星回來了，一百人的馬上放滿了爆竹。他們看見營帳裡打雪仗，驚呆了！一個個傻傻地看著。

楚星一邊看打雪仗一邊到我身邊：「玉狐姊姊，妳要的東西來了。」

「好！」

忽然，一個雪球直接砸上楚星的臉，「砰！」楚星半邊臉全是雪。

「哈哈哈哈——哈哈哈——」楚月在營地裡笑得前仰後合。

楚星的柳眉抖了抖，大怒：「楚月妳太過分了！」

說完，他直接跳下馬加入了雪仗，和楚月打得分不清誰是男誰是女！

唯有一人孤獨地站在一旁，落寞地看著所有人。

我遠遠注視他，在他看我時，我向他招招手。他面露一絲喜色，立刻大步到我車前，揚起傾國傾城的臉，目露期待地看我：「玉狐有何吩咐？」

「我將有一個非常危險的任務交給你，或許你會因此喪命，你願意嗎？」

我正色看著月傾城，他在越來越大的雪中沒有擰半絲眉頭。

「我願意！」

三個字，證明了他不再是花瓶，而是和瑾崋他們一樣，是勇敢的戰將。

我點點頭，再次對他招手。他愣了愣，上前一步到我腳前，我俯下身時，他微微一怔，然後在我的耳語中，連連點頭。

火頭兵和我在營帳裡拆爆竹，取出火藥硫磺及其他材料，一個爆竹的火藥很少，但十個、一百個，就能給人帶來意想不到的效果。

「玉狐姑娘，妳到底要做什麼？」大家無不好奇看我。

「做幾個炸藥包。」我抓起一把火藥。

現在整個世界還是冷兵器時代，此戰之後，火藥將會用入戰爭之中，徹底打破冷兵器的時代。沒想到我巫心玉不小心創造了新的歷史。

大家面面相覷，把炸藥包小心包起後，瑾崋匆匆進入營帳。

「妳找我？」他疑惑看我們所有人：「好重的硫磺味，妳在做什麼？」

火頭兵們見瑾崋進來，立刻起身離去。

瑾崋好奇地去摸炸藥包：「這是什麼？」

「小心！」我拍了他一下手：「這東西可以炸死很多人的！」

「有意思！」他越發有趣地看炸藥包。

就在這時，月傾城也掀簾而入，瑾崋一見他，滿臉的不悅：「你怎麼來了？」

月傾城微微沉臉：「玉狐叫我來的。」

「你？」在瑾崋不解看我時，我把炸藥包推到他們兩人面前。

「此物威力巨大，我要你們兩個把它們帶上山。」

「妳讓我和他一起？」瑾崋顯得非常不悅：「我要換人！」

月傾城在瑾崋的話聲中變得難堪。

外面漸漸安靜，寒風把雪花重重打在起伏的營帳上，外面已是天寒地凍。

「放心，你們兩個是上兩座山，不在一起，更不會碰面。這次的任務非常危險，你們不要把自己給炸了。」我冷冷道。

瑾崋和月傾城同時一愣。

我指向引線：「保護好引線，別讓它們受潮，否則任務就會失敗。我需要你們把它們埋在這個位置。」

我迅速畫好簡單的地圖，點在兩座山的位置。

「記住，點燃後快撤，這東西會雪崩！」

「會雪崩？」瑾崋瞪大星眸看我：「妳到底做了什麼東西出來？」

我揚唇一笑：「好東西。你們現在就上山，明天晌午應該會到。我給你們留了很長的引線，點燃速回，若是失敗不要再理，你們的命比攻下這座城更重要，我自有他法。」

兩個男子同時怔住了神情，目光落在我的面具上。

「怎麼了？」我疑惑看他們。

瑾崋的臉立時一紅，轉開臉：「沒，沒什麼。」說完又咬了咬唇，似是在懊悔什麼。

月傾城的黑眸顫動了一下，匆匆瞥落目光：「我現在終於明白他們為何忠於妳。」

瑾崋看了他一眼又朝我看來，我微微避開目光。這不是忠，是情。

「你們快去吧，記得穿上毛皮斗篷，注意保暖，山上冷。」我立刻轉移話題。

月傾城什麼都沒說，直接出了營帳。

瑾崋深深看我一眼。

「妳也是，別凍著。」說罷，也速速離去。整個帳篷裡還瀰漫著火藥和硫磺的氣味。

我起身出營帳，整個營地已經陷入安靜，空曠的營地上是一個個雪人，他們在閃閃的火光中瞇瞇而笑。

我推開車廂門，裡面是靠在窗邊的孤煌泗海，軟軟的靠墊和毛皮的地毯把整個車廂變成了溫暖的行宮。

他靜靜看著外面的飄雪：「原來爆竹還有這樣的作用。」

他轉回目光，唇角揚起，天生的妖氣讓他即使只是淡淡微笑也帶著邪氣。

我靠坐在溫暖的車廂裡，揚唇而笑。

「火藥不僅可以作為武器，還可以提取出威力更加巨大的東西，足以將一座城池夷為平地！」

「什麼東西？」他有了興趣。

我神祕一笑，閉上雙眸：「時候還未到，科技的發展也不能操之過急。」

「心玉，妳到底是誰？」他的話音裡透出了深深的不解。

我閉眸調息：「我是巫心玉，是巫女，是女皇，也是……別的世界來的遊……」

車廂再次變得幽靜，如果不是來了這個世界，我也不相信會有靈魂，會有其他世界的存在。

四更時分，雪停，但是空氣足以凍掉人手指頭。

楚嬌和鳳老爺子領兵悄然前行，在對方守衛最薄弱時猛地發起強攻，驚得對方一時陷入混亂！

就在他們調整狀態，好不容易恢復陣形時，楚嬌和鳳老將軍又再次鳴金收兵，不再攻城。中屠金登時在城樓上罵人。

「什麼破西鳳家族！玩老子啊！大半夜把老子叫起來又打一半！要攻就好好攻！別給老子打一個時辰就回去！你們到底想不想攻城！我×你們西鳳家族全家——」

「有種你出來打我們啊！」楚嬌立刻嗆聲。

申屠金一手指楚嬌：「肥婆妳囂張什麼？有種妳進來！」

楚嬌在雪地裡搖頭晃腦。

「我就不進來，有種你出來！你這小子就是不敢！見我們西鳳家族怕了，在城裡做縮頭烏龜！」

於是，兩個人在大黑夜下對罵不停。

「我會怕？哈！哈！哈！我申屠金會怕！老子現在就出來教訓妳這頭肥豬！」

「你說什麼？」楚嬌登時火冒三丈！

立時，鳳老爺子拉住楚嬌匆匆後撤。

「你等著！老娘把你腦袋揪下來當球踢！」楚嬌指著申屠金大罵。

城樓上，青衣男子也再次出現，拉住申屠金。

申屠金惱怒推他：「你讓開！我受不了了！我要去殺了他們！殺了他們！」

城樓上和城樓下皆是一片混亂，我在密林中幽幽而笑。

當楚嬌他們撤離，一切又恢復寧靜後，城樓上的士兵等青衣男子把申屠金拽走後，像是鬆了口氣紛紛靠坐下來，已無鬥志。

就在他們以為我們今天不會再攻城時，由瑾毓帶領的攻城車隊悄然到了榮城之外！

此時是嚴冬，天亮得晚，城樓上的士兵又個個露出疲倦之色，有的已經瞌睡連連。一個士兵仰天打了一個大大的哈欠。

忽然「砰！」一聲驚得他下巴差點脫臼，所有坐下的士兵慌慌張張站起來，使勁地看，可是黑天白雪讓他們始終無法看清。

「月！月亮掉下來了！」有人驚恐地指向天空，立時，城樓上的士兵都朝天看去。一個巨大的雪亮圓球從天而降，在黑色的天空中如月亮墜落。

「砰！」冰球正好砸在一個士兵頭上，士兵應聲倒地，所有人看得目瞪口呆，整座城樓瞬間靜得鴉雀無聲！

就在這一片死一般的寂靜中，忽然間，「砰！砰！砰！砰！」連續的聲音打破了這讓人窒息的冷靜，一顆顆冰球劃破黑夜朝榮城砸去，士兵們僵硬地轉身看向夜空，接著冰球掉落之時，慘叫四起。

「啊——」

「攻城了——」

「敵人攻城了——」

混亂不堪的喊叫聲打破好不容易獲得喘息的榮城，黑夜之中，冰球一顆顆從天而降，下面則是密密麻麻向榮城攻去的士兵。

「殺——」士兵們在瑾毓的帶領下，正式攻城！

城樓上又匆匆跑來申屠金，緊接著，是面露吃驚的青衣男子。堅硬的冰球狠狠砸在城樓上，砸出一個個窟窿的同時，碎屑又落滿地，成為細小的冰塊與冰珠，士兵踩到紛紛滑倒，上面早已亂不成軍！

青衣男子吃驚地拾起地上的冰塊，看了一會兒，朝四周的雪天雪地看去。在整個攻城的後方，正有我的兵繼續做雪球，雖不及晚上做的冰球，但把雪球壓實也是足夠砸死人的！

在天色開始發亮之時，我悠然地駕馬車從密林中走出，站在戰場的一側，仰臉看向城樓。青衣男子和申屠金立時看到了我，申屠金第一刻張弓搭箭朝我射來。箭矢快而準，箭尖帶著雪的寒光直朝我的面門而來，我也不躲，就等著箭來。

就在箭要射中我之時，陰寒之氣立時從我身後的車廂而出，巨大的妖力震開車門的片刻，也揚起了我的長髮，震開了箭矢！

「啪。」門再次關上，一切恢復寂靜。

「你果然不會看著我死。」我勾唇而笑。

「哼……心玉，妳真是越來越狡猾了。」

我帶著孤煌泗海不僅僅是可以看住他，他也可以成為我最強的護盾！

城樓上的申屠金幾乎目瞪口呆地看著我，青衣男子也是面露不可思議。

我躍下馬車撿起箭矢，甩了甩，握住，如投瓶一樣瞄準申屠金。

申屠金立時回神面露囂張，昂首挺胸，宛如在說：妳扔啊！我就不信妳扔得到我！

我舔了舔唇，甩了甩手臂，做了一會兒熱身，讓他們多看我一會兒，然後運起仙力，腳踏雪地站穩的同時，扔出了手中的箭！仙力立時震開裙下雪花，如同雪浪層層而開，碎作冰晶飄飛在我身周。

飛箭劃破蒼空，以迅雷不及掩耳之勢，直接射掉了申屠金的頭盔，長髮登時散落下來，驚得他面色蒼白，險些無法站穩。

他應該知道，我手下留情了。

尚未反應過來的青衣男子才發現申屠金的頭盔被我射掉了，也是目瞪口呆！

我對他們咧嘴一笑，雙手揮舞。中屠金往後踉蹌了一下，被青衣男子扶住，他立刻朝我指來。

「射死她！快！快射死她——」他氣急敗壞地大喊，立時弓箭兵集中在一側。

青衣男子匆匆攔住，對中屠金耳語起來，中屠金蒼白的臉上劃過一抹驚色。

「是不是箭不夠啦——」我大笑道。

登時，青衣男子再次吃驚朝我看來。

「謝謝你們送了我們那麼多箭——」我揮舞雙臂。

這一次，連那青衣男子也踉蹌了一步，目光緊緊盯視我。

我揚起臉，天空再次飄落雪花。我撐開了雙臂，迎接這些從天而降的雪花，雪花落在我的面具上，帶來一絲輕微的重量。

這一次，我沒讓他們失望，一攻就是大半天。他們應該已經派人去求救援，所以，那謀士的臉上還沒露出挫敗的神情，而我，要把他這最後一絲希望也徹底粉碎。

青衣男子在城樓上遠遠監視我，我看向天空，他也立刻看往天空，宛如在揣測我下一步心思。我收回目光，他也立刻轉向我。

「時間差不多了——」我朝他喊去。

他面露緊張起來，在一旁的中屠金立刻看他，與他說話，攻城的聲音覆蓋了他們的說話聲，但可以感覺到他們對我這句話充滿迷惑。

「你們的援兵和糧草都不會來了——」我繼續喊。

就在我喊完之時，突然遠方傳來兩聲巨響，「轟！轟！」幾乎是同時，地動山搖，連我們這裡樹上的積雪也紛紛震落。

所有人在那驚天動地的巨響後停下，無論是攻城的還是守城的。他們面露一絲未知的驚恐仰望天空。

就在他們尚不知發生何事時，如同悶雷的響聲在這瞬間安靜的天際下「轟隆隆」地隱隱響起，緊接著一大片飛鳥忽然嘈雜地從遠方飛來，在城樓上空黑壓壓飛過，如同巨大的黑雲蓋落。那嘈雜的聲音帶來莫名的恐懼感。

數量巨大的飛鳥讓人驚恐，如世界末日降臨，讓人面露驚嚇不安之色。

瑾崋和月傾城成功了！

不，還要等他們安全回來，才是真正的成功！

飛鳥漸漸遠去，整個世界再次回歸寧靜。

在眾人惶惶不安中我對城樓上的申屠金喊道：「若想和談，隨時恭候——」

「哼！」申屠金冷笑傲慢地瞪視我：「我申屠金不會跟女人和談——」

我淡淡一笑，看向他身邊的青年男子：「閣下高姓大名？」

「子裕，我們是不會投降的！」青衣男子也是一臉無畏的模樣。

我微微一驚：「原來是子裕先生，傳聞南野有智者，子欲求而不得，得之可得天下。」

「姑娘謬讚。」子裕面露戒備。

「子裕先生一直在南野竹林過閒雲野鶴的生活，何以蹚世間這渾水？」我微微而笑。

「好友有難，自來相助。」子裕手握玉簫，一臉正色地說。

「沒想到清心寡欲的子裕先生居然和這暴虐好色之人為友！」我越發吃驚。

子裕在我的話音中面露怒意：「姑娘請勿侮辱子裕好友，姑娘不識申屠，怎可妄斷！」

「子裕！別跟她廢話！這女人不知道又在打什麼鬼主意！」申屠金怒目而視。

我笑了笑，看向子裕。

「今日給子裕先生一個面子，暫不攻城了。你們後路已封，援軍與糧草不會再來。你們已被困在榮城之中，若你們不自開城門，我最晚明日會攻城，我不想讓城中百姓跟你們挨餓過年。」

「妳是怎麼封城的！」子裕微微一驚。

我淡淡一笑：「你們為什麼不自己去看看，明日見。」

我駕馬車悠然轉身，鳴金收兵，剩下那破敗的城樓和疲憊的士兵。後路一封，軍心必散渙，即使我就此不攻城，榮城也堅持不了多久。

這一仗讓將士們打了個痛痛快快，士氣大振！有種意猶未盡之感。我讓大家好好休息，準備明天最後的攻城。

瑾崋和鳳老爺子他們問我是如何封了榮城的後援，我告訴他們連日暴雪，兩側山脈積雪，我讓瑾崋與月傾城埋炸藥於恰當位置，點燃後，可引發雪崩滑坡，以此來封住榮城後路。在我們拿下榮城後，再慢慢清理也來得及。此為雪攻。

他們聽罷驚嘆不已，以為我說的雪攻僅僅是把雪球做成冰球。

但是，我心中還是隱隱不安，這分不安在瑾崋和月傾城遲遲未歸時越發明顯。

瑾毓和鳳老爺子他們也因為瑾崋久久未歸而開始擔憂，瑾毓更是夜不能寐，在營地的出口徘徊張望，和我一起等候。

到了後半夜，天又開始下雪，這會讓下山的路變得更加困難。我開始擔心，天也越來越冷，我勸瑾毓回營帳安歇，我來等。可是作為一位母親，在沒見到兒子安全回來時，是無法安心的。

於是，我們又在黑夜中等了許久。

終於，大概是五更天左右，遠遠的踉蹌走來兩個身影，我和瑾毓立時上前，竟是月傾城揹著瑾崋。瑾崋面色蒼白，失去了血色，已經陷入昏迷。

「崋兒！你怎麼了？」瑾毓驚呼上前，心痛顫抖地撫上瑾崋昏迷的臉。

月傾城已經嘴唇凍得發紫：「快！快扶瑾崋回去，他、他受傷了！」說罷，他直接向前撲倒，和瑾崋一起墜落在雪地中，瑾毓立刻扶起瑾崋趕往營地。我也趕緊扶起月傾城，他已經凍得手有些僵硬，還有嚴重的凍傷。

「別、別管我……」他微弱地吐出話音：「瑾崋……傷得比較嚴重……」

我的心立時拎起：「到底怎麼回事？」

「他……他炸到自己了……」最後一個字出口時，月傾城徹底陷入昏迷。

什麼？瑾崋這個笨蛋！不是提醒過他了嗎？

我來不及多想，把月傾城扶回營地，巡邏的士兵聽見聲音從我身邊接過月傾城，我立刻趕往瑾崋的帳篷。泗海的馬車也緊緊跟在我的身後，這馬有了靈性，無論我走到哪兒，牠就跟到哪兒。

瑾崋的帳篷內射出了暖光，我到帳篷前的時候，正傳出一聲痛呼：「啊！輕、輕點！」是瑾崋的聲音，聽上去底氣很足。

我立刻掀簾進入，正看見瑾毓抬手打在瑾崋的後腦上：「臭小子！是男人嗎？叫那麼響！」

瑾崋和瑾毓坐在厚實的熊皮毯上，軍醫正忙著打開藥箱。

我沉臉上前，瑾崋看到了我，星眸閃爍了一下，匆匆撇開臉：「妳來做什麼？」

「我交待過什麼？你怎能笨到炸傷自己？」我忍不住氣道。

「誰笨了！」瑾崋立時轉回臉瞪我。瑾毓一見，抬手又是一巴掌拍在瑾崋後腦勺上。

「沒大沒小，不准瞪玉狐。她是在擔心你，傻小子看不出嗎？」

瑾崋面露煩躁地撇開臉：「誰要她關心了！娘妳也是，她在妳就別打我了！」

「哦～～原來是嫌娘丟你面子是不是？哼！軍醫，我們走！別給他治傷，男人身上有傷才會長大！」

瑾毓說完，真的起身就走，還連連給軍醫使眼色。老軍醫默默地笑了笑，起身離開，但沒帶走他的藥箱。

我看著藥箱愣了一會兒，回神，原來瑾毓瑾大人也有這麼不正經的時候！居然把她兒子留給了我，讓我們單獨相處？

現在怎麼辦？

「娘！我不是那個意思！」

瑾崋想起身，但眉頭立時擰緊捂住了胸口，咬牙抽氣，似是我在，他不想喊出聲。

我看他一會兒，坐下：「別忍了，我看看。」

我伸手到他胸口，他立刻伸手擋住，星眸瞪得溜圓，滿臉通紅：「我不要妳看！」

我氣得白他一眼：「你別鬧彆扭了！不治好傷，明天怎麼打仗？」

他的星眸在燈光中顫了顫，側開通紅的臉，慢慢放落擋在我手前的手，我看到了他胸口被炸爛的衣衫，棉袍被炸開，裡面的棉絮焦了一片，紅色的血染滿了那白色的棉絮，讓人心顫心疼。

我毫不猶豫地扯開了他的腰帶，他身體緊繃起來，雙手僵硬地放在身旁，臉側在一邊，胸膛開始大幅度地起伏。

寧靜的帳篷內是他深深的呼氣聲還有我脫他衣服的窸窣聲。

扯掉他的腰帶，解開他棉袍的盤釦，揭開他棉袍時，裡面的內單因為充滿血汙而焦黑一片，我扯開了他內單的衣結，破碎的內單散開，露出了他胸口一片血汙的皮肉。

我的心開始抽痛，拿下有些礙事的面具放落一邊，他緩緩轉回臉，目光從他那裡而來，落在我的臉上。

我俯身到他胸前查看他的傷勢，他的胸口不再起伏，似是凝滯了呼吸，入鼻是他身上的血腥味，讓我更加生氣，抬臉時卻差點撞上他俯下的唇。我愣了愣，他雙目立時圓睜，再次匆匆撇開臉。

我生氣地坐直身體：「如果不是這厚實的棉袍，你這裡就是一個洞了！」

我生氣地戳上他的傷口，他立刻蹙眉抽氣：「嘶！痛！」

「現在知道痛了？怎麼會那麼不小心？」

「我好奇嘛。」他煩躁地說了聲：「我想看看到底會怎樣，就離得近了點。」

「好奇？」我氣得胸口發悶：「瑾崋大少爺，不該好奇的時候不能好奇，你不知道嗎？你真是笨得可以！」

我也忍不住伸手要拍他的頭。

「啪！」他忽然伸手扣住了我的手，依然側臉看著別處，燈光照出了他開始緊繃的臉。倏然，他的胸膛再次起伏，轉身扣住我的手用力壓下。

「砰！」我後背落地時，他扣住我的手按在厚實的熊皮毯上，撐在我的上方灼灼盯視我的臉龐。

「我被炸開的時候，想到的只有一件事！」

感受到他雙眸中的熾熱火焰，我尷尬地在他身下轉開臉：「什麼事？」

他忽地頓住了話音，扣住我的手緊了緊，忽然俯下臉，熱燙的唇落在了我的耳邊，輕顫的氣息帶出了他的掙扎和緊張。

「就是……後悔沒跟妳……洞房……」

我在他灼熱的氣息中怔住了身體，大腦微微發脹，隱隱感覺到帳篷外的寒氣與殺氣，我立刻按住他的肩膀起身。他始終低臉靠在我的肩膀上，即使沒有碰觸到他的臉，我也感覺到從他臉上來的熱燙，那火熱的溫度甚至染熱了我面前的空氣。

「我幫你治傷吧。」我伸手輕輕推開了他。

「嗯……」他側落臉，用自己的長髮遮蓋自己所有的神情。

我轉身，毯邊有軍醫留下的熱水和布巾，我拿起布巾擰乾，我在尷尬中感覺到空氣有些稀薄，讓人呼吸困難。

我沒話找話：「月傾城把你揹回來，我還以為你受了重傷。」

我傾身到他身前，輕輕擦上他的傷口，他身為武將健碩的胸膛開始緊繃鼓起。

「我故意的。」他側著臉悶悶地說：「我故意讓他揹我回來，誰教他上次害妳那麼慘！如果不是他！妖男根本不會進宮！妳也就不會……」

他頓住了口，胸脯大大起伏了一下，雙手在我的身旁握緊。

我的手微微一頓，默默地轉身把布巾放回水盆，從軍醫的藥箱裡取出金創藥。

「軍醫這裡只有普通傷藥，你忍一下，這很疼，回去我再給你祛疤。」我說罷，把金創藥灑在紗布上，按住他胸口的傷。

手心下結實的肌肉立時緊繃，他吃痛地深吸一口氣，胸脯在我的手心下也開始鼓起，忽然，他伸手按住了我按在他赤裸胸膛上的手，火熱的溫度灼燙我的手背，我被他牢牢按住，無法抽離。

「嘶——呼——」

我在他的深呼吸中側開了臉：「瑾崋。」

他沒有回聲，我轉回臉看向他，他依然側著臉，但那隻按住我的手，卻越來越緊。

「瑾崋？」

靜謐將他包裹，他垂在臉邊的髮絲在他的深呼吸中，輕輕顫動。

「瑾崋，放開。」我壓低了聲音，擔心泗海失控殺他。

「巫心玉。」他按住我的手低低而語：「我那天答應孤煌泗海的事，是認真的。」

我第一次變得侷促起來，匆匆側開臉：「這件事……」

「真的是認真的！」他赫然轉身，雙手握住了我的手：「妳應該知道我有多恨孤煌泗海！有多想殺了他！可是現在，因為妳喜歡他，我忍了！我真的沒想到我瑾崋居然也能忍下這件事！所以，巫心玉，讓我在妳身邊好不好？等妳什麼時候忘了那個妖男，讓我陪妳，好好愛妳，好不好？」

我惶然從他手中抽出了手，立即起身，整個帳篷再次陷入安靜，靜到甚至聽不見瑾崋的呼吸。

「呵……我真是不自量力。」寂靜中傳來一聲瑾崋的苦笑：「我聰明不及凝霜，體貼不及懷幽，長相更是平平，有什麼資格獲得妳巫心玉的心？哼……妖男～」

他忽然扯起嗓子喊了出去：

「我現在有點羨慕你那張臉了！」

「瑾崋！」我生氣轉身，他苦笑自嘲地白了我一眼，轉開臉面露一絲桀驁不馴。

「知道妳現在疼他～～我難道羨慕他還不行嗎？」

我胸口像是壓上了巨石，又悶又氣。再次坐下，拿出繃帶。

「脫衣服，我幫你把傷包好。」

「脫可以～～脫了妳負責嗎？」他瞥眸橫白我，透出了一絲不羈和放浪，見他那副似是自暴自棄的神態，我實在忍不住揚手打在他的臉上。

「啪！」

他登時表情呆滯，身體也僵住了。

「鬧夠了嗎？彆扭夠了嗎？醋吃完了嗎？現在給我老實點！」我生氣看他一眼，拉住他的棉袍脫落肩膀，拿住他的手臂抽出一邊，然後替他捆上繃帶。

他再次低下了臉，終於恢復安靜。

我的雙手穿過他的腋下，過近的距離讓我靠上了他的肩膀。

他的下巴忽然沉落，放在我的肩膀上，低落而語：「對不起……我失控了……」

「別說了。」我的手指擦過他的後背，忽然摸到了一條凸起的傷疤。「你背後有疤？」

我正想看，卻突然被他緊緊抱住：「別看，我已經很難看了……」

我的心無奈而痛，知道打仗必有受傷，也知道打仗會留下疤，但我還是把他送上了戰場，因為，我知道，那是他的期望。

「剛開始的時候，沒經驗，所以被人從後面砍了一刀。」瑾崋說得很隨意，他已經不再是那個後宮的少年，他漸漸成熟，向男人進化。

我輕輕撫上那道疤，很長……很長……

他緩緩放開了我，再次別開了臉。

「我不會再讓妳煩惱了。」語氣流露出他少有的成熟。

「是你自己在煩惱。」我看他一眼，替他包好了傷口。忽的，寒氣帶入，有人掀簾而入。我轉頭看時，竟撞上了月傾城僵滯的目光。

他還保持著掀簾的動作，簾子從他僵滯的手中慢慢滑落，他呆呆地看著我，豔麗的紅唇在燈光中微微開合，露出了裡面的貝齒和瑩瑩水光。

忽然，瑾崋抽出身邊寶劍要起身，我立刻攔住他：「你幹什麼？」

「他看到妳了！」他焦急看我。

我一愣，摸上了臉。哦，對了，剛才嫌面具礙事摘了。

「沒關係，他知道。」我淡淡說，按落瑾崋拿劍的手。

瑾崋驚訝看我：「他知道？什麼時候？」

我轉臉看向依然呆呆看我的月傾城。

「他果然有夫王之姿，他猜出來的。」我看向瑾崋吃驚的臉：「但是，他沒有告訴巫溪雪。」

瑾崋微微一怔，再次看向月傾城時沒有了戒備，多了幾分疑惑。

我撿起面具起身時，月傾城終於回過了神。我在他的目光中戴上了面具，微笑看他。

「你沒事了？」

他的臉忽然紅了起來，豔麗得像是燈光下的紅梅。他變得尷尬、窘迫，微微側身。

「我沒事了，我來看看瑾崋。」

我看他一會兒，是不是因為瑾崋是我的男人，所以讓他覺得尷尬？

「他沒事了，你也去休息吧。明天要全軍攻城。」我說道。

月傾城點點頭，轉身停了一會，卻又轉回來，面露猶豫，久久不言。

「怎麼了？」我問。

他咬了咬唇，忽的傳來瑾崋煩躁的聲音：「要說快說！女皇陛下也要休息了！」

月傾城怔了怔，自從看見我的真面目後，他一直眼神遊移，不像從前那樣敢正視我。或許因為之前我一直戴著面具，今日他與我面對面，是不是心虛了。

「我想告訴你，溪雪她……並不信任慕容飛雲他們，所以……」

「我已經知道了。」我打斷了他那麼憂鬱的話，也難怪他如此憂鬱，這話說出來，可不容易。對他的身分而言，是背叛。

月傾城驚訝地看向我，看我一會兒自嘲而笑：「是啊，妳那麼聰明，怎麼會猜不到。」

這件事倒是讓我有些感動，我感謝看他。

「但還是謝謝你告知，剛才的話我就當沒聽見，畢竟你是巫溪雪的男人。」

「是啊……我是她的男人……」他輕笑點頭。

聽出他語氣中的一絲苦澀，我不解看他：「怎麼，不想做她男人嗎？」

他卻又苦笑地搖了搖頭。

「很多時候……我感覺她……可能並不愛我。所以……在看到妳照顧妳男人時……」他看向了我身後的瑾崋：「會有點羨慕……」

「哼……」瑾崋卻也是苦笑一聲：「你誤會了，我不是她男人，從來都不是。」

月傾城面露吃驚，帳篷裡的氣氛變得越來越古怪，宛如兩個男人都被所愛的女人無情拋棄，在這風雪夜中，在對方的身上，找到了同病相憐之感。

「咳。你們慢聊。」此種情況，我若不逃，更待何時。

我匆匆從月傾城身邊走出營帳，放落簾子之時，聽到了月傾城不解之語：

「你是說，你從未侍寢？」

我的頭猛地一暈，巫月雖是男女平等，但因女皇執政，有些話語從男人口中說出來，會格外怪異。

「沒有！」過了許久，才傳來瑾崋發悶煩躁的聲音：「你有嗎？」

我全身一僵，更快地離開，逃回車廂。

進入車廂之時看到了泗海壞笑的臉，我臉紅了紅，轉身背對他：「笑什麼？」

「想我當初追殺妳時，也從未見過妳如此慌張害怕神情，哼……原來……妳怕人求愛是不是？」

他從我身後貼上，環抱住我的身體，厚實的白虎斗篷也包裹在我的身上，帶來絲絲暖意。他貼上了我的耳側。

「所以……我不停地說愛妳，是有用的。妳說……瑾崋那小子若也和我一樣，日日追著妳，黏著妳，對妳不停地說……愛妳，妳會不會動心？」

我向後靠在他的胸前，思索了很久。

「那我真是連狐仙山也不能待了呢。」

「哈哈哈哈——哈哈哈哈——」他的大笑聲久久在車廂裡迴盪。

✣ ✣ ✣

第二天一早，就有人來報，申屠金開城門叫陣。

鳳老爺子立刻點兵，還沒等他發令，他媳婦楚嬌已經衝了出去，我們叫都叫不住。楚嬌想揍申屠金已經很久了，一直忍著。這一次，像是脫韁的野馬衝了出去，急壞了鳳老爺子，擔心她被埋伏。

我立刻駕馬車緊追，鳳老爺子也和我一起，由瑾毓領兵緊隨我們之後。

追至榮城外，只見申屠金正率兵朝我們不顧一切地衝來，楚嬌一人掄起砍刀迎了上去，一邊跑一邊喊：「小兔崽子——老娘今天就替你娘教訓你——」

申屠金也是怒喊：「死肥婆——我要把妳的頭切下來當球踢——」

申屠金和楚嬌登時在城下開戰，緊接著，我看見子裕急急跑上了城樓，似是對申屠金突然出兵並不知情。

他焦急地看對戰中的申屠金，垂頭嘆氣，連連跺腳，在城樓上連連徘徊。

後方大軍趕到，子裕看見大驚，立刻大喊：「申屠——快回城——」

「放屁！」申屠金正跟楚嬌戰得不可開交：「現在我們糧草援兵已斷，我是斷不會再做這縮頭烏龜的！老子就算死，也要死在戰場上！」

「好！」楚嬌冷冷一笑：「今天老娘就讓你新年願望實現！」

子裕在城樓上焦急不已，立刻命令弓箭兵張弓搭箭，我朝他喊道：

「子裕——我知你善良，你想看著同為巫月子民自相殘殺嗎——」

子裕怔立在城樓上，城樓上的士兵也已經面露疲態，看著我身後黑壓壓的大軍，神容僵滯。

「你後路已斷，城中糧草堅持不了多久，百姓就會跟你們一起忍饑挨餓，不想想大人們，也要想想城裡無辜的孩子。而我糧草充足，後方補給不斷，我麾下更有驍勇善戰的西鳳家族，精通兵法的右相瑾毓，我相信子裕對他們不會一無所知吧。」

子裕吃驚地看我身旁良將，神色極為震驚。

「他們，他們是西鳳家族和瑾毓右相？」

鳳老爺子、鳳鳴、鳳棲桐、瑾毓依次向他拱手，他驚駭地踉蹌一步，我微笑看他。

「你應知我若想取你和申屠金首級易如反掌，一直沒有上陣是敬你這個謀士，想要和你用兵法盡情一戰。子裕，榮城已堅持不了多久，不如早些解脫。」

「妳……妳不會屠城嗎？」他頹然地靠在城牆上。

「哈哈哈——子裕，你可是南野的智者，難道還分不清謠言嗎？」

「呵……」他輕笑搖頭，雙手抱拳：「佩服，原來這也是姑娘之計，姑娘真是用兵如神，子裕不及，子裕想問姑娘高姓大名。」

「在下玉狐。」我也向他一拱手。

他越發吃驚看我，身體探出城樓：「妳就是玉狐！」

他久久看我，面露唏噓，雙目之中終於露出挫敗之色，頹然低頭，揚起手，緩緩落下。身邊的弓箭兵看看他，也慢慢放落弓箭，紛紛從城樓扔下。

申屠金立刻退出戰圈，驚詫地仰臉看子裕，痛心疾首。

「子裕！你在做什麼？怎能降城？你被那女人的話給騙了！你清醒點！」

子裕愧疚難言地看向申屠金。

「申屠，是你該清醒點。我曾與你說過，巫月女凰星未滅，妖星禍國，孤煌少司是不會長久的，他禍國殃民，殘害忠良，你我政見從未相同！」

子裕痛心地深吸一口氣，聲音微微有些顫抖。

「是男人還是女人執政，又何妨？只要她能造福蒼生，便是明君，你為何始終解不開這個心結？」

申屠金在子裕的話中越來越憤怒，但似是朋友情深，無法責罵子裕，只有仰天一聲長吼：

「子裕——」

子裕沉痛地閉緊雙眸：「子裕深知有負於卿，請讓子裕為你最後再奏一曲……」

子裕緩緩取出了腰間的玉簫，在城樓上，獨自吹了起來。

悽楚的簫聲是南野有名的簫曲「思鄉」，遊子在外的孤寂思鄉之情從那淒涼的簫曲中幽幽傳出，那份對故鄉的思念，對山林悠閒生活的懷念，觸動著每個想結束戰爭之人的心。

大家紛紛放下兵器，靜靜聆聽子裕的簫聲，在這殘酷的戰爭中，有多少人正在思念自己的家人？有多少人想回家和家人團聚一起過年？戰士們開始默默抹淚，只因皇權的爭鬥，連累他們離鄉背井，到最後，不過是成為他人爭奪權力的工具。

一朝登帝萬骨枯，皇椅之下血似海。說到最後，還是我害了他們，這讓我更想盡快結束戰事，終結巫月的內亂！

簫曲漸漸停下，子裕愧疚地垂落雙手。

「申屠，對不起，我負了你……」他忽然身體前傾，不好！

「子裕不要——」申屠金驚恐地嘶喊起來，子裕在他的嘶喊中毫不猶豫地從城樓一躍而下，青色的身影在蒼色的天空下如同一隻青燕，快速墜落。

我立刻提氣飛起，在空中甩出了流星追月，銀白的絲帶捲住了他的腰身，我落在城樓時一把用力拽緊綢帶，子裕的身體重重撞在了城牆上，在離地三寸處停下。

「子裕！子裕！」申屠金立刻抱住他懸空的身體，也是痛心疾首：「你怎麼那麼傻啊！」

「咳咳咳……」

子裕被撞得有些暈暈乎乎，我收回絲帶，申屠金接住他的身體，他拉住了申屠金的衣領。

「知己難求，但天下蒼生為重，子裕自知負了你這知己，唯有一死謝罪。申屠，子裕不會讓你再戰下去，那樣榮城百姓只會受苦！你就聽子裕一勸吧……」

申屠金在子裕的苦嘆中蹙眉握緊手中劍，赫然起身看我。

「是我請子裕出山助我，他生性恬淡，不喜戰爭，請妳放過他。我申屠金誓死也不做女人的奴才！」申屠金登時舉劍就要自刎！

「申屠！」子裕立時起身竟是徒手捏住了他手中寶劍，立刻鮮血滑落利劍，驚得申屠金趕緊扔了劍抓起子裕的手，痛心不已。

「子裕！你這樣還怎麼彈琴！」

子裕分外認真看他。

「子裕一直隱居山林，得申屠之摯友，子裕十分珍惜，若是申屠死了，子裕也必然同往！」

「子裕！」申屠金深深看子裕決然的臉，感動得將他一把抱緊。「好！我帶你走！」

他彎腰再次拿起劍。

「你們走吧，離開巫月。」我的話音讓申屠金手中的劍一頓，子裕和他一起仰臉朝我看來，我淡淡俯看他們。

「申屠金，子裕不願負你，而你只因你的執念，讓他隨你而死，你真的覺得對得起他嗎？」

鳳老爺子、楚嬌、瑾毓，所有人都朝我看來。

申屠金面露一絲愧色，低下了臉。

「子裕比你有才，是有名的智者，死了可惜。申屠，你不過是不甘屈居女人之下，又何須要鑽尋死這牛角尖？外面的世界廣闊無邊，更是由男人統治，你大可離開巫月，還是，你對現在的權力有所眷戀？」

申屠金在我的連連反問中面露難堪地無言以對，無法抬臉。子裕擔心地看他，子裕如此聰明，又怎不知申屠金的心？

我繼續說道：「這樣吧，我與蒼霄三殿下都翎有些私交，我給你寫一封推薦信，你去投靠，他定會重用你。」

申屠金大驚地看向我，目露不可置信。

「他將大舉討伐孤海馬賊，正在用人之際，你可加入他的討伐大軍，也滿足你嗜戰的愛好！」

申屠金捏緊利劍恨恨看我：「我憑什麼要信妳？」

我笑說：「我大可現在就殺了你，為何要騙你？說到底，也是愛惜子裕那份聰明才智，隨你死了，確實可惜。而且，你本就是將才，都翎那邊沒準正好缺你這種勇猛的將才呢？馬賊凶殘，需要你這種不怕死的猛將。但是，你要答應我，從此聽子裕的話，你若再對士兵嚴苛，施以酷刑，我會要回你的命！」

申屠金吃驚地看向子裕，子裕則目瞪口呆地一直看著我。

我微微而笑。

「蒼霄的女人很聽男人的話。申屠，那種女人正合你意，聽說那邊的女人跟我們長得不同，金髮碧眼，如同娃娃。你去了蒼霄，對你、對巫月皆是好事一件，巫月少了你這種頑固之人，也會更加穩定。」

申屠金怔住了身體，也開始和子裕一樣呆呆看我。

林大養千鳥，更何況是一個國家。他不愛我巫月，我巫月也不求他留下。這種影響巫月人心穩定之人，還是少一個為妙。

我說罷飛身躍回自己的馬車，揚起手：「全軍就地紮營，其餘人隨我入城，發錢！」

「哦——玉狐！玉狐！玉狐！」

我在歡呼聲中駕馬車悠然入城，士兵願意隨我是因為我每攻下一座城池，都會開倉發錢，有福同享！

拿下榮城，至關重要，這會影響之後的戰局。

孤煌少司麾下的申屠金是一員猛將，想當年北辰家族極力保他，便知他的厲害。他被我們拿下，會讓後面城池的守將心生忌憚。

進入榮城之後，開始有了京都的消息。說是女皇巫心玉已在孤海荒漠失蹤，生死不明。慕容飛雲和聞人胤叛變，殺死了自家兄弟慕容襲靜和慕容燕，帶領三十萬大軍投靠公主巫溪雪叛變，叛軍已逼近京都。

但是，對於孤煌泗海卻隻字未提。有傳聞說夫王孤煌泗海深居後宮，不理朝政。也有傳聞說夫王身體孱弱，已回攝政王府休養，由攝政王親自照顧。

泗海失蹤，孤煌少司不會不聞不問。聽說在得知巫心玉失蹤之後，攝政王孤煌少司一直鬱鬱寡歡，無心朝政。我覺得他這變化不是因為我，而是因為泗海。

他自然知道泗海來了我這裡，也定知道他與我一起墜崖。這之後他必派人找過我們的屍體，但他不可能找到。所以，他現在應是期望泗海和我都還活著。因為他了解泗海，就像子裕了解申屠金一樣，若是我真的死了，泗海也不會活下去。

現在玉狐攻城，相信不久之後他便會知道泗海在我這裡了。這或許對他來說是一個好消息。榮城靠近城樓的房子被我用冰塊砸成了廢墟。這讓百姓對我們進城心生惶恐，直到我們開始發錢、發糧，他們才少了幾分對我們的懼色，面露喜色起來。

申屠金和子裕在士兵的押送下，出了榮城城門，我駕馬車跟在他們身後，算是送他們。

子裕的身上是簡簡單單的行囊，受傷的右手我已經命人為他好好包紮。

他轉身對我拱手一禮：「姑娘請回吧，不必再送我們了。」

申屠金手裡是我的推薦信，我在寫的時候楚嬌和瑾毓是反對最強烈的，因為她們覺得這是放虎歸山，對我們不利。

但是，我相信子裕會是申屠金最好的中和劑。沒想到申屠金這樣的傢伙，竟有子裕這樣的知己，真是讓人嫉妒。

申屠金拿著信，一路沉默，也已經換上了簡單的衣裳，揹著簡單的行囊。

我命人牽來兩匹馬看向他們。

「你們此去蒼霄不要往孤海荒漠走，那邊裂谷叢生，如同迷宮，你們是走不出去的，所以還是往南走水路吧。」

子裕認真點頭：「多謝姑娘提醒。申屠，還不謝謝姑娘。」

申屠金別開臉，拱起手：「謝了！」

就在這時，在後面休養的瑾崋和月傾城一起騎馬而來，看見申屠金和子裕便目露驚訝，而申屠金和子裕看見他們二人也是雙目圓睜。

四個男人就這樣一直看著彼此。瑾崋他們驚訝的應是我怎麼放了他們；而申屠金他們驚訝的多半是月傾城的容貌。

「妳把他們放了？」果然，瑾崋一到我身邊就不解地問。

「不錯，我愛才，捨不得殺他們。」我點點頭。

「妳不能婦人之仁！」瑾崋直接反駁我，讓一邊的月傾城目露驚訝，宛如在驚訝瑾崋居然敢對我不敬，瑾崋急道：「他們要是給別人報信怎麼辦？」

「姑娘放心！」子裕一臉正色：「子裕定會看住申屠！」

我心中劃過一抹苦笑，子裕的情況倒是與我相似起來。

「一路走好。」我與他們道別，子裕和申屠金騎上馬，往我所來之路奔馳而去。

陽光破空而出，灑落在騎馬的申屠金和子裕身上，飛揚的披風和那青色的衣衫在我的腦海中形成一幅美好的畫面。

誰說君子之情淡如水？若是如水又怎會生死相隨？

那一年，他在林中吹簫……

那一年，他因被貶悶悶不樂……

他們在林中相遇，他吹簫，他靜聽……

此後他日日前往，為他帶上一壺酒，他便還他一段簫……

這是泗海告訴我的，申屠金是在被貶那段時間遇上了子裕，兩人成為莫逆之交，之後申屠金被派來榮城，子裕也一起跟了來。申屠金不練兵時，會和子裕一起飲酒，子裕吹簫，他舞劍，士兵們說，子裕先生來了，申屠將軍的脾氣也好了許多。

所以，我覺得，我沒放錯。

瑾崋和月傾城趕到後，我決定兵分兩路。

拿下榮城，後面的城池已心生懼怕，之後的戰事不會太難。

於是我抽調五萬兵，和瑾崋去支援慕容飛雲。

✥ ✥ ✥

士兵清道的這天，大年三十。

整個榮城洋溢在一片喜慶中，因為我用榮城的府庫，給他們發了紅包。榮城守將是申屠金，但還有府尹等等其他官員，我們又從他們那裡搜出了不少油水。拿下一個城，除掉一城貪官，然後給百姓發錢。

這是我巫心玉的戰術，一路過來，為巫溪雪拉攏不少民心。

此刻，府衙內外已經擺滿圓桌，城外更是架起大鍋，香噴噴的肉香瀰漫整個榮城！

大年三十若是在打仗，就真的心寒了。所以，除夕還是好好過一個年吧。

可以俯瞰半個榮城。

歌唱聲，鞭炮聲，鑼鼓聲，歡笑聲，聲聲讓人暖心。

煙花在夜空中繪出炫麗的圖案，我和泗海坐在馬車前一起觀賞煙花，我們的馬車停在山崗之上，可以俯瞰半個榮城。

「我們第一次一起看煙花，是在我們的大婚上。」泗海右手微微抬起，他的骨傷正在痊癒。

「是啊……那時我心裡只有一個念頭，就是殺了你。」

我轉臉看他，他與我相視一笑，我們再次一同看煙花。

身後傳來瑾崋的腳步聲，泗海沒有躲進車廂，反而靠落我的肩膀，閉眸假寐。

瑾崋走到我們身旁，手裡提著酒和餐籃，他一見泗海靠在我的肩上立刻生氣地重重放下手中酒罈和餐籃，指向孤煌泗海。

「離巫心玉遠點！你這個妖男！」

「哼……」泗海揚唇一笑，傾世的容顏在煙花下染上迷離的色彩。「現在我還是大的～～輪不到你管，你可是連門都沒入呢～～」

「你！哼！」瑾崋扭頭就要走。

「這就走了？不一起喝杯酒嗎？」泗海緩緩起身，雪髮滑過我的肩膀。

瑾崋頓住腳步，悶悶地站了一會兒，又生氣轉回，提起餐籃和酒瓶狠狠瞪孤煌泗海。

「還不是因為你！害巫心玉都不能和大家一起吃年夜飯！」

泗海勾唇壞笑看他，嫵媚的眸光和狐媚的姿態讓瑾崋看得也微微臉紅起來，匆匆撇開臉，滿臉的煩躁。

「你是想跟他們一起吃呢～～還是和我們？」

泗海的反問讓瑾崋的臉似是氣紅，鼓起臉狠狠斜睨他：「你不在更好！」

「哈哈哈——」泗海得意地大笑起來，我笑著白了他一眼，他爽了。

第一次，瑾崋和孤煌泗海坐在了一起，我甚至覺得這歷史性的一刻可以載入史冊。曾經在我後宮男人裡最浮躁、最仇恨妖男的一個，卻為我忍氣吞聲，與仇人一同飲酒，這份情，我到底該怎麼還？

我們在車廂裡一起飲酒，品菜，賞煙花，誰也沒說話，只是靜靜地在一起。

直到月傾城來了。我知道他為何而來，是為了我抽調兵力和調走了瑾崋。

他獨自一人上山，我關好車廂門下車，這下瑾崋真的跟泗海單獨相處了，他們不會打起來吧？不，他們不會，瑾崋也打不過泗海，但是泗海臉上那邪氣的笑容真的讓我為瑾崋擔心。

我獨自迎上月傾城，他一邊走一邊打量安靜的馬車。我站到他身前，他一個沒注意差點撞上我，我伸出手推住他前進的身體，他嚇了一下，可見他看那馬車看得多麼專注。

他踉蹌了一步，面露一絲驚慌看我，通透的臉微露一抹薄紅，目露歉意地說：

「對不起，差點撞到妳。」

我看一眼馬車，再看他：「你找我何事？」

他目露一絲猶豫，微微蹙眉後鄭重地說：「妳若是一定要去救援慕容飛雲他們，我要同往。」

「怎麼？想監視我？」我笑道。

「傾城不敢。」他微微側臉。

「我知道巫溪雪想要除掉飛雲和聞人，但是他們一直幫我，我不能見死不救！」

我認真的話音讓他的神色越發沉重，我繼續道：

「月傾城，你是巫溪雪的未婚夫，莫說我是巫心玉，即使我只是玉狐，你這樣一直跟著我也不妥，若是將來巫溪雪知曉我真實身分，對你更是不利，你我還是不要相互連累了。」

他雙眉越發擰緊，面朝榮城長長嘆出一口氣。

「哎……我知無法攔妳，但即使妳現在救出慕容他們，公主也不會信任他們，還會牽連瑾崋。」

「我無所謂～」

瑾崋的喊聲從車廂裡傳出，月傾城一臉驚訝，就看到瑾崋從車廂裡走出，單腿曲起坐在馬車上，桀驁不馴地瞥了月傾城一眼。

「我又不是巫溪雪的男人，用不著管她怎麼看我。我瑾崋全家是巫心玉救的～不是巫溪雪！」

月傾城豔如紅梅的雙唇抿了起來，似乎總是強調他是巫溪雪的男人，讓他感到不適。

「既是如此，傾城無話，保重。」說罷，他落寞地轉身離去，身影在煙花的光芒中多了一分悵惘。他漸漸停下，又轉回身，忽然向我深深一禮，我不由疑惑。他行完禮起身，認真注視我。

「小心。」語畢，他站在煙花中看我許久，猛地轉身，大步向前，不再回頭。他那乾淨俐落的身影讓我不由想起了獨狼，子律那裡應該已經準備得差不多了。

「月傾城什麼意思？態度這麼曖昧。」瑾崋走到我的身旁，摸著下巴。「他該不會喜歡妳吧？」

「別胡說！」我白他一眼，擰緊眉：「他只是身分尷尬。」

「尷尬什麼～」車廂裡又傳來泗海調笑：「哼……別的女人的男人就不能要嗎？」

「泗海！你也別胡說！」我睨向車廂。

「哈哈哈——」他在車廂裡大笑起來：「小花花，即使沒有我孤煌泗海，你也會有小霜霜、小幽幽成為阻礙，我看……你真的只有做小的份呢～～哈哈哈哈——」

瑾崋咬牙切齒瞪視車廂，我在旁蹙眉撫額，泗海又在謀劃什麼，能不能別給我添亂了？

大年初一一大早，我和瑾崋帶五萬兵以及糧草轉道北方，因為我擔心飛雲他們糧草不夠，可能已經在挨餓，情況十分緊急。所以這次不能夾擊，要從他們後方盡快補給他們。

剩下的人由鳳老爺子和瑾毓大人繼續從中路進軍，拿下榮城，裡面的儲軍又可歸他們使用，所以，中路軍非但不少，反而一直在增加。

我們出發的時候，月傾城一直在城樓目送我們，我能感覺到他想和我為友，但他與我的身分，注定我們不能成為朋友，即使多說一句話，也會招來不必要的煩擾。

我們可以與自己截然不同的人為友，甚至可以與敵人為友，但絕不能和另一個女人的男人為友。尤其……月傾城還是這樣一個傾國傾城的美男子。

前往北辰的路線並不順利，多為山林，行軍緩慢，走了足足九天才開始接近北辰家族的領地。

就在我們翻越最後一片山林時，我們忽然看到山下正有軍隊悄悄行進，我立刻揚手讓全軍停止，靜靜伏在山頭之上。看來我們有仗要打了。

山下足有精兵一萬，他們沒有騎馬，而是悄悄地刻意不發出聲音地慢慢前進，似要伏擊。

而就在他們前方坡下，正有一片營帳，營地裡的士兵彼此團坐，看上去精神委靡！

「是我們的兵！」瑾崋認出了我們的士兵：「怎麼好像少了？」

他擔心起來。

從目前的情況看，很有可能飛雲他們跟北辰已有接觸，並且戰敗。

此處地勢有趣，飛雲他們紮營的地方是窪地，三面是山坡，那些精兵很明顯是想包抄他們。

我們所處的位置是更高一點的山林，所以可以俯瞰下面一切，可謂螳螂捕蟬黃雀在後。

但我們面前是比較陡的山坡，如果這樣衝下去很容易摔倒翻滾，我想了想，對瑾崋說：

「把我做的炸藥包拿來。」

瑾崋點點頭。

攻打榮城時，爆竹有剩餘，後來進入榮城我又補給了一些，大家一起做了一些小的炸藥包，除了攜帶方便之外，也比較安全。

山下的精兵已經停下，開始分散埋伏，我看到前方有一將士正用手勢指揮，我取來弓箭悄然對準。

「炸藥包拿來了。」瑾崋和他的精銳們拿來炸藥包。

我點點頭：「扔下去！」

立刻，炸藥包的引線「茲茲」作響。在瑾崋把炸藥包扔下去的同時，我的箭也立時射出。

寂靜的空氣裡，響起引線「茲茲」的聲音，立時引起下面人的注意。那名將士立刻揚起臉，炸藥包帶著一縷青煙和我的劍一起朝他們而去。

他目露大驚之時，我的箭直接射在了他的肩膀上，他踉蹌了一步立刻用手中的槍戳入地面讓自己站穩，一聲不吭地朝我狠狠看來。即使我們相隔甚遠，我依然能感受到他目光中的殺氣與煞氣！

「砰！」「砰！」「砰！」「砰！」

炸藥包墜地之時炸響，靜謐無聲的世界徹底被打破。登時慘叫連連，煙塵四起！

「啊——」

「有埋伏——」

「啊——」

營地裡的士兵聽到巨響立刻害怕站起，驚慌地拿起兵器。主營之中迅速走出二人，看到其中一人手拄枴杖，我和瑾崋相視而笑，目露安心。他們沒事。

可是，他們為何不降？而要和北城他們硬對抗？

炸藥包帶起的煙塵覆蓋了下面的一切，煙塵下是倉皇混亂的人群。瑾崋銳利的目光盯視下方，果斷地揮手而下，我們的弓箭兵齊齊發箭，箭矢像刺蝟身上的刺一樣密密麻麻而下，異常壯觀！

連連的慘叫注定了結局，下方的營帳還不知山坡上到底發生了何事。就在這時，濃煙之中衝出了一支隊伍，他們護起中間的將領衝出了煙霧往回敗退。在他們中間的男子再次尋我而來，銳利的目光寫滿不甘與憤怒。

我站在高坡之上淡淡俯視他，他一直瞪視我，宛如要看穿我的面具，得知我的身分。精銳們架起他，在箭雨中奪路而逃。

待下面靜謐無聲後，我揚起手，所有弓箭兵停下了攻擊，一股大風而過，吹散下面濃濃煙塵的同時，也帶來刺鼻的硫磺味和血腥味。

我巫心玉一直不忍自相殘殺，同室操戈，一直用計也是為減少彼此傷亡。但這一次情況危急，不得不如此，方才還活生生的一萬人，此刻卻是浮屍遍地，讓我心痛不忍。

我轉身深吸一口氣：「派人下山收拾戰場，若有倖存者帶回營地救治。」

「是！」

「瑾崋，與我去跟飛雲會合，命人發糧生火！」

「知道了！李青，你帶五千人去收拾戰場，帶回傷者。」

「是！」

「老梁，你把糧草運下去，山路比較陡，小心點。」

「知道了！」

我再次回到馬車，拉起轡繩時，傳來泗海悠悠的輕語。

「第一次殺了那麼多人，感覺如何？」他的語氣有一絲笑意。

我擰起眉，心中發沉：「不好。」

「哼……」他笑了：「妳我果真不同，我第一次殺那麼多人的時候，可是莫名的爽快呢。哈哈哈哈——妳會習慣的，巫心玉，到最後，我們會是同類人~」

我長嘆一口氣：「或許吧。駕！」

他說得對，到最後，我和他是一樣的。殺他，是為了阻止他繼續濫殺無辜；到最後，卻是我滿手鮮血地從他和他哥哥手中奪回巫月。我和孤煌泗海，果然是一樣的……

到達營地時，眼前的一切是那麼的讓人心酸。飛雲他們，真的沒糧了。士兵一個個面黃肌瘦，忍饑挨餓，無力拿起兵器。如果今天不是我們及時趕到，他們肯定會被全部殲滅。

飛雲和聞人迎了出來，他們也整整瘦了一圈，滿臉的鬍碴，但因他們是武將，所以沒有像士兵那般形容憔悴。

「飛雲拜見……」

我立刻扶起他和聞人，不解而疼惜地看他們。

「你們為什麼沒有假意投靠？那樣你們不必這麼受苦。」

聞人看向飛雲，飛雲臉上露出了一絲倔強和固執，他側開臉，雪白的眸中是深深的不甘。

「飛雲不想再被人叫做牆頭草，這一次即使粉身碎骨，也不再委曲求全！」

堅定堅毅的話讓我看到了他的錚錚鐵骨！

「沒事了，我們來了，我給你帶來了糧食。」我微笑點頭。

「吃的！」周圍的士兵激動而艱難地站了起來：「有吃的了——」

委靡不振的士兵們紛紛用最後一絲力氣站起，吞著口水看向我，宛如即使爬也要爬到我的腳下，拿到糧食。

瑾崋立刻護在我的身旁，宛如怕大家吃了我似的，他大聲說道：

「大家放心！我們帶來了足夠的糧食，山路陡峭，送來還需要一些時間，大家坐下等候，很快就到！」

「好，好……」士兵們熱淚盈眶，再次坐下，紛紛抹淚。「太好了……終於有飯吃了……」

「是啊……」

「終於不用再啃樹皮了……」

在營帳中，飛雲向我做了簡單的彙報。自從他接到我的命令，他沒有跟北辰發起正面衝突。但是北辰發兵連連追擊他們，這裡多為窪地山林，他們對地形不熟悉，時常遭遇伏擊，已經失去了兩萬兵力。

而北辰也似是以狩獵他們為樂，沒有一鼓作氣地殲滅他們，而是一點一滴地瓦解他們的兵力，折磨士兵的鬥志！大部分士兵趁敗退時在樹林中逃散，還有一部分是在糧食短缺後逃走的。所以飛雲的兵越打越少，食物也越來越短缺。

現在正是冬季，連獵物也打不到，最後只能撕樹皮來勉強充饑。北路軍已經被逼退百里！

在士兵拿來熱粥時，飛雲和聞人囫圇吞下，連吃了三大碗才恢復一點氣力。

我和瑾崋在一旁看地圖，此處多為山林，冬天乾燥，一路過來，積雪越來越少。北辰雖然是巫月北方，但處於氣候溫暖地帶，所以越往北，溫度越高，積雪也已化開。再往北，有一道天險十二仙女山，山脈起伏，像十二個仙女手拉手站立，以此得名。

北路軍進軍的地方多為窪地，地勢逐漸增高，山丘起伏，地勢極為複雜，很容易被埋伏。對於不熟悉地形的人來說，非常吃虧。所以，我們這次不能正面進軍，往前幾乎沒有適合紮營之處。

「北辰駐軍有三十萬，我們不能正面迎敵。」

我的話讓營帳內的氛圍沉重一分。我看向慕容飛雲和聞人。

「現在當務之急，是鼓勵士氣。然後，我們一舉拿下北城守城！」

慕容飛雲和聞人吃驚地看向我，慕容飛雲雪白的雙眸落在我的臉上。

「他們有守軍三十萬，我們現在加起來也不過八萬，實力過於懸殊，如何一舉拿下？」

瑾崋站在我的身旁，雙手環胸倒是顯得有些清閒。

「你們放心，她說能拿就能拿，剛才埋伏你們的足有一萬精兵，還不是被我們打得全軍覆沒了？」

瑾崋嘴角揚揚，有些得意。

「有一萬人？」慕容飛雲連連搖頭：「沒想到一直緊追我們的只有一萬人，但也把我們打得焦頭爛額。哎……」

「飛雲，對方十分熟悉這裡的地形，你不要太過自責。」聞人胤抬手按住慕容飛雲的肩膀，安慰他。

我拍了一下瑾崋，認真沉語：「不要得意，剛才是對方沒有想到我們會突然到來。不過，今天給了他們苦頭吃，他們暫時不會殺回。我們要迅速轉移。」

「轉移？」瑾崋、慕容飛雲和聞人胤同時看我。

我看向地圖。

「對，轉移，到更高的地方，我們就能致勝！」說罷我直接掀簾而出，見到士兵們正在狼吞虎嚥。

我提裙躍上馬車，揮開斗篷大聲道：「吃飽了嗎？」

兵士們端著碗，鼓著腮幫子看向我，有人連連點頭，有人高舉雙手，有人大喊：「吃飽了！」

我點點頭：「吃飽就好。北辰駐軍三十萬，卻沒有把你們一舉消滅，反而一點一點地追打你們，你們知道為什麼嗎？」

士兵們面面相覷，搖搖頭。

我怒道：「那是把你們當老鼠在耍！他們是貓！你們就是他們的老鼠！他們在戲耍你們！以此為樂！你們咽得下這口氣嗎？」

「啪！」登時，有人怒摔手中的碗。

「太氣人了！居然耍我們！」

「他們北辰家族有什麼了不起！兄弟們吃飽了跟他們拚了！」

「對！跟他們拚了！把他們當落水狗一樣打！」

「我們要報仇——」

「報仇！報仇！報仇！」

憤怒的喊聲登時響徹天際，士兵們一個個站起，高舉手中兵器，士氣重振！

我揮舞手臂，大家立刻安靜下來，我大聲道：「剛才！就在你們營地上面！他們又想伏擊你們！總共一萬精兵！但是！你們看見他們被我們打成什麼樣了嗎？我們這裡可是一個兵都沒出！」

「什麼？這位姑娘沒胡說吧，他們一個人都沒出？」

「不可能吧！」

「不過瑾崋將軍也在，應該不是騙我們。」

「太厲害了！」

「這位姑娘到底是誰啊？」

驚呼立刻四起，士兵們臉上之前的疲態已經完全消失。

「所以！我們也可以把他們當老鼠耍！我們還要端掉他們的老鼠窩！」我繼續道。

「好——」

我躍下馬車，看向慕容飛雲和聞人胤：「士氣已經鼓舞，現在，準備迎戰！」

「這麼快！」聞人胤吃驚看我，連連戰敗讓他俊美的容顏都快被他的鬍子覆蓋，簡直白費了我當初為他除疤所花費的心力！

我看向面前的士兵：「你們想不想馬上一雪前恥？」

「想——」面前的士兵們儘管面黃肌瘦，但是憤怒的火焰已經把他們徹底燃燒起來，他們現在像餓狼一樣凶猛無敵。

我看向慕容飛雲、聞人胤和瑾崋。

「剛才那名將士目光凶狠不甘，他絕不會善罷甘休，定會以最快的速度領兵回來復仇！」

「你說的是辰炎陽？」慕容飛雲忽然說。

「辰炎陽……」原來剛才那人就是辰炎陽。

聞人胤接著補充：「辰炎陽是北辰家族七子，一直是他在追殺我們。他在家族中排行最小，我們被北辰家族小看，只派他一人來！」

「排行最小未必實力最弱。」我認真看他們，三個男人面露深思。「北辰家族四子三女，人人善戰，但這七子格外聰明，用兵如神，從未輸過，所以剛才那一戰，他必不服輸，還會再來！」

「那妳剛才怎麼不射死他？」瑾崋不解看我。

我靠立在馬車前，雙手環胸：「北辰家族畢竟是巫月老臣，將來還要再見，我怎能殺了他們家最寵愛的七子?總之大家留一線，日後好相見。」

「玉狐想得周到。」慕容飛雲手拄枴杖深沉點頭：「請玉狐下令吧。」

「妳這不是在玩他嗎？」瑾崋撇撇嘴，目露一絲受不了地看我：「妳這人也挺惡趣味。」

我收緊目光，立即部署。

「瑾崋，你帶五千人迅速清理敵軍屍體，脫下他們的衣服，讓我們的換上，繼續扮作屍體。」

瑾崋揚唇而笑：「得令！」

瑾崋立刻帶人而去。

我看向聞人胤：「聞人，你帶所有弓箭兵藏入林中，沒我的命令，不得進攻！」

「是！」聞人立刻離開，面前只剩飛雲。

「飛雲，你是瞎子，最容易讓人放鬆警戒，所以，我要你留在這裡帶領其他人裝作收拾營地，像是要離開的樣子。」

慕容飛雲了然點頭，手拄枴杖，轉身而去。

部署完畢，只等某人自投羅網。

營地剩兩萬人，不然人太少會讓辰炎陽懷疑，這兩萬人來來去去地不停走動忙碌，看起來會像四萬人。

「剩下的人退兵五百米！」我揚起手。

「是！」將近五萬的大軍浩浩蕩蕩開始往西退軍。山林地帶，兵多易亂。慕容他們已經敗退百里，辰炎陽也不可能回北辰家族領地領兵，所以，應該是他自己帶的後援。他只帶一萬人追打慕容他們，可見此人從未敗過，極為自負，所以他不會帶太多後援。

人多力量大，很快瑾崋他們清理乾淨了屍體，士兵們紛紛穿上對方的血衣，身上插上箭躺在原處。士兵都是灰頭土臉，自然一時無法分清敵我。

瑾崋對我示意後，也藏於「屍體」之間。

聞人胤也帶人就位，探子來報，已看到辰炎陽殺氣騰騰的隊伍，人數在兩萬人上下，果然和我預計的差不多。

我示意大家各就各位，慕容飛雲開始和大家一起收拾營地，他站在最明顯處，好讓敵人的探子知道他是個瞎子。

而我牽馬車到山坡下，找來一個北辰的傷兵，開始為他包紮。

他驚恐害怕地看著我，全身在發抖。

「別、別殺我，別殺我，我家裡上有老，下有小……」

「哎……每個人都是這套說辭。」我握住了他腿上的箭，他全身抖得厲害，我抬眸看他：「看著我。」

我揭下了面具，立時，他雙眼發直，目瞪口呆。

我毫不猶豫地拔掉了他的箭，對他一笑：「你能被我醫治，是你三生修來的福氣。」

他依然張著嘴，雙眼發直地看我，我戴回面具，他才想起疼：「啊——啊——」

我捏緊了他的腿，冷冷道：「過會兒你家將軍來了，如果你敢多說半個字，我馬上廢了你！」

他登時全身一哆嗦，我揚唇一笑開始替他慢慢清理傷口。他嚇得不敢痛呼出聲，捂住嘴，臉色疼得煞白。
整個世界忽然安靜下來，靜得格外詭異。
百戰百勝讓辰炎陽變得更加不服輸，剛才那一戰會讓他覺得丟盡顏面！
年輕人最好面子，像瑾崋。所以，他迫不及待地回來復仇！
我剛才那一箭雖不會要人命，但也夠嗆了，他能立刻重整旗鼓，也是一條硬漢！
白淨的紗布一圈一圈裹上士兵的腿，整個世界靜得如同空氣凝固。
「動作快點！他們要是追來我們就死定了！」慕容飛雲在營地邊手拄枴杖焦急催促。
忽的，上方響起了馬蹄聲，是從我們前來的山坡那裡傳來的。辰炎陽在那裡吃了虧，必是先派人探查，然後再悄悄行進，之前沒有半絲聲音，應該還在偵查，發現沒有伏兵，才從山坡上而下，從我們上方的平地而來，那裡適合行軍！
但是，他們卻不知道，他們已經走入我們的陷阱，當他們走過一具具屍體時，就已經注定有來無回！
山坡上忽然出現密密麻麻的士兵，手中持著弓箭。
「敵軍來啦——」營地裡的士兵發現了山坡上的動靜，士兵們立刻拿起刀槍驚慌地聚在了一起。
他們臉上的驚慌不是裝的，因為他們是第一次跟我巫心玉打仗，心裡還沒底，所以會怕。
慕容飛雲匆匆到我身邊：「玉狐姑娘！敵人殺來了，妳快走！」
上方並沒射箭下來，而是呈扇形居高臨下地包圍了我們這片窪地。
一名將領從他們之間而出。馬蹄聲反而慢下來。

面前的士兵哆哆嗦嗦地看向我身旁坡地的上方，我抬眸看他一眼，他立刻嚇得低下頭。

「你們已經被包圍了！」清朗有力的聲音從上方傳來，格外乾淨俐落：「快點投降，本少爺不殺女人和瞎子！」

他的語氣高傲之中透出一絲氣悶，似是感覺贏得有些輕鬆。

我綁好繃帶起身，立時上面的弓箭兵張弓搭箭，齊刷刷的聲音顯示他們訓練有素。我揚起臉單手負於身後看辰炎陽。他立於太陽之下，正好背光，明亮的日光讓我無法看清他的容貌。之前煙霧瀰漫，也沒看清，但是辰家美顏乃巫月有名！

之前阿寶只給我排了京城美男排名，並未排整個巫月的。若是論巫月排名，北辰家族絕對在前十之內！

換言之，那日光下的辰七公子，容貌應該在瑾崋之上。

「可是辰炎陽辰七公子？」我問。

他在上方輕笑。

「哼，怎麼，醜八怪，妳還想跟我攀親？我可看不上妳～～人醜即使戴面具也好看不到哪兒去！」

「我只是想確定一下，我知七少精通兵法，只用區區一萬人把飛雲和聞人的五萬兵逼退百里，是不是很好玩？」我笑道。

坡上變得安靜，他策馬往前走了一步，容貌從陽光中展現，變得清晰，一張輪廓精細的鵝蛋臉，不大不小，不圓不尖，如那晶瑩剔透的鵝蛋，弧度完美驚人。一雙丹鳳眼，眼角自然上吊，飛逸之中帶一分精銳，挺直的鼻梁，如紙一般的薄唇，唇角勾笑，風流不羈，輕狂自負。

墨髮高束，清晰現出雙耳耳廓，薄薄的雙耳透著陽光，右耳耳垂下一個大大的耳環在陽光中金光閃耀。

他朝我而來，兩側先鋒立刻上前，護在他左右。他只是前行兩步，手中長槍落地，他和瑾崋用的兵器是一樣的，但是他是雙槍頭，即兩邊都有槍頭。

「說！妳到底什麼來路？」他鳳目之中滑過一絲狠意。

我不言，看他一會兒，坐回馬車前，拿起韁繩。

「我不好戰，七少若是願意現在束手就擒，我可放你這兩萬人一條生路。」

「噗！哈哈哈哈——哈哈哈——」他仰天大笑：「醜八怪妳少吹牛！」

「我吹牛？」我駕車而上，揚唇而笑。「你難道忘了，我是怎麼把你那一萬兵打得片甲不留的？哎呀~~好丟臉啊~~」

我對他做出羞羞的姿勢，氣得他立時殺氣騰騰，狠狠看我，宛如恨不得把我碎屍萬段！

在戰場上，激將法是很好用的方法，尤其是對付那些年輕氣盛，自負輕狂的戰將。

我繼續駕馬車悠然上前，笑意盈盈：「屢戰屢勝的辰七公子，居然在我這個醜八怪這裡破了紀錄，我看你還是吞劍自刎，別回家族丟人現眼啊。」

立時，他目光冷厲起來，慢慢拿起地上的長槍，冷笑揚唇。

「醜八怪，妳今天是真的要讓本少爺破例了！本少爺可是第一次殺女人，這是妳的榮幸！」

他立時揮搶朝我而來。

我立刻躍上馬車，發令：「瑾崋！」

立時，聲聲慘叫從他們身後傳來。

「啊——」

「啊——」

「有埋伏——」

「啊——」

原先躺在地上的死屍以最快的速度站起，在敵軍毫無防備的情況下，將身邊最近的人誅殺，轉眼間，辰炎陽身後的軍隊已所剩無幾。

辰炎陽吃驚地看向身後，弓箭兵也迅速轉身，就在他們轉身的那一刻，我再次發令：「聞人！」

立時，弓箭像雨一樣從兩側急速飛來，帶著風的呼嘯聲掠過我的頭頂，射在了轉身的弓箭兵身上，他們中箭後從山坡上紛紛滾落，辰炎陽的整個軍隊瞬間再次陷入混亂。

辰炎陽又急急調轉馬頭，我揚起手，弓箭停止，慕容飛雲帶領營中士兵到我身後，憤怒的士兵們殺氣四射，手中刀槍揮舞，寒光閃閃。

「現在，你覺得是誰包圍了誰？」我笑看辰炎陽。

他的護衛隊立刻將他再次護起，左側看似先鋒的男子低聲提醒：「公子，我們保護你，你快走！」

「妳這個醜八怪！果然是醜人多作怪！」

辰炎陽並未聽勸，而是掄起長槍推開保護他的人朝我而來。我直接抽出了流星追月飛身上前，他吃驚地看我，似是完全沒想到我會功夫。

銀白的綢帶迅速繞過他的身體，收緊之時我穩穩立在他身後的馬背上，抬腳就踩上他的後背，他吃力往前彎下，我一招將他拿下！

護在他身邊的先鋒和看見這裡的士兵們無不目瞪口呆，忘記對戰！

「辰炎陽，算你運氣好，我玉狐也從不殺美男子。」我冷笑俯看他。

「妳！妳是玉狐？」他咬牙扭頭，想看我。

「哦？看來北辰家族已經知道我了。哼！」

我抬腳把他踹下馬，他「撲通」摔落在地，狼狽地起身。

我拽緊絲帶，冷看他的士兵，朗聲道：「你們的主將已被我所擒，回去告訴你們領主，我玉狐七日後奪城！讓他們在城門口準備跪迎！」

他們驚慌地看我片刻，立刻丟了兵器往回就跑。

「回去告訴我娘——讓她率兵把他們蕩平——」辰炎陽氣急敗壞地大喊，他的護將既著急又擔心地看他一眼，立刻策馬跑回。看他們遠去的身影，我揚唇而笑。

「醜八怪——」辰炎陽朝我咬牙切齒地撞來，還沒碰到我時，就被瑾崋一把揪住衣領扯回。

「老實點！玉狐不殺美男，我可不會！」瑾崋說著橫起刀。

辰炎陽毫不畏懼地回瞪瑾崋。

「要殺就殺！少他媽廢……」忽地，他頓住聲，仔仔細細看瑾崋，吃驚不已。「你是瑾崋！」

瑾崋一把推開他，冷看他：「不錯！我是瑾崋，辰炎陽，好久不見。」

辰炎陽也冷笑起來：「聽說你們瑾家為了保命，讓你做了那好色女皇的愛寵？哼，我還以為你們瑾家有多硬骨頭呢？你在那淫蕩女皇的床上爭寵，確定還會打仗嗎？」

瑾崋的臉色立時鐵青：「我現在就殺了你這妖男的走狗！」

「我辰炎陽才不會怕你這個男寵！」辰炎陽昂起脖子，也是個臭脾氣。

瑾崋手中的刀帶著他的憤怒和殺氣一揮而下，我伸出手中流星追月的銀柄擋住，「叮！」一聲，瑾崋的刀砍在辰炎陽的鼻尖之前。

他氣悶看我：「妳捨不得？」

我蹙眉：「瑾崋，冷靜，他現在是俘虜，殺不得。」

瑾崋氣悶地收回刀，轉身悶悶地說：「我也只是嚇嚇他！」

辰炎陽怒視我冷笑：「我娘一定會把你們蕩平的！」

我懶得理他，把他扔給了瑾崋。

「看好他。大家回營！我們還有很多事要做！然後奪下北辰騮馬城！」

「好！」

「好！」

「好！」

第一次打了勝仗，讓這班戰士們終於出了心口的悶氣，他們不再恐懼，不再害怕，不再迷惘，他們現在充滿了力量和勇氣，要向曾經追打他們的人復仇！

騮馬城之所以有「騮馬」二字，是因為這裡出名駒寶馬，北辰家族善馬戰，營中寶馬更是上萬匹，一旦辰炎陽的母親辰梨花知道自己愛子被俘必會領兵殺來，屆時我們會寡不敵眾，所以，我們要盡快撤離，並給敵人製造我們往西退兵的假象。

「怎麼讓他們以為我們往西退兵？」慕容飛雲目露疑惑。營地裡大家正忙著收拾。

我指向我們營地邊的樹林：「所以，我們要造萬人墳！」

慕容飛雲、瑾崋和聞人胤吃驚地看一旁的樹林，我嘆道：

「不管怎樣，那些犧牲的士兵都是我們巫月子民，我們不能讓他們曝屍在外，讓那些傷兵來認屍，人死也要留名。」

「是！」

人多造墳快，我讓所有人由外而內地造墳，到傍晚時分，一座座新墳已經立滿一邊樹林，密密麻麻，我們所有人站在墳後。營地早已被清空，只留下用藥迷暈的傷兵們，和我的一封信，讓我們數萬人馬在頃刻間從這個世界消失。

我揮揮手，大家往北開始行進。人對墳墓一直有種畏懼感，不會進入墓群，尤其是晚上。在這個還有點迷信，畏懼鬼魂的世界來說，我們可以用這片萬人墓來掩蓋我們的蹤跡。

✣ ✣ ✣

當夜幕降臨時，我們走出了這片樹林，來到這裡唯一的水源——瑤江。這裡很適合紮營，地面平坦，又有水源。

瑤江從十二仙女山而來，飛流直下，也是騮馬城附近城鎮的唯一水源，越往東越寬，無邊無際，看不到對岸，下游的水流也是越來越湍急，並且漩渦很多，以現在的船隻和技術而言，根本無法過江。

大家就地紮營，歡聲笑語，正在享受第一次勝利後的喜悅。

我和我的馬車停在瑤江一邊，遙看瑤江下游。

辰炎陽被綁在江邊的一棵大樹上，沒有放他走，因為我還有話想問他。

身前是我的篝火，「劈劈啪啪」正在烤鴿子。我覺得到這裡不用送信，就把信鴿給烤了，正好泗海也說想吃肉。

「妳不會贏的！妳這個醜八怪！」年輕氣盛的少將還在罵我。

忽然，寒氣掠過我的面前，朝辰炎陽直直射去，我立刻隨手拔下髮簪甩向那根奇快的筷子！

「啪！」筷子在辰炎陽的面前被我的髮簪打斷，髮簪撞擊落地。辰炎陽驚詫地看向馬車！

我撿起髮簪插回髮髻無語地看車廂：「你也手下留情啊，好歹他是你們家的狗。」

「哼……」冷笑聲從車廂內傳來，帶著一種特殊的慵懶和狐媚。「既是我家犬，我殺他關妳何事？」

「當然關我事，我還有用呢，吃你的鴿子！」我拿下烤好的鴿子從車窗裡遞給他。

似是認出了泗海的聲音，辰炎陽的臉色瞬間煞白，不可思議地張大嘴，惶惶地收回目光。

「怎麼？你見過二公子？」我細看辰炎陽。

辰炎陽一聽我說二公子，驚訝地抬起臉：「真、真是他？」

我微微而笑。

「所以……你能不能告訴我，你們北辰家族為何忠於他？」我指向馬車：「難道是他們兄弟倆威脅你們……」

「誰能威脅我們北辰家？」辰炎陽狂妄地抬起下巴：「即使是他們孤煌兄弟！」

他懷疑地撇我兩眼。

「我不信妳能捉住二公子！我曾親眼看見他像鬼一樣不見了，那車廂裡不可能是二公子，妳唬我！」

「我為何要唬你？你不信也無所謂，只要你不再叫我醜八怪，他就不會殺你。」我笑道。

「妳別想嚇唬我！妳這個醜……」他倏地頓住口，還是有些忌憚地看向一旁透出詭異靜謐的車廂，狠狠側開臉。「妳別想從我這裡套出情報！」

「我不需要情報。」我雙手環胸地說。

他吃驚看我，我繼續說：

「我只是好奇稱霸一方的北辰家族何以臣服於孤煌少司。你們在北方擁有絕對的權力，可謂是一方藩王，權力遠遠大過孤煌少司這個攝政王，更手握兵權，怎會甘心聽命於一個孤煌少司，我真的想不明白。」

辰炎陽在火光中的臉得意起來，邪邪看我：「想知道？我偏不告訴妳！」

我一愣，心中冒火，居然敢挑釁我巫心玉！

我看向他，嘴角一揚：「你可知我為何不放你？」

「哼！不放我是因為妳蠢！」他好笑看我，滿臉的自負狂妄。「妳若放我，我娘不會掃平你們，但現在！哼！妳以為妳那些伎倆能騙過我娘？只要妳在這裡紮營，她很快就會發現，然後把你們一舉拿下……」

「我就是為了引她出來。」我輕悠悠地打斷了他的話。他一愣，目露困惑地看我，我拿起烤好的鴿子笑看他：「是不是想不通？我為什麼要自投羅網？哼，你知道胡蘿蔔和驢的故事嗎？」

他依然狐疑看我，莫名其妙：「不知所謂！」

我晃著手中的鴿子：「車夫把胡蘿蔔綁在驢的面前，驢就追著胡蘿蔔跑，車夫就不用再趕車。」

他在我的話音中雙眸轉動，細細琢磨。

我繼續道：「騶馬城守軍三十萬，而我們只有八萬，還沒有帶投石車那樣大型的攻城武器。而你們北辰家族善戰，我們如果正面攻城，一定拿不下，只有把你們那三十萬兵引出來，那騶馬城不就空了嗎？」

立時，驚訝劃過他的雙眸，在火光中跳躍的眸光讓他的神色也緊繃起來。

「哼。」我輕輕一笑：「我是要騶馬城，所以我只要拿城，誰說佔領城池一定要進攻的？」

「不可能！」他不信地看我：「即便我娘領兵出城，妳也進不去！騶馬城的城牆有如銅牆鐵壁，更高如參天，你們是不可能進去的！」

「所以……要做些工具啊。你們騶馬城背面應該是瑤江的瀑布吧，那裡你們視作天險，所以並未設防。我想……我會讓你看到什麼叫做千萬雄獅從天降了！」

我揚唇而笑，在他驚訝、困惑、不解的目光中悠然地吃鴿子。

火光之中，瑾崋、聞人和慕容飛雲一起走來，聞人和飛雲已經恢復了神采，終於去掉臉上的鬍子，恢復了英俊容貌。

「嗯……味道真好。」

他們無視辰炎陽一起坐在我的周圍，瑾崋好奇問我：「妳信上寫了什麼？」

「就是告訴辰梨花，她兒子在我手上，如果敢追來，我把她兒子五馬分屍。」我一邊吃一邊道。

「我娘不會信的！」辰炎陽得意地說。

瑾崋嫌煩地白了他一眼：「誰去把他的嘴堵了，煩死了！」

「我來！」聞人胤積極地脫了鞋子，見他要脫襪子，辰炎陽登時乾嘔起來。

我也受不了地蹙眉：「將來你們兩個家族還要相見，別這樣。」

聞人胤壞壞笑了，抬起自己的腳：「辰炎陽，你若是再說一句，我這襪子可隨時準備著呢！」

辰炎陽狠狠瞪視聞人胤，咬牙切齒，但真的沒有再說一句話。這招管用。

慕容飛雲手執枴杖搖頭輕笑。

我拿起樹枝在地上一邊畫一邊再次說了起來。

「正如那小子所言，辰梨花不會相信，她反而會想盡辦法救他，於是，她會向西行軍，追捕我們。」

我在地上畫出一條直線，停下。

「但她很快就會發現自己被騙了，並沒有人向西行軍，於是，她會回到原點，萬人墳的位置。」

我再次畫回，圈了一下。

「到時該如何？」慕容飛雲目露憂慮。

「他們可是有三十萬大軍啊。」聞人胤也面色凝重。

「你們別急。」瑾崋揚唇而笑，星眸閃出分外明亮的光芒。「三十萬大軍算什麼？我們拿下榮城的時候，幾乎不傷一兵一卒！」

「你們拿下了榮城？」久未開口的辰炎陽吃驚看我們。

瑾崋在辰炎陽吃驚的話音中變得有些微微得意，年紀相仿的他們脾氣也有些相似。瑾崋揚起得意的笑，抬臉看辰炎陽。

「不錯，就是你口中的醜八怪，只用三天就拿下了榮城，她這次說七天，算是給你們北辰家族面子了！」

「三天？」辰炎陽不可思議地搖搖頭：「申屠金何時那麼沒用？我不信！雖然聽聞玉狐如何如何厲害，但我不信她能三天從申屠金手中拿下榮城！」

「不錯，如果申屠金還是原來的申屠金，三天是拿不下。」我抬眸看他，他的臉上露出「我就知道」的神情，我淡淡而笑。「至多再拖上七天，因為，我斷了他們的後援。」

辰炎陽的鳳眸在我的話音中立時圓睜。

我繼續道：「若是原來的申屠金，必是個硬骨頭，寧可帶著全城百姓餓死也不開城門。好在他變了，變得善良，變得願聽諫言，不想讓城中百姓受苦，所以，他降了。」

辰炎陽聽罷依然滿臉不解。

「申屠金怎麼可能被斷了後援？憑榮城的地勢，你們根本不可能繞到他們後面去！怎麼會？」

「想知道？」我瞥眸看他急於知道答案的眼睛，收回目光：「偏不告訴你。」

「妳這個醜……」他一下子頓住話音，悶悶呼氣。「呼！呼！哼！我是不會信妳這女人鬼話的！妳肯定在吹牛！」

我不再搭理他，看向瑾崋、慕容飛雲和聞人胤。

「我們要趁辰梨花帶著三十萬大軍繞圈時，迅速進入騮馬城，佔據騮馬城！」

「可是！怎麼進？」聞人胤立刻追問。

我拿起樹枝指向身邊的瑤江，在面具下一笑：「飛進去！」

三個男人在我的話音中久久吃驚，無法回神。

我放落吃剩的鴿子，起身。

「看來，又要做一些東西了。還要教你們怎麼飛。」我神祕地笑了起來，火光之中，映出瑾崋和聞人興奮和期待的目光。

「若是我能看見，真想也飛一次。」慕容飛雲手拄枴杖微微而笑。

「以後會有機會的。」我淡笑地說。

他抬起雪白的眸子朝我看來，目光之中卻是閃過一抹惆悵，我在他那抹悵然中微愣，為何他不是期待而是惆悵？

難道……他想到我的離開？

是啊，和他們分別一定會惆悵滿懷……

整個營地開始變得安靜，火光之中，是一張張安睡的容顏，馬兒在林中休息，時不時發出「呼呼」的喘氣聲。

我站在江邊，靜靜聆聽江水流動的聲音。江水流速很快，到瀑布的位置更是湍急危險，飛越瀑布，不是一件簡單的事，相反的，這很危險。這一次，我不想讓瑾崋去了。想到他胸口還未痊癒的傷，難免心中揪痛發沉。

隨手摺下一片樹葉，放在唇間，緩緩吹出，輕緩悠揚的聲音柔柔悅耳，把我的愁思帶回了遙遙的狐仙山上。那座神廟裡，總是站著一位美麗的狐仙大人，他不會朝我張開雙臂，溫柔地說一聲：「玉兒，妳回來了？」

他只會慵懶地躺在他那座神像的基石上，半露赤裸的大腿，狐媚風騷地看著我，然後問：「玉兒？我美嗎？」

師傅，我想你了。

流芳師兄，不知道你的懲罰結束了沒有。對不起，是我連累了你。

當心中惆悵之時，唯一想到的只有家人，而他們，正是我的家人。

忽然間，平地捲起一陣陰風，身邊的篝火瞬間變成了綠色，點點瑩綠的火星飄起，如同點點螢火蟲，飄過辰炎陽的面前，他依然不信地看我。

「妳到底怎麼斷了榮城後路？」

「噓！」我揚起手阻止他說下去。我手中捏著樹葉，看向周圍，沉重地問：「你們來了？」

辰炎陽一怔，立刻看向周圍。

熒綠的火光之中，開始慢慢顯現一個又一個模糊的身影，我的心立時一痛，向那越來越多的人影，抱歉垂首：「對不起，我會用巫月最高的禮節，送走你們。」

「玉狐！妳別裝神弄……」

我飛身到辰炎陽面前，他一怔，我抬手點在他嗓子上：「別吵逝者離開！」

他張著嘴怔怔看我。

我轉身拾起一支火把，忽的，車廂那裡傳來聲音，我轉身時，雪髮如同雪白的絲線般飄出，孤煌泗海從車廂裡而出。他坐在了馬車前，絲絲雪髮飄飛在熒綠的火星之中，臉上詭異的面具讓辰炎陽看得目瞪口呆！

「是要跳送魂舞嗎？」他微微歪下臉問，詭異的血淚狐狸面具在綠火中看上去比幽魂更加懾人。

我點點頭：「是。」

他清澈的眸光在面具下被熒綠的火星映出了一抹綠色，如同狐妖妖異的瞳仁，他歪下的臉看向了辰炎陽。

「你不能看，睡！」他忽然揚手，一股熟悉的陰冷邪氣從我身旁掠過，打在辰炎陽的面門上，立時，他的瞳仁開始在火光中渙散，然後慢慢垂下了臉。

我看向孤煌泗海：「看來你恢復得不錯，已經可以下巫術了。」

他抬手揭下了面具，立時，周圍的身影紛紛後退，空氣驟然降了溫度，感覺到一種由內而外的恐懼。他們在怕他！而且，是出於一種本能的害怕。

我微微蹙眉，看向泗海絕世無雙的臉：「快戴上，你嚇到他們了。」

「哼……」他邪邪地笑了，陰邪帶笑的目光冷冷掃過我的周圍。「沒想到他們死了倒是比活著看得更清楚。」

說罷，他戴回了面具，溫度才稍許上升。這麼多幽魂，身上的寒氣會傷到活人。

我把樹葉放到他的面前：「會吹嗎？」

他看我一會兒，面具後的眼睛帶出一絲笑意，從我手中接過樹葉，放於面具之下。

我回到原位，拿起火把，雙手高舉，深吸一口氣，緩緩吐出：「呼……」

世界開始變得寧靜，我在搖曳的火光中，一動不動。

忽的，樹葉悠揚而詭異的聲音響起，我在那像是從冥府而來的曲調中跳起了祭祀的送魂舞。

人間的亡靈啊……

請隨吾光……

莫要心慌……

莫要迷惘……

送魂之路……

已經點亮……

此生未央……

來生將往……

此生未央……

來生將往……

火把在我手中揮舞，火星在泗海詭異的吹奏中飄向遠方，漸漸消失在黑暗之中，和那些暗暗的、模糊的身影一起慢慢消失……

「呼……」一口氣從口中長長呼出，手中的火把已經恢復常色，詭異的音符也同時在泗海唇中停止，他放落樹葉坐在車上擔心地看我。「累嗎？」

「嗯……」我放落火把，感覺全身無力。我回到馬車邊，坐到他的身旁，靠上他的肩膀，閉上了眼睛慢慢呼吸。這會消耗巫女之力，雖然只是一支舞，卻比攻城作戰還累。

這些亡魂和上次我殺的馬賊不同，馬賊是罪有應得，而他們是枉死，我有義務送他們往生。

泗海的身上很冷，靠在他肩膀上，冷冷的。

他抬手環住我的肩膀，側落臉靠於我的頭頂，他的面具冰涼如他的體溫，他始終沒有說話，和以往一樣的安靜。

夜風拂起他的髮絲，掠過我的臉龐，吹向江水流動的方向，一望無際的瑤江不僅養育了我們巫月，也養育了對岸的蟠龍。

瑤江到中游分成兩支，一支經騮馬城，一支往北入蟠龍，蟠龍現在應是大雪封山，十分寒冷，江面會凍結，所以經由騮馬城的這支水勢會越來越急。

騮馬城的地勢造成了獨特的氣候，雖在北，卻不冷，這也是它奇特之處。但再往西，反而又冷了起來，所以騮馬城這一片地帶可謂是這裡獨一無二的風水寶地。

我靠在他肩膀上靜靜地睡著了。我作了一個夢，夢見自己站在朝堂上，一雙雙眼睛或是驚訝，或是擔心地看著我，但是我看不到他們是誰，只看到那一雙雙驚詫的眼睛。

誰？是誰？

我緩緩醒來，不知不覺天已亮，晨光灑入溫暖的車廂，也灑在他的雪髮上。他坐在窗邊看著那從陰雲中灑落的光束，金色的光束穿透雲層一束又一束灑在平靜的江面上，隨著江面正一起緩緩移動。

「快結束了，是嗎？」他看著窗外淡淡地問，唇角是一抹淡淡的微笑。「我不想這麼快就結束，這段日子，我很快樂。」

我的眼中是他沉浸於窗外美景的安靜臉龐，這段日子，他一直在這小小的車廂裡，只能透過那扇窗戶看窗外的世界。是我囚禁了他，他卻說，他很快樂。

我心中一痛，低下了臉：「對不起，你如果現於人前，會擾亂軍心。」

「為什麼要說對不起？」

他轉回臉反問，嫵媚的目光瞥向我的臉，唇角帶笑。他微微轉身，緩緩抬手挑起了我的下巴，深深看我。

「我本不愛現身人前，我只要妳，皇宮又如何？再大的紅床妳卻不看我一眼，而現在，妳的眼裡、心裡，全是我哦……」

他緩緩俯落，吻上了我的唇，熱熱的呼吸讓人心跳開始加速，他妖冶的眼睛讓人沉醉，在他朝我壓來時，我立刻推住他，雙頰已經熱燙。

「泗海，白天了。」

他狐媚地笑了，媚眼如絲地瞥我一眼，坐回原位，食指撫過我的紅唇。

「晚上陪我……」

他的嘴角邪邪地揚起。我心跳一滯，感覺呼吸也有些困難，匆匆走出車廂，在冰冷的江風中長舒一口氣。以前覺得師傅風騷，現在覺得泗海和他果然是一窩娘胎生的，也是那麼的風騷嫵媚，喜歡跟人撒嬌。

「妳怎麼了？臉這麼紅？」

瑾崋忽然到我身邊，我嚇了一跳，撫上心口愣愣看他。他看我一會兒，似是明白了什麼，看向車廂，立時殺氣升起，他狠狠白了車廂一眼抓住我的手臂。

「妳不能再跟他一起了！妳告訴我，妳會不會心軟？」他直直盯視我，我在江風中雖然已經平靜，但是面對那已知的未來，還是會心痛。

我轉過身，面朝瑤江。

「我想……在我失去他之後，他反而……會永遠在我心裡……所以，瑾崋，不要再問我了……」

「知道了！我不會再問妳。」他轉身背對我久久呼吸，許久之後，他終於恢復平靜，轉回身看我。「究竟該怎麼做，妳說吧。」

我轉身，嚴肅地正對他：「命人砍樹做筏！」

「是！」瑾崋直接轉身離去，走過車廂時，他側臉狠狠看車廂一眼，頭也不回地離去。

辰炎陽在晨光中緩緩醒來，臉上迷茫了一陣子後倏地清醒，清醒的第一刻便是看向靜謐的車廂，臉色漸漸發白，如見鬼魅般低下了臉。

接下來的三天，所有人砍樹做筏！小筏鏈成大筏，更加安全，這些木筏是為加快我們的行軍速度。前方又是山林，如果用走的，很快會被辰梨花追上。所以，我們要借這瑤江的水勢，一衝而下！

探子來報，辰梨花果然領兵出城，已過萬人墳，朝西而去。不僅是辰梨花，辰炎陽的六位兄長和姊姊也一起出城營救辰炎陽！

現在，騮馬城等於一座空城，裡面守軍至多五萬。

我把木棍扔入瑤江，看了看流速，還不夠。

營地裡大家正在忙碌，木筏已經接近尾聲，繫在江邊用水養一養。

「瑾崋，我們還有多少炸藥包？」我問身邊瑾崋。

「還有一百餘枚。」他立刻道。

「好，小心防潮。」

「知道了。」

就在這時，幾個士兵抬著一樣東西到我身邊，聞人胤和慕容飛雲也一起而來。

「玉狐，做好了！」聞人胤有些激動地說。然後目露好奇地追問：「這東西怎麼飛？」

「這裡不行，要去那裡。」我指向不遠處的高山山崖：「把東西裝上車，我們上山！」

大家把那巨大的物體綁上車頂，坐到我們身邊，在辰炎陽好奇的目光中，我們一起上山。

這裡多是山坡，所以並不陡峭，馬車可以上行，不一會兒就到崖頂，這裡的山崖也不高，遠不如我和泗海上次掉下之處，但足夠起飛。

瑾崋和聞人把東西卸下，撐開，立刻一個白色的三角翼撐在地上。這是我讓他們用帳篷布做的，所以最近他們都在忙著拆帳篷。

我看看縫合處，滿意點頭，大家手藝不錯。

我鑽到三角滑翔翼的下方，握住三腳架，正好風起，三角翼已有些躍躍欲試。

「不錯，很好，瑾崋，你來試試。」我看向瑾崋，瑾崋微微一怔，看看前方懸崖，目露猶豫。

「妳……確定？這個東西能飛起來，不會掉下去？」

「玉狐，這個會不會太危險了？」聞人胤也目露擔心。

慕容飛雲伸出手，細細撫摸三角翼。

我想了想，說：「也對，這是第一次試飛，對新手來說有點危險，會摔死的。我找個人來。」

我放落滑翔翼，鑽出來到馬車邊，瑾崋立時吃驚道：「妳讓他來？妳說會摔死的！」

慕容飛雲和聞人胤在瑾崋的驚語中變得疑惑，紛紛看向那靜謐的車廂。他們還不知那車廂裡是何人，我沒說，他們也就沒問。

我淡笑道：「他最厲害，自然找他。」

瑾崋的眼神複雜起來，抿了抿唇側開臉。

「妳對他真狠……」他說了這一句直接走開，我彷彿從他的語氣裡聽出一絲同情的意味。

我站到馬車邊，淡淡道：「泗海，手好了嗎？」

登時，慕容飛雲和聞人胤驚得怔立在原處，目瞪口呆！

「好了。」帶一絲笑意的話音從車廂內飄出，我笑了。

「要出來跟我一起飛一下嗎？」

「好啊。」又是朗朗的一聲，車廂門推開，孤煌泗海從內而出，輕巧地躍下。白襪黑鞋，乾淨俐落，一身簡單的白衣，雪髮盤起，是他喜歡的裝扮。

我隨手摘下了他的面具。

「這個會影響視野。」面具後是他絕世無雙的容顏，清澈明亮的眸中是純淨天然的笑意。

他抬手也摘下我的：「一直覺得這個醜，有些人的品味可真是差。」

瑾崋立刻沉臉：「邊境小城，能買到那樣的就不錯了！哼！」他不悅地撇開臉，雙手環胸。

兩個面具並排放落馬車的車座上，在陽光中一起微笑。泗海的面具不再詭異，柔柔的陽光讓面具也帶上了一層溫暖的顏色。

他點了點右腿，跳了跳，衣襬飛揚，然後他輕盈落地，對我點頭：「沒問題了。」

「好。」我帶著他在閒人亂驚訝的目光和慕容飛雲呆滯的神情中走回滑翔翼旁，抬起一邊，一起進入，抓住了三腳架，綁好保險帶。

瑾崋看見立刻跑過來，急道：「巫心玉，妳讓他去！妳別去了！」

我對他一笑。

「放心，瑾崋，我和他都不是人，我們死不了。」說完，我看泗海：「準備好了嗎？」

「好了。」他含笑點頭，目光充滿期待。

「跑！」

我一發令，他和我一起奔跑起來，我們的速度越來越快，越來越快，在跑到崖邊的那一刻，我立刻發令：「跳！」

於是，我們在崖邊同時躍起，一起躍出了懸崖，躍向天空。

「巫心玉——」身後是瑾崋驚嚇的大喊。

我們的滑翔翼飛速而下，我在冷厲的風中看向身邊的孤煌泗海：「怕嗎？」

他揚唇而笑。

「上次跳崖，我可曾怕過？」說罷，他落手覆於我的手上，包裹住我的手一起捏緊木桿。

「呼！」一下，就在頃刻間，我們乘風而起，白色翅膀開始飛翔在藍天之下！

他的臉上也出現了驚嘆的神情，他看向身下的樹林、江河，還有那個山崖，清澈地笑了起來。他有些激動地看向我，滑翔翼立時搖曳了一下，我立刻道：

「別亂動，控制這個平衡很重要。」

他目露驚奇，很快調整姿勢，聰明無雙的他片刻間就知道如何控制這個新奇的東西。我們雙腿平放身後的架子，像鳥一樣放平身體，在天空中乘風翱翔。

一陣向上的風，帶我們直上天空，我們飛過瑾崋的山崖時，聞人胤驚嘆地朝我們揮手，瑾崋生氣地雙手環胸，遠遠瞪視我們。慕容飛雲面帶笑意地到他身邊，輕撫他的後背。

「你們去山下等我們——」我朝他們大喊後，轉而向下，在風中平穩前進。

我看著泗海沉浸在美景中的安靜笑顏，心裡也感到絲絲暖意。我微微往他身上靠了靠，他自然而然地側臉貼在我的頭頂，我們在風中一起滑翔……

總是想為他做些什麼，見他開心，我很高興。

我們飛過茂密的山林，飛過正在忙碌的大軍，飛過了江面，平靜的江面映出了我們如同白鴿的身影，在辰炎陽驚詫的目光中我們掠過了岸邊，穩穩落在江面上的木筏上，瑾崋他們的馬車也追著我們而來，士兵驚嘆地圍了過來，被聞人胤驅散。

我和泗海從巨大的滑翔翼下鑽出，瑾崋給我們送上了面具，生氣看我。

「妳真是亂來！把我嚇壞了。」

我笑了，他在我的笑容中愣住了神情。

立時，面具扣上我的臉，是泗海，他也戴上面具站在瑾崋的面前，忽地俯身，陰邪詭異的面具抵在瑾崋的額頭上，瑾崋嚇了一跳。

「想跟心玉一起，等我死了。哼！」泗海冷冷哼一聲，傲然從他身邊冷冷走過。瑾崋氣惱地撫上額頭，單手扠腰大大呼吸。

我笑著拍拍他肩膀，他煩躁地拍開我的手。

「別碰我！」說完，他氣呼呼大步走向滑翔翼，一個人埋頭收拾。

我和泗海上了岸，他再次進入馬車，慕容飛雲白色的眼睛隨泗海的身影而動，目露深思。

聞人胤激動地到我身前：「太厲害了！什麼時候教我們飛？」

「等選出突襲隊後。」

「好！」他激動地跑去幫瑾崋抬滑翔翼，我牽起馬往回走，慕容飛雲收回了目光安靜地立在一旁。

我看向他：「飛雲有話想說？」

他微微蹙眉，反是目露疼惜地看我一眼，垂落眼瞼。

「飛雲……無話可說……」說罷，他放落手杖，轉身緩緩而去，修長的背影，帶出一縷淡淡的惆悵。他在惆悵什麼？

牽馬回到營地，辰炎陽遠遠看到我就喊：「妳那個是什麼？是什麼——」

我牽馬車回到他被綁的樹邊，瞥他一眼：「想知道？偏不告訴你。」

「妳！妳！」他氣得在樹上跳腳：「妳這個壞女……唔！唔！」

我直接拿出帕巾塞進他的嘴裡：「煩。」

他瞪大眼睛，憤怒瞪我，在陽光下漲紅臉「唔唔」地嘶喊。

大家給滑翔翼取了個名字，叫「大鳥」。大鳥試飛成功讓大家很激動，覺得新奇，很多人都想報名參加突襲隊，用大鳥飛入騮馬城。

我們精選百人開始緊急訓練！大家顯得都很興奮，似是期待大鵬展翅的那一刻！

✣ ✣ ✣

兩天後，探子來報，辰梨花已發現上當，正全速返回。

明天，就是第七天，我所說的奪城之日！

傍晚時分，夕陽灑落在江面上，拖出一條長長的金紅顏色。

所有人整裝待發。所有的木筏已經準備完畢，水勢也已經達到我想要的速度。

突襲隊帶上炸藥包，兩人一組站在滑翔翼下，一人負責控制滑翔翼，另一人負責投放炸藥包。他們站在木筏的最前排！一次排列，白色的帳篷布讓他們像一隻隻白色的海鷗，隨時準備沖上雲霄！

接下去，所有人上了木筏，劈斷固定的繩子，開始行進。我駕馬車在最前方！

之後的水勢會越來越急，在這段江流的盡頭，是一條千尺瀑布！但是，騮馬城並不是在瀑布之下，而是在瀑布對面的高地上，所以才說騮馬城的背面是一道天險，沒有人能越過瀑布下的山谷，到達騮馬城的北面。

千米的木筏並非只是運人，最終的目的是架橋！

長長的木筏連在一起綿延千米，在江邊小心行進，夜半之時，我已看到前方湍流的江水和漆黑的天際。一輪銀鉤在夜空中分外清晰，照出天邊一條陰線，那是瀑布的水霧染上了月光的銀色。

我揮舞火把，所有人把手中的長槍和木棍戳入水中，木筏停下，緊接著，繩索甩上岸固定木筏，我跟士兵立刻上岸，站於高高低低的山林坡地之上，密密麻麻站滿一側岸邊。

我再次揮舞火把，瑾崋對我揮揮手，我立刻道：「放！」

「放！」

「放！」

一聲聲喊聲依次相傳。繩索收回，立刻木筏向前快速漂流而去，像一條黑色的大蟒沖向天邊的盡頭。

我駕馬車在林中急追，就在木筏沖出瀑布，破開水花，刺向夜空之時，一隻又一隻白鳥悄然飛起，寂靜地飛在夜空之中。一排又一排白鳥整齊飛起，在月光中染上了銀光，如同一隻隻白色的紙飛機，在夜空中安靜翱翔。

那一刻，彷彿連瀑布的聲音都已消失，眼中只有他們自由飛翔的優美身姿。

「美嗎？」我問。

「嗯……」車廂內是他的應答。

「是啊……真的很美……」我驚嘆地看著那些飛向騮馬城的飛鳥，他們在夜空下滑翔的身姿，是那麼的迷人。

身邊被綁著的辰炎陽看得目瞪口呆！

木筏沖出了瀑布，向下墜落，根據流速、衝力，我計算出木筏沖出瀑布可以到對岸的長度。

「砰！」一聲，木筏在對面準確無誤的落地，我揚唇而笑。

「嗖嗖嗖！」繩索再次射出，勾住了木筏一側，拉回岸邊。

木筏有一處被我用繩子延長相連，沖出瀑布的部分下墜時正好與瀑布的邊緣完美貼合，沒有讓後面的木筏翹起，長長的木筏在瀑布口和騮馬城之間架起一座懸橋，後面的木筏更是在江面上形成一條寬闊的道路，我駕馬車沖上木筏，朝下面直沖而去！

「殺——」喊殺聲響起時，八萬人浩浩蕩蕩從這座天橋直沖而下。

「砰！」忽然一聲巨響徹底打破了騮馬城的寧靜，也炸亮了半邊天空，立時火光沖天，城內大亂！

一個又一個炸藥包從夜空中空投騮馬城，讓守城軍士始料未及！慌張應戰！

我緊接著帶領大軍衝入，如入無人之地，瞬間燒毀營地，俘虜守將，衝入城內，佔領將軍府，驚得睡夢中的百姓紛紛開門偷看又嚇得縮回，馬蹄聲和喊殺聲響徹星空，火光更是照亮了整個騮馬城！

飛鳥一隻隻順利落下，空氣中瀰漫著硫磺和火藥的氣味。

我站在將軍府寬敞的校場中，府內所有人被抓出，包括辰炎陽的家人。

「爹！」當辰炎陽看到一名樣貌依然俊美的中年男子時，著急大喊：「爹！你們放開我爹！」

中年男子也吃驚看他：「陽兒！」

「陽兒！」

「是小陽！」驚呼一聲連著一聲，辰家老老少少加上家奴數百人跪滿了整個校場！

「辰家那麼多人！」瑾崋面露吃驚。

我開始清點人數。

「你到底是誰？」在我點人數時，一個中年男子厲喝。看似也是一名武將，面容俊美，不到四十，看上去至多三十。

「大爹爹！她是玉狐！」辰炎陽在馬車上喊，恨恨看我。

立時，辰家人目露驚訝。

大爹爹……就是辰梨花的大老公，哎，不是一夫一妻制也煩，丈夫太多，分不清。

「妳就是玉狐！」那中年男子和辰炎陽的爹掙扎起來，要起身反抗。

我淡淡看他們：「你們放心，我不滅族，那是孤煌兄弟的喜好。你們有誰能告訴我，你們辰家為何效忠孤煌少司？這件事一直困擾我，百思不得其解。」

我掃視辰家所有人，他們有的低下了頭，似是陷入尷尬和慚愧。

我看向那些辰家的家屬：「你們說，辰梨花為何效忠孤煌少司？」

他們尷尬地抬起臉，忌憚地看看旁人，有人對他們瞪眼，有人對他們搖頭，有人嘆氣，有人輕笑。

我發現了一個有趣的現象，瞪眼的多半是女人，而搖頭嘆氣的，多半是男人。尤其辰梨花的兩位丈夫也是目露難堪地別開了臉，似是此事讓他們羞於回答。

我似是想到了什麼，立刻轉身看辰炎陽。

「你娘效忠孤煌少司，該不是因為孤煌少司那妖男長得俊吧？」在巫月，是極有可能！因為巫月男女平等，女人可以追星，女人把一男子作為偶像不會被看成淫蕩或是好色。而有的女人愛自己的偶像，更是瘋！癡！傻！

莫說孤煌少司滿手鮮血，哪怕是吸毒嫖娼賭博，惡疾斑斑，她們依然無私地、寬容地，繼續義無反顧地愛他、支持他。這種愛是癡狂的，也是真正無私寬容的。若是能對自己老公如此，家庭矛盾也會少上許多。

在我的世界，這種粉，我叫他們癡狂親媽粉。

立時，辰炎陽的臉騰地炸紅，大聲否認：「不是！不是的！」

慕容飛雲、聞人胤和瑾崋在辰炎陽的否認中紛紛搖頭，似是也已知曉答案。

讓我百思不得其解的答案，原來那麼的簡單！

「原來你們辰家是看臉盡忠吶……嘶……」我不由唏噓。

我看向已經滿臉炸紅的辰炎陽，他氣急敗壞地躍下馬車，立刻被聞人他們按住，他奮力掙扎，臉紅脖子粗地瞪我。

「我娘不是因為攝政王好看！妳不要胡說！妳……」

「那是因為什麼？」我反問，辰炎陽紅著臉一時語塞。

我搖搖頭轉身，俯看辰家之人，目光轉冷。

「巫月對你們辰家不好嗎？想當年，你們辰家不過是騮馬城養馬的，太祖女皇賞識你們所養之戰馬，褒獎你們先祖，你們家族所養之馬也開始成為貢馬！後有山賊來犯，太祖女皇派大將軍炎陽來平定，你們先祖與炎陽大將軍成婚，才有了現在這將門一家！」

辰氏族人在我的話音中或是目露疑惑，或是面露慚愧。

我轉身看辰炎陽：「辰炎陽，你的名字誰取的？」

他愣了一下，答：「是太奶奶。」

「這就是了，你的太奶奶是炎陽大將軍的曾孫女，她給你取名『炎陽』也是對自己太爺爺的思念和敬重。」

他怔了怔，低下臉：「確實如此……」

我轉回身說道：

「所以，是太祖女皇的恩賜，才有如今你們辰家。炎陽將軍守護北域有功，太祖女皇更是給你們封地，讓你們在這北域自治自理，甚至不用上朝，太祖女皇對你們辰家何其恩寵與看重？而今，只因孤煌少司俊美，你們一族背叛，將來後人又該怎麼看待你們呢？」

火光之下，他們紛紛垂下了臉。

「攝政王就是好看嘛！」一個女孩兒不服氣地喊了起來。

她身邊的父親立刻將她的嘴捂住，她還不服氣地瞪我。

她的瞪視讓我真的開始憂慮他日斬孤煌兄弟之時，他們的粉絲會來鬧法場。這就是女人吶……頭好痛。

「真是年少幼稚。」我頭痛轉身，輕揉太陽穴：「來人，把他們全綁起來，推到城門外等他們的家主辰梨花。」

「是！」

立刻，整個校場混亂起來。

「妳有什麼權力這麼做！」

「我們是北辰家族！就算女皇都要對我們尊敬！」

「你們這些烏合之眾，不會是攝政王的對手的！」

辰家族裡的女人真的很幫孤煌少司。

「妳們這些女人瘋夠了沒？」終於有男人憤怒地厲喝！

「為了一個男人妳們至於嗎？」

「快死到臨頭妳們還不清醒？我們要跟妳們斷絕關係！別再連累我們！我們可不崇拜那妖男！」

校場越來越混亂，滿是夫妻男女吵架的聲音，這是我打仗打到現在以來，最凌亂的一次。

「女人真是奇怪的動物。」瑾崋看得輕笑搖頭。

「噓！」聞人胤撞了他一下，神色有些緊張地看一眼我身旁的車廂。

瑾崋立時蹙眉，側開了臉，煩躁地命令：

「你們動作快點！別磨蹭，天都快亮了！誰再叫把誰的嘴堵住！」

我自知他在煩躁什麼，在他的心裡，或許我和辰梨花是一樣的。

我只當不知他的神情和煩躁，繼續看著被押走的辰家人。

慕容飛雲微微側臉看我，忽地輕語：「妳跟他們不同。」

我微微一怔，看向他，他對我頷首一禮看向了別處，沉靜沉穩的側臉在火光中漲紅。

慕容飛雲……懂我。

「玉狐女俠，這是搜出來的！」

忽的，士兵把一幅幅孤煌少司的畫像放到我面前，立時，校場上的女人瘋了。

「那是我的畫像！」

「那是我的——」

「你們別動畫像——」

「求你們了——我們降了還不成嗎？把畫像還給我——」

我太陽穴開始繃緊。第一次有種想殺人的衝動。這群女人！真是醉了！

「玉狐妳看！」忽的，一個士兵又拿來一幅畫像，他疑惑地看著，輕輕嘟囔：「這是誰啊……」

我看過去，立時怔立在原地。那雪白的衣衫，詭異簡潔的黑色花紋，一頭雪髮直垂後背，臉上是那個詭異的血淚狐狸面具。他站在在百花之中，卻豔壓群芳，讓人無法從他身上移開目光。即使他身下的花再豔麗，也壓不過他那一頭迷人的雪髮。

他獨自一人站在繁花之中，雙手和以往一樣插入袍袖，冷看前方，靜謐包裹他的全身，明明妖異，卻透出一分出塵脫俗的美。

「是孤煌泗海的畫像！」驚呼從聞人胤那裡傳來。

心弦立時緊繃，我立刻從士兵手中要收起畫卷，但已經晚了，寒氣倏然從車廂內而出，一瞬間，飄忽鬼魅的身影已在我身旁，雪髮掠過我擰起的雙眉，瞬間士兵手中的畫已在他的手中！

登時，整個校場靜了，靜得鴉雀無聲，連火光都不再晃動。除了辰氏家族，周圍的士兵們也面露驚訝，他們是在驚訝泗海的白髮。

士兵之間一直也有傳聞，傳聞我的車廂藏著我的愛郎，也有傳聞是巫月要犯。但是，他們始終不知是誰。

雪髮在巫月罕見，他們現在看到，自然驚訝。

而辰氏家族顯然是見過孤煌泗海的。泗海之前一直神祕，無人知曉他的長相，甚至是他的面具。但是這幅畫像上，清清楚楚地畫出了他平日所穿的服飾，以及那個面具。我想……我可能猜錯了，辰梨花癡迷的不是孤煌少司，而是……泗海。

因為所有畫像裡，僅此一幅是泗海，可見主人對這幅畫像的獨佔。在一個大家族裡，誰還能有這樣的權力？除了掌家辰梨花，還能有誰？

「這幅畫是誰的？」

陰狠陰沉的話音從泗海詭異的面具下飄出，靜謐的校場上無人敢發出聲音，登時他寒氣炸開，撐開了雪髮，如同妖狐一樣大喝。

「這幅畫到底是誰的？回答這個問題，很難嗎？快說！」

他的袍袖倏然揚起，鬼魅的身影幾乎平移地來到辰炎陽身前，蒼白的手直接掐在他的脖子上。尖銳的指甲深深陷入辰炎陽的皮膚，辰炎陽痛苦地臉色發紫！

「是夫人的！」忽的，辰炎陽的父親著急地大喊起來，苦痛難言：「是夫人……求、求二公子放過犬子。」

他顫顫地跪下身體，趴伏在冰冷的地上。

孤煌泗海緩緩放落辰炎陽，在戰場上輕狂自負的辰炎陽卻在此刻呆滯地看著孤煌泗海。

孤煌泗海緩緩看向自己的畫像，目露噁心地側開臉，隨即甩起畫卷，畫卷被甩向夜空，緊接著他殺氣射出，頃刻間，畫卷被碎成了碎片，他放落手，陰狠地掃視辰家所有人。

「你們真讓我噁心！」立時，殺氣和陰邪的寒氣聚集在手，我一見立刻甩出流星追月纏住了他的手腕拽緊。

「不要再濫殺無辜！」

「他們私畫我的畫像！讓我噁心！」他狠狠朝我看來，妖氣四射。

「就算噁心你也不能殺光他們！」

「我不管！」他朝我陰狠大喝：「我就是要殺光他們！把看過我畫像的每個人的眼睛都挖出來！」

「所以！你現在是想跟我動手嗎？」我也狠狠看他。

我拽緊手中的綢帶，仙氣開始環繞全身，寒冷的空氣裡，讓仙氣現了形，幽藍的光芒淡淡籠罩我的全身，立時，仙氣沁人的香味也逐漸瀰漫在空氣之中。

孤煌泗海妖光四射的雙眸在面具下瞇起，身上陰邪的妖氣也開始現形，詭異的白霧在他腳下慢慢散開，鋪滿他衣襬下的地面。

「好，好香啊！」忽的，不知何人癡癡地說了一句，孤煌泗海立時收緊目光，緩緩散去妖氣，眸光在面具下垂落，他徹底卸去了內力，靜靜站立。

我鬆了口氣，也收回仙氣。

他再次冷冷掃視那些已經看得目瞪口呆之人。

「若是讓我哥哥贏了戰局，我第一個誅的，就是你們北辰！誰也保不了你們！哼！」

他拂袖轉身，鬼魅的身影瞬間飛回車廂，「砰！」一聲，關上了車廂門，也夾住了我纏在他手上的綢帶。

我蹙眉舒氣，收回流星追月，單手背到身後。

「把畫像帶上，帶他們出城！」

「是！」

士兵們紛紛回神，臉色蒼白地押所有人下去。

聞人胤也面色緊繃地小心看我：「那個……孤煌泗海到底是什麼？」

「反正不是人。」瑾崋悶悶說了一聲：「這世上，只有玉狐能擒他。」

「不愧是女皇陛下，天命的女皇……」聞人胤脫口而出。

「聞人！」慕容飛雲立時撞了一下聞人胤，聞人胤回神捂住嘴看向一旁震驚的辰炎陽，轉而立時朝我看來。

我擰起眉，看他一眼回到馬車。

聞人胤臉漲紅起來，默默低下臉。

慕容飛雲抬起手杖戳向怔立的辰炎陽，辰炎陽踉蹌了一下，被他用手杖戳回我馬車邊，聞人胤默默走到辰炎陽身旁押他往前。

我朝慕容飛雲伸出手：「飛雲，上來。」

「嗯。」慕容飛雲朝我伸出手，辰炎陽靜靜站在一旁朝我細細看來。

慕容飛雲上車之時，瑾崋也從另一側躍上：「妳打算把辰家怎麼辦？」

一說起辰家，我頭又痛了。

「還能怎麼辦？辰家在這裡深得民心，不能抓也不能殺，他們只是效忠孤煌少司，但也沒做什麼傷天害理之事，一直在這裡自治，並未陷害忠良。啊……我第一次好頭痛，好煩。」

我撫上額頭，粉絲的狂熱不是罪！我不可能僅僅因為他們傾慕孤煌少司而定他們的罪。

「噗嗤！」瑾崋在一旁竊笑，馬車緩緩隨隊伍前行，前面是一時間望不到頭的辰家族人。

我一直揉太陽穴。

「這就是男人和女人不同，男人癡迷於一個女人，會想盡辦法把她佔為己有。但女人癡迷於男人，是真的會為這個男人傾盡所有，身心俱獻。之前是慕容襲靜，她已經死了，現在又是辰梨花，難道我也讓她去死嗎？」

「慕容襲靜死了？」辰炎陽吃驚地快走幾步追問。

「是，辰炎陽，你會因為我好看而效忠我嗎？」說完我轉臉朝他看去，他毫不猶豫給我一個白眼，甩開臉。

「看，這就是男人和女人的區別。」我輕笑搖頭，在辰炎陽轉回臉看向我時，我收回目光看向前方高聳入雲的城樓。天已經漸漸亮，街道兩邊百姓偷偷探出頭，驚恐地看我們押辰家人走向大門。

安靜、恐慌和緊張在整個騮馬城裡瀰漫。

浩浩蕩蕩的隊伍走出了騮馬城的城門，銅牆鐵壁的城池被我們一晚攻克佔據。辰家人在城門前排開站立，每人的身邊是兩名士兵。我從他們之間靜靜走過，在第一縷晨光灑落時，我站在了最前方，身後是惶惶不安的辰家人。

我看向一旁煩躁不甘的辰炎陽：「喂，你不是一直想知道大鳥怎麼做的？」

他聽見我的話音一愣，轉臉看向我，我看他一會兒，說：

「你幫我保密，我就把大鳥的圖紙給你，如何？」

他漂亮的鳳眸一時圓睜，金色的陽光灑在他的雙眸上，他露出了戒備。

「妳不殺我滅口？不殺我族人？」

「呵，我說過，我不愛滅族，也從不殺美男。」我笑了。

他臉紅了紅，甩開臉，悶悶而語：「成交！我還要妳做好的一隻大鳥！」

他轉回臉，虎視眈眈。

我淡淡一笑：「成交。」

他閃亮的鳳眸中閃過一抹笑意，不再煩躁地轉回臉，昂首挺胸帶出了幾分傲氣與滿意，他很滿意今天的這筆交易。

「鬆綁吧。」在我的話音中，聞人胤除去了辰炎陽身上的繩子。他滿臉不可一世地扭動一下手腕，鬆了鬆脛骨。

「啪啪啪啪……」就在這時，遠處的天際線開始壓近，黑線震動了大地，數千匹壯碩的戰馬朝騮馬城疾馳而來，最後停在二十米開外，整個世界再次恢復安靜。

為首一員女將，身邊各有三名男女戰將，應是辰梨花的子女。他們一見我身後，立時目露憤怒。

辰梨花騎馬緩緩上前，手中雙刀在陽光下閃爍寒光。

身邊瑾崋已進入戒備狀態，手中長槍握緊。

「辰將軍！玉狐如約而至了，妳緣何從外而歸？」我笑看辰梨花。

「妳想怎樣？」她狠狠看我。

「很簡單，要錢，要糧，要兵。」我揚唇一笑。

她看我片刻，冷笑一聲，給我三個字：「妳、休、想！」

嗯——？真是敬酒不吃吃罰酒啊。那就看看誰更厲害。

「娘！您不是她對手！」辰炎陽著急地從馬車邊跑出，立時吸引了辰梨花的目光，她憂急地看他。

「陽兒！你沒事吧！」

「我沒事！」

「妳竟敢動我的陽兒！」辰梨花惱怒異常，右手舉刀狠狠朝我指來：「我一定要讓妳付出代慣！」
「妳這是逼我放狠招啊！」我瞇起了眼睛。
辰梨花捏緊了手中雙刀，也瞇緊憤怒的眸光：「少廢話！放馬過來！」
「哼。」我冷冷一笑：「不如妳先看看這些畫像。」
我揮揮手，立刻士兵們一字排開，每人手持一個卷軸。
我揮下手，大喝一聲：「放！」
「嘩啦啦啦！」卷軸全數打開，浩浩蕩蕩，壯觀異常！登時，辰梨花和她身後的女兒們目瞪口呆，面露慌色。
「我的畫像！」辰家四名女將立刻策馬跑到辰梨花身邊，著急咬唇地看我兩旁的畫軸。
我揚唇而笑。
「妳真的不在乎這些畫像嗎？嗯……」我扭頭看孤煌少司的畫像：「少司確實俊美，撕了也是可惜……」
「不准妳如此叫攝政王！」憤怒的厲喝從辰梨花那裡而來。
我轉回頭看她：「只要妳降，我就還妳這些畫像，否則……」
我揚起了手，立時，所有士兵拿起畫像做出要撕的動作。
「不要！」辰炎陽的姊姊們大呼起來，辰炎陽一掌拍上自己的臉轉身捂臉，連連搖頭。
我揚唇看辰梨花，辰梨花咬牙切齒看我許久，含淚低頭。
「好……隨妳！」她顫顫地說完，仰天宛若吞下極其痛苦的眼淚。

「嗤。」身邊瑾崋連連搖頭：「這是我打到現在，最荒唐的一仗。」

「呵……女人之愛豈是你我能理解的。」慕容飛雲淡笑搖頭。

我在陽光下微笑，收走北辰的兵，也就不用擔心他們再從我們後面偷襲了。而我們，不但多了三十萬的兵，更充足了補給，這一仗能這樣解決，才是真正的好。

✣ ✣ ✣

收編三十萬大軍不易，瑾崋和慕容飛雲忙碌了一整天，我也得閒在將軍府後院歇息。

泗海一直陰陰沉沉坐在床上，渾身妖氣四射。

我背起雙手慢慢走到他面前：「還在生氣？」

他抬起面具看我片刻，側開臉，面具後的眼睛裡是沒有獲得發洩的殺氣。

我坐到他身邊，歪臉看他。

「你說，我被很多男人喜歡，但心裡只有你，讓你很開心……」他依然一動不動，雙手放在身邊，渾身的寒氣，我拿下了面具微笑看他。「其實……我也一樣。」

他一怔，緩緩轉回臉，渾身的寒氣漸漸散去，面具下的眼睛盈盈閃亮。我笑了，抬手緩緩揭下他的面具。

「所有女人都為你孤煌泗海而癡迷，但只有我能真正的擁有你，這讓我得意，泗海……」

我探身吻上了他冰涼的唇，他激動地笑看我，我退回原位，他撇開臉揚唇而笑，眸光如媚如絲地朝我瞥了一眼，悄悄拉住了我的手。

他握住我的手，輕輕揉捏，然後慵懶地側躺在床上，單手支頤，狹長的美眸朝我撇來，如嬌似媚，紅唇開啟，清澈帶一絲哽啞的話音也隨之而來。

「心玉，我美嗎？」

登時，我怔坐在了床上。

「玉兒，我美嗎……」

師傅那嫵媚的話音不斷迴盪在我耳邊。而這句同樣的話，此時此刻卻突然從泗海的唇中說出，瞬間讓我心亂如麻，陷入從未有過的混亂漩渦。

「怎麼了～」他起身靠在我的肩膀上，雪髮灑落我半邊身體，他纖長的手指輕輕撫過我的側臉。「妳剛才……說我哥哥俊美，難道……在妳心裡，他比我更好看？」

我緩緩回神，搖了搖頭。

「不，你很美，比你哥哥還要美。」我轉臉看向他。

他揚唇而笑，紅舌舔過他那微翹的紅唇。他環住了我的肩膀，貼上了我的耳側。

「心玉，妳真可愛，我想要妳。」說罷，他直接把我按下。

我立刻按住他的肩膀，急道：「現在是白天！」

他依然滿臉笑意，眸光清澈得讓你看不到任何讓人感覺情色的慾望。他俯下身，開始蹭我的臉。

「給我嘛～～嗯～～」

「跟我撒嬌沒用！」我全身一緊。

「那我舔妳了～」

「別！泗海！」

忽的，他從我身上離開，上身挺直，如他在夢中高高豎起狐耳的模樣，隨即，他的臉陰沉下來。

「討厭！」說罷，他從我身上離開，隨手拿起面具戴上。

有人來了。

我也起身戴好面具，離開床榻時，泗海渾身寒氣地甩袖，寒氣掠過紗帳，帳幔垂落，遮蓋住他的身影，將他深藏帳幔之後。

來的人是辰炎陽，身後緊追著辰梨花。

「陽兒！你慢點走！小心你的傷！」

「妳還會關心我？妳去關心妳的畫吧！」

我走到窗邊，看見兩人已經進入我院子的花園。

「陽兒！陽兒，你給我站住！」

辰梨花在花園內一聲厲喝，辰炎陽氣呼呼地站住，背對辰梨花，不肯轉身。辰梨花急急跑到辰炎陽的身前。

「你中了箭傷，趕緊回去休息！」辰梨花伸手拉自己兒子。

「休息什麼？妳兒子我還不如那些畫！」辰炎陽煩躁地甩開辰梨花的手，生氣看她。「妳知不知道妳偷畫二公子差點害死我！妳看！妳看！」

辰炎陽揚起脖子，上面還有泗海深深的掐痕，看得辰梨花大驚：「這是誰幹的！」

辰炎陽狠狠白她一眼：「是妳崇拜的二公子！」

辰梨花一驚，竟是露出驚喜。

「二公子來了？太好了！玉狐死定了！二公子在哪兒？在哪兒？」

辰炎陽登時翻起白眼：「真受不了妳，妳去問爹！我不想再跟妳說話！」

辰梨花一愣，準備轉身時頓住，看看辰炎陽，再看看院子。

「這裡是玉狐的院子，你來做什麼？」

「效忠她啊！」辰炎陽說得響亮，但更像是跟自己母親鬧彆扭，刻意如此說。

辰梨花立時大驚：「什麼？你效忠玉狐！你什麼時候迷上她了？」

辰炎陽受不了地輕笑。

「就許妳迷那妖男，不許我迷玉狐啊！我就迷上她了！我要做她的人！我從此跟她混了！從此妳迷妳的妖男，我迷我的玉狐！去找妳的二公子吧，別再來找我這個兒子了！哼！」

辰炎陽拂袖轉身，朝我這裡憤憤走來。辰梨花怔怔站了一會兒，氣得用雙手搧風，也是負氣離去。

辰炎陽青著臉走到我房門前，氣呼呼地停下腳步，像個彆扭的孩子又轉身看，見辰梨花沒有追來，立時氣得握拳。

「真的不要我這個兒子！氣死我了！」

「哈哈哈——哈哈哈——」我終於忍不住大笑，他一怔，轉身朝我這裡看來，臉紅了紅，走到我窗前，朝我伸手。

「說好的圖紙呢！」辰炎陽的口氣如同要債。

我笑了笑：「等著。」

我入屋拿出圖紙扔出，他接在手中立刻展開看，激動笑起，如同獲寶般捲起，接著對我說：

「我決定了，我要跟妳去打仗。」

我一愣：「你還真要效忠我？」

他氣悶地撇開臉。

「妳也看見了，我娘迷二公子迷得連我都不要了，我看到她就煩，不想待在家裡。」

我了然點頭：「喂，你娘最寵愛你，該不是因為你是她所有孩子裡最好看的吧？」

他的臉又是一紅，煩躁轉身。

「別說了！你們什麼時候啟程？」

「你傷好了沒？」

「妳管我好沒？」他又沒好氣地轉身，變得不耐煩。看見他，如同看到以前的瑾崋。「不用擔心我，不過是中了一箭，還沒到拿不動槍的地步。」

「知道了，我們明天啟程。」

「好！算我一個，別忘了！」

說罷，他轉身就走，走了幾步他似是想起什麼轉回身，面露尷尬瞟我兩眼。

「那個……既然妳是那個，那妳跟那巫溪雪一起進京，妳們誰做女皇？」

「巫心玉已死，我是玉狐，我又怎會做女皇？」我淡淡而笑。

他迷惑地看我兩眼，目露不解地再次轉身而去，他這次真的跟他娘槓上了。

不過，他提醒了我，我跟巫溪雪相遇的日子，越來越近了……

懷幽、凝霜、子律、椒萸，我回來了，你們還好嗎？

之後的戰事，異常順利。

我們北路軍瞬間擴充了大軍三十萬，更添辰家虎將。辰梨花之事徹底惹惱了辰家裡的男人，他們一起隨辰炎陽「叛變」，隨我一起揮兵而下，所向披靡。

與此同時，捷報也連連傳來，巫溪雪的南路軍也和南楚家族會合，勢如破竹，很快將至京城！

巫月二五九年二月春，三軍會師，會師地點：京城外十里望吳坡。

二月最後一天的傍晚，我們北路軍抵達承平山下，這裡離望吳坡大約五里，有廣闊的平原，適合紮營，我們就地紮營，等待進一步消息。誰先到會師地點，甚至是誰先入京，都有講究。

天氣已經轉好，空氣溫溫的。我被趕出京時是冬天，現在是春天了，好快。

孤煌少司，你是不是等不及了？

就在我們紮營之時，一信差踏著夕陽快馬而來，在營地外大喊：「玉狐女俠、瑾崋將軍可在？」

我和瑾崋從營帳中而出，信差匆匆下馬，朝我們一禮：「可是玉狐女俠、瑾崋將軍？」

「是。」

「公主請二位前往望吳坡會合，共商大計！」

我和瑾崋相視一眼，瑾崋看向信差：「好！我們這就去！」

我從營帳邊牽出馬車，看著那安靜的車廂，心情開始沉重。慕容飛雲和聞人胤走出營帳，靜靜站在了我的身旁。

我一直看著車廂緊閉的車窗，他靜靜地在裡面等待命運，我靜靜地站在外面，耳邊是絲絲的風聲。我知道我踏出這一步，推動的不僅僅是他命運的齒輪，而是我們的終結。

我們……就這樣結束了……

泗海……願我們不要再相遇，願你在狐族從此做一隻無憂無慮、風騷快樂的小狐狸……忘了我，別再來找我了。

「走了。」瑾崋輕輕推了我一把，我的腳步還是向前邁出了一步，慕容飛雲和聞人胤一起看向瑾崋，瑾崋深沉地側開臉。「看什麼看！總要結束的！」

倏地，瑾崋拉起我的手直接把我拽上了馬車。他變成熟了，總是被蘇凝霜說成豬的瑾崋，現在真的已經不是頭腦簡單的豬了。

「啪！」瑾崋駕起了馬車，辰炎陽他們也跑了出來，目送我們。

馬車的車輪開始滾動，第一次，它的滾動牽動了我的心，我坐在瑾崋身邊開始愣神，呆呆地看著從身下往後飛馳而過的地面，心裡忽然空了，什麼……都沒了……

「到了！」瑾崋在我身邊說，我繼續呆呆看著地面，我看了多久，他就注視我多久。

「妳真有那麼捨不得嗎？」他忽然生氣地扯過我的身體，讓我正對他憤怒的目光。「反正妳心裡也不會有我，這個惡人我來做！」

我愣住了，呆呆地看著他。

「你怎會是惡人？不，你不是……」我垂落目光搖了搖頭。「你不是……」

「玉狐！」他著急地緊緊握住我的手臂，周圍似乎一下子來了許多人，我茫茫然的抬起臉，才發現原來已經到了營地，一個巨大的營帳在營地的正中央。有人激動地正從營地裡跑出。

「崋兒！」是瑾毓。

我今天……心不在焉。

我再次垂下臉：「跟我保持距離，不要讓瑾毓難做。」

說罷，我要下馬車，卻發覺瑾崋還緊緊握住我的手臂，他也垂下臉，靜默不言。

我輕輕扯了扯手臂，他才慢慢放開，從另一側下了馬車，瑾毓跑上前緊緊擁抱住他。

瑾毓的身後是鳳老爺子和楚嬌將軍，很多人跟隨在他們身後，遠遠朝我張望，他們是對我好奇，對玉狐好奇。

我無力地拉起韁繩，摸了摸伴隨我幾個月的馬兒，牠大大的眼睛裡似乎有一絲難過。

「這段日子你辛苦了，等天下太平了，你走吧。」我溫柔地看著牠說。

「呼……」牠蹭了蹭我的臉，眨了眨巨大的眼睛，長長的睫毛沾上了點點淚光。

「請問是玉狐姑娘嗎？」有人到我身邊，我轉臉看他，是一名俊美的男子。巫月盛產美人，只要家境好些，皮膚白些，便看起來清爽俊美。

「我是。」我淡淡答。

他一側身：「公主有請。」

「慢！」瑾崋忽地擋在我身前，戒備看那男子：「我要一起去。」

楚嬌上前：「瑾崋姪子，他是我姪子楚然，你幹嘛呢這是？還擔心有人害了你的玉狐嗎？」

叫楚然的男子溫和而笑。

「原來是瑾崋，早有耳聞，公主說過，是瑾崋忍辱負重，在那好色女皇身邊……」

「不許說她好色！」瑾崋忽然怒了。楚然疑惑不解看他，瑾崋怒看其他同樣露出莫名之色的人。

今天……瑾崋有些不尋常。

「這該不是和那好色女王好上了吧？」有人輕笑。

「難說，一個屋簷下，聽說那好色女皇也是一個美人……」

瑾毓的臉色也開始變得難看。

「住口！你們又做了些什麼？」瑾崋登時怒指那些嘲諷之人：「你們這些縮頭烏龜！現在事成才一個個出來領功！你們之前都哪兒去了！」

「嘿！瑾家的！你怎麼說話呢！」

瑾毓立刻攔住瑾崋，我心中梗塞，我知道瑾崋的失控是因為我，他在擔心我，離京城越近，他越不安，我早已感覺到。

「太狂妄了。」

「別說了～～人家可是傳了密函給我們公主呢～～在公主那裡有功～～」

「這麼維護那個好色女皇，他們之間肯定有什麼？」

「哈哈哈——要不讓公主饒那好色女皇一命？賜給他？」

「哈哈哈啊——哈哈哈——」

瑾崋在他們的話音中越來越憤怒，擰緊了雙拳。瑾毓用力攔住他，鳳老爺子和楚嬌也看得莫名起來。

「哼……」就在這時，泗海的冷笑從車廂內傳出，所有人安靜下來，疑惑地看向那靜謐詭異的車廂。在他們好奇之時，泗海輕悠冰冷的話音也從內飄來。

「你們這群酒囊飯袋，除了一張臭嘴厲害，還有什麼能耐？小花花～你這次沒有罵錯～～」

登時，所有人憤怒起來，紛紛指向車廂：「誰！到底是誰？有種……」

「住口！」我終於忍不住厲喝，指向我們的人倏然一愣，我冷冷掃視他們。「想活命的就閉嘴，他若是出來，我未必能救下你們！」

那些人愣了愣，「噗嗤」笑了。

「哈哈哈——見過自大的，從沒見過那麼自大的。」

「哈哈哈——哈哈哈——」

「玉狐，雖然傳聞妳很厲害，但我們還用不著妳來救——哈哈哈——」

倏然，空氣漸漸凝固，我擰起眉看向車廂之時，寒氣驟然從車廂的門內衝出，我立刻閃身避開，那陰寒的邪氣直衝圍觀人群，巨大的妖力登時將他們一一震飛！那些人連聲音都來不及發出，已經消失在我的面前，落於遠處。

「啪！」頃刻間，車廂門關閉，萬籟俱靜！

倖存之人徹底目瞪口呆，呆若木雞。

「做得好！」第一次，瑾崋站在泗海這邊。

鳳老爺子和楚嬌連連搖頭：「真是自找的。」

我再次回到馬車前，拉起韁繩，看向一旁呆滯的楚然：「帶我去見公主。」

楚然驚然回神，惶然地看向馬車。

「別怕，有我在，他不會殺人。」泗海手下留情了，不然，那些人已經死了。

楚然咽了口口水，在我面前領路。

鳳老爺子輕嘆一聲跟在了我們身旁。

火把開始點燃周圍，映出了中軍大帳裡幾個人影，楚然為我掀開簾子，在明亮的燈光中卻是一眼先看見了一身銀甲的月傾城。

月傾城正俯臉看桌面上的行軍地圖，下意識抬臉時看到了我，他愣住了神，從他身邊倏然跑出一人，揚起他墨髮之時，她已到我身前，激動地看著我的臉，拉起我的雙手。

「可是玉狐？」

喜悅的話音從面前而來，我看向面前這個英氣逼人的美人。不得不說，我們家族產美人。鵝蛋臉是我們家族的遺傳，漂亮的雙眼皮大眼睛配上那長長的睫毛，迷人而柔美，但是那清晰的黛眉卻又讓她添上了皇族的英氣和威嚴。秀挺的鼻梁和那性感的紅唇比例完美，讓她整張臉找不出任何的瑕疵。

巫溪雪，我們終於見面了。

她的眼睛裡，是真誠的喜悅。傾國傾城的容顏似是因為受難而瘦削了一些，但並不影響她的美貌，反是讓她的眼睛更加大而明亮，璀璨迷人。長髮盤起，乾淨俐落，英姿颯爽，散發皇族的高貴氣質。

「正和傾城說起妳呢。」她開心地拉起我的手，直接走入帳內，笑容美麗溫柔，讓人暖心。我終於又見到她了，巫溪雪皇姊。上次見她，還是四年前。

自從孤煌少司成為攝政王後，她不再上神廟參加每年一次的祈福，這是她對慧芝皇姊，和其他皇族的抗議。

營帳之內還有其他人，我並不認識，但可以大致揣測出，應該是巫溪雪的親信。

巫溪雪把我拉到桌邊，高興地環視眾人：「這位就是玉狐！」

「玉狐女俠，久聞大名！」大家高興地向我拱手。

我也拱手還禮，鳳老爺子、楚嬌和瑾毓也進入營帳，瑾毓面露一絲擔心看我一眼，蹙眉收起目光，變得心緒不寧。

巫溪雪公主笑看我，開始為我介紹：

「玉狐，這二位就是南楚家族的楚兮芸將軍和她的丈夫宋賀文將軍！」

「玉狐女俠，妳好！」

「這是我的軍師一天老先生。」

我有些吃驚地看一天老先生，他鶴髮童顏，目露精光。他是巫月有名的謀士，也曾經是巫月皇室貴族爭搶的對象。巫月貴族喜歡養一些門客，門客裡以智者為多，年年會舉行一些智者比賽，以此來較量。

但一天老先生，無人請得動。

「沒想到公主能請到一天老先生。」我微微驚嘆。

巫溪雪垂眸淡笑。

「老夫可是遠遠不及姑娘。」一天老先生笑看我。

「老先生過謙了。」我拱手一禮。

「若非姑娘相助，只怕我們還要幾年方能成事。」一天老先生笑道。

「幾年？」我疑惑：「那不是孤煌少司的孩子都出生了？」

一天老先生面露深沉。

「我們是不會讓妖男得逞的，我們的人會讓女皇無法生育！必要時……」一天老先生手起刀落。

「咳！」我一不小心嗆出，月傾城和瑾毓幾乎同時看向我，月傾城立刻側開臉，胸脯開始起伏不定。

巫溪雪眸光劃過一抹深思，微笑看我。

「一直以來，只聞玉狐之名，溪雪心生傾慕，想與玉狐相見，今日得見，卻不知該說什麼了。溪雪別的不想多說，只想請玉狐留下，繼續相助溪雪！」她認真看我，眸中是誠然的真情。

我看她片刻，頷首一禮：「玉狐……」

「我會等妳。」她打斷了我的話，伸手再次握住了我的手。「我知道你們這類人不喜歡塵世，但還是請妳再考慮一下我的請求。」

她情真意切地注視我的臉，不想放我離開她的身邊。

「玉狐，公主可從沒這樣求過人哦~~」楚兮芸笑道。

「玉狐，妳就答應了吧。」鳳老爺子和楚嫣也笑看我。

動。

「是啊，玉狐，老夫也想在兵法上向妳討教討教，妳到底師出何處？」一天老先生面露一分激動。

「巫月還有老夫不知的高人，老夫真想見上一見！」

「玉狐，明日我們就要攻打京都，妳做我先鋒吧！」巫溪雪緊緊握住我的雙手，如同姊妹情深。

「不行！我要看住一人！」我蹙眉道。

眾人一愣，月傾城再次朝我看來：「妳要看住妳馬車裡的那人？」

大家的目光在他的話音中面面相覷，鳳老爺子眨眨眼，和楚嬌偷偷對視。

「馬車？」巫溪雪面露迷惑，看向月傾城，月傾城微微點頭。

「玉狐姑娘的馬車裡有一個人，玉狐姑娘寸步不離地看守他。」

巫溪雪朝我看來，面露微笑：「是何人讓玉狐妳如此小心謹慎？」

「他至關重要，他可以讓孤煌少司繳械投降。」我沉沉道。

「誰？」眾人立時好奇看我。

我的心開始下沉，沒想到在此時此刻說出這個名字竟那麼的難。我的氣息也開始微微紊亂，幸好以他們的功力無法察覺。我微微擰拳，似是用盡全身的力氣，才慢慢咬牙說出這個讓我心痛的名字。

「孤煌……泗海……」

「孤煌泗海！」

「孤煌少司的弟弟！」

「好色女皇的夫王！」

「是那個魔鬼！」登時，整個營帳驚呼起來。月傾城的身體輕顫，震驚地筆直看向我，目光之中是深深的不解和一絲傷痛。

巫溪雪吃驚地凝滯了呼吸，氣息不穩地扶住桌沿，仇恨與憤怒讓她的雙手慢慢抓緊了桌沿。對於皇族來說，孤煌兄弟給他們帶來的不僅僅是仇恨與憤怒，更多的是恥辱！

已經知情的鳳老爺子和楚嬌也無心再笑，楚嬌撞了一下鳳老爺子，鳳老爺子蹙眉。

「玉狐一直在祕密押送孤煌泗海，孤煌泗海非常厲害，簡直……不像人。剛才他就傷了人，所以……明天攻城還是讓我們來吧。讓玉狐看住那個妖怪。」

「他竟敢在我的營地裡傷人？」巫溪雪已經怒不可遏，沉臉恨恨地看向帳外，咬牙切齒：「把他帶進來！我要好好看看這個滿手血腥的魔鬼到底是什麼樣子！」

月傾城踉蹌了一步，巫溪雪立刻扶住他，擔心看他：「傾城，別怕，我們就要報仇了！」

月傾城深吸一口氣點了點頭：「此人十分詭異，只有玉狐能降他，妳萬萬不可與他獨處。」

巫溪雪輕笑。

「他始終是個人，我還怕他不成？」巫溪雪憤然拂袖：「哼！帶他進來！」

「好，我帶他進來。」我微微垂眸，淡淡說完，在眾人憤怒的目光之中走出營帳，面前正是伴我和他整整兩個月的馬車。馬車周圍空無一人，所有人都躲避得遠遠的，目光之中寫滿深深的恐懼。

人群之中，我感覺到了瑾崋憂急焦躁的目光。

我緩緩伸出雙手，推開了那扇門，低語：「泗海，出來了。」

響起衣衫輕輕摩擦的聲音，他緩緩而出，一頭雪髮在火光中如瀑布掛落，劃過一道道金色的流光，僅僅是這頭鮮亮的雪髮，已讓人心馳神往。

立時，周圍恐懼的氣氛不見了，只剩下驚訝、驚異，與神往。無論是女人還是男人，都愣愣地癡癡地看著孤煌泗海那頭長長的雪髮。

他是迷人的妖精，是醉人的妖孽。無論他的聲音、他的肌膚、他的雪髮、他的容顏，甚至是他身上那若有似無，卻會進入你心底的清香，都是上天創造出來，為勾引人的情慾而量身定做。

他比孤煌少司更加讓人無法冷靜，無法把持。他才是巫月最大的情劫！最大的考驗！

他的雙手被絲帶綁縛，我拿起垂落在絲帶下的流星追月的銀柄，閉眸心痛地轉身，拉起了被火光染成月牙色的絲帶。

幾乎沒有發出任何聲音，他輕輕「撲簌」落地，站在了我的身後。忽的，他一把拽緊了我手中的絲帶。

「答應我，不要把我給別的女人。」他輕輕地說。

我緩緩睜開雙眸，視線已經有些模糊，我哽咽地點點頭，心狠地吞下淚水，昂首之時，我拉起他，在周圍目光中走入營帳。

一步一步，我將他拉入巫溪雪的營帳。猶記得我們大婚時，我本該也是這樣拉著他的紅綢，但是我沒有，我甚至想殺了他。而現在，當我可以拉起他手中的綢帶時，卻是拉著他去送死。他知道的，他知道自己的結局，但是他沒有怪我……

好希望這段路永遠停在這一刻，把我和他卡在時空的這一刻裡，永遠無法走出……

營帳裡所有人的目光，也隨著他的慢慢出現而睜大。唯一一個見過他的月傾城，面色發白地踉蹌後退，雙眸之中除了對孤煌泗海本能的害怕，更多的是仇恨、憤怒，與殺氣。

巫溪雪和其他人一樣用驚異，甚至是不可思議的目光，怔怔看向我的身後。

我停下了腳步，他從我身側走出，詭異的面具掃過營帳裡的每一個人，上面的笑容像是在對他們嘲笑。他從不把別人放在眼中，除了我。

「他就是孤煌少司的弟弟，傳說中的二公子，巫心玉的夫王，孤煌泗海！」我沉沉說完之時，巫溪雪的目光裡閃出了憤怒和仇恨的火焰，極大的憤怒與仇恨甚至讓她的身體也輕輕顫抖起來。

突然，她抽劍而來，孤煌泗海沒有躲，但我的心立時提起，發覺巫溪雪用劍的方向並非要殺他時，我安了心。還是泗海鎮定。

巫溪雪的劍放落在泗海的肩膀上，憤恨地看著他。

「摘下你的面具！」

「不行！」

我立刻一把拉起絲帶，泗海順勢往我身邊轉來，輕盈的像是在空中轉動的白蘭花。他轉到了我的身後，長長的雪髮隨他的身姿飛起，掠過了巫溪雪的面前，碰到她的利劍時，絲絲縷縷滑過，輕盈地如同輕輕撫過那把劍，絲毫不斷。巫溪雪怔立在原地，水眸之中，是顫動的心神。

「為何不可？」一天老先生追問。

孤煌泗海側身站立在我的身後，詭異的面具上是咧開的邪笑。

「哼……」輕笑隨之而出，好聽得讓女人無法抗拒。「是怕迷上我～～是嗎？玉狐？」

邪邪的語氣，悅耳的聲音，瞬間讓營帳中生出一分詭異的情色感，讓營帳中的女人無不神色惶然地側開臉。這裡的每個人都沒參加過我的婚典，所以，他們之中沒有人見過泗海。

巫溪雪緩緩放落劍，冷眸瞥向我的身後，一天老先生立時目露驚詫。

「不能摘！果然是萬萬不能摘！快把他帶出去！快帶出去——」

一天老先生幾乎是失控地大喊，緊張的神色讓他的面色也有一絲蒼白。

我轉身拉起絲帶，走過靜默無聲的巫溪雪身旁。

「哈哈哈——哈哈哈——」泗海在我身後仰天大笑，身上特殊的幽香已在這營帳中開始瀰漫。

靜靜靠在車廂門前，方圓百米內不見人影，旁邊只有一堆篝火。柔柔的夜風帶出了一絲春意。

巫溪雪在火光中緩緩走來，靜靜地沒有說任何話語，一身的戎甲蓋去了她女子的秀美，多了分男子的英武。

她走到我面前，神情平靜，抬手撫過我的馬，微微垂眸。

「抓他不容易吧。」

「嗯。」

「但他不是夫王嗎？理應在宮中，但我聽鳳老將軍說，妳和他卻是從關外來的。」她一邊輕撫馬鬃，一邊微笑地說。

「所以呢？」我落眸看她，她在月色之中揚起了臉，平靜的目光中更多的是深思與好奇。我看她許久：「妳不信任我？」

「我沒有！」她著急起來，蹙眉側開臉：「我怎會不信任妳？妳一直相助我們。只是，在我們都陷入困境時，妳突然出現，像是天賜一樣的神奇，我……玉狐。」

她朝我認真而真摯地看來。

「妳那麼聰明，應知道我不是一個人，妳實在太過神祕，如果我不知道妳到底是誰，我無法讓大家服妳……」

「我不需要。」

我打斷了她的話，她越發著急地看我，眸光之中清楚寫著渴望我能留下。我看向狐仙山的方向。

「妳就當我是天賜的吧，我的任務是除妖男，扶妳坐上皇位。任務結束，我自會離開，不要任何功名利祿……」

「但我需要妳！」她急急到我身邊拉住了我的手臂：「傾城跟我說了很多妳的事，巫月正是用人之際，我希望妳能繼續留下！」

我垂下臉，看著她，血緣使然讓我對她還是生出絲絲親切之感。儘管印象之中，我們皇親之間少有來往，我們僅僅在年底御宴之時，才會碰面，而且，只能坐在原位，不能像尋常孩子般一起歡鬧。

「玉狐，不知為何，我覺得妳很親切……」她也細細地看著我，目光溫柔柔和，讓人倍感溫暖。

當年，巫溪雪的母親和我的母皇是皇太女的人選，在皇位的明爭暗鬥之中，她的母親輸了，而他的父親正好是月氏家族。

只能說，當時月氏家族押錯了寶。

巫溪雪也隨她的母親離開了皇宮，居住在皇親所在的東區。一般來說，除卻皇太女之外的子女可以獲得封地，得到賞賜和權力，還能有兵力保護自己的領地。但是，巫溪雪的母親沒有，看似住在京城，備受女皇信任，實則是母皇看出他們家族野心，防止他們聯合月氏家族叛變，篡奪皇位。所以巫溪雪的母親被留在京城，實則是變相的監視與軟禁。

而月氏家族中也是派系複雜，後宮之中不會缺了他們家族的男子，只要壓中，便是夫王。

一開始巫溪雪的未婚夫是阿寶，阿寶其實也是月氏夫王培訓者之一，但是巫溪雪的能力越來越吸引月氏一派的注意，於是，他們送來了最佳夫王人選的月傾城。

只因在巫月，並非絕對的世襲！

似是太祖女皇感受到女人的感性會影響執政，所以定下了一條規矩，若是當朝女皇昏庸無能，朝中重臣可聯名彈劾！在皇族之中，另選女皇。這一條無疑間接地對當政女皇造成了威脅，她必須謹言慎行，勤政愛民，還要拉攏老臣，才能永保地位。巫月的女皇，並不好當。

想想慧芝皇姊迷戀孤煌少司之時，巫溪雪這一派系反對得十分高調，他們之意圖，可見一斑。

我淡淡看著她，反問：「既是信任我，為何要除掉慕容飛雲和聞人胤？」

巫溪雪一怔，一時無言。她蹙了蹙眉，目露歉意。

「對不起，我不知道他們是妳的人。慕容家族助紂為虐，殘害忠良，所以在他們來時，我實在……無法完全信任他們。」

「不，他們不是我的人。」我的話讓巫溪雪一愣，疑惑朝我看來，我淡笑道：「慕容家族之中也分派系，這一派是忠於妳的，但一直苦於沒有機會，而老天正好給了他們一個機會，所以，他們是妳的人，請善待他們。」

笑容從巫溪雪的臉上揚起，她點了點頭。

「也是，我也在疑惑妳怎麼突然和慕容家族有了交集，妳是夜間神祕來去的玉狐女俠，而他們是慕容家族中被遺忘的成員，後被他們家族送上了朝堂，陪心玉皇妹胡鬧，我以為……」

「以為他們皆是廢柴？」我接了話。她面露深思。

「是我錯了，是我被仇恨蒙蔽了眼睛。如果他們無能，又怎能盜取兵符，給我帶來這三十萬大軍。」

她微微而笑，目光清明，再次認真看我。

「所以，我才需要妳這面鏡子在我身邊，隨時提醒我，給我意見和諫言。妳真的不願……以真面目對我嗎？」

她看向我的面具。

「傾城說過，妳不願摘下面具，所以我尊重妳。但是，我真的很好奇，大名鼎鼎的玉狐，到底長什麼模樣。」她好奇地看向我，美麗的公主又多了分俏皮。

「呵，不過是為了他人能有平靜生活罷了。」我垂下了臉，扶了扶面具：「我不想以後被人認出，煩。」

「是……因為傾城嗎？」她忽然說。

我一愣，迷惑看她：「月傾城？不，我已經不生他的氣了。」

她也一愣，似乎我答非所問。

我也愣愣看她，火光之中我們看了彼此許久，忽然我恍然大悟。

「妳該不是以為我喜歡上妳的月傾城，所以太尷尬不想留下吧？」

「噗嗤！」她登時笑了出來，臉微微發紅，露出了女兒家的嬌羞。「我還真那麼想的，因為傾城和妳之間好像……」

她頓住了話音，垂眸淡笑之間，眸光藏在垂落的眼瞼之內。

「因為他不想再被人當作花瓶。」女人果然敏感。巫溪雪抬臉看向了我，我繼續道：「他應該告訴過妳，他曾經壞我計畫，那次之後他一直被他人嘲笑，認為他除了臉好看，其他一無是處。」

「不！傾城不是的！他很能幹，我一直很依賴他！」巫溪雪著急地為她的男人辯解，忽的，她面露恍然，一時發怔。「是我沒有給他機會……」

我點點頭：「妳把他留在了後方，正好我加入了瑾崋的中路軍，他想在我這裡贏得一場戰役，因為當初他是在我這裡輸的。所以……他再見我時，應該是心情比較複雜，讓妳誤會了吧。」

「是我太過忽視他的感覺了。」巫溪雪轉身靠在我的車邊輕輕嘆氣，仰臉看向了夜空，帶出絲絲愧疚之意。

一輪銀鉤高掛，青雲薄薄掠過它的周圍，靜靜的風中再次傳來她淡淡的話音：

「我被發配到西山後，靠他一人在京都堅持，支撐焚凰，傳遞訊息。我們派阿寶入宮，隨時監視，如果巫心玉一有身孕，阿寶會馬上除掉，其實……我真的不想害心玉皇妹，因為我和她……是僅剩的皇族，是唯一的親人，但是……我沒得選擇。」

她沉重地垂下臉，輕輕嘆息。

「若我和妳一樣，可以過普通人的生活，就好了……」

我靜靜看她一會兒，收回目光。

「我明白。」因為，我也想過若她一意孤行要殺飛雲他們，我也會毫不猶豫除掉她。「答應我，永遠不要好奇孤煌泗海的容貌，永遠不要摘掉他的面具，然後，砍了他。」

巫溪雪緩緩轉身，看向我身後車廂時已是目露憤恨：「妳放心，我會毫不猶豫地砍了他！」

我默默垂眸藏起自己那深深的痛，點點頭。

靜靜的夜風拂過篝火，火焰顫動跳躍，讓她的容顏也變得昏暗不明。

「其實……」她慢慢地再次說了起來：「我現在覺得也不再需要內應了，我們加起來有百萬大軍，不怕孤煌少司不降。」

「是防他變態。」我淡淡說，她不解地看我。

「變……態？」

「嗯。他變態起來會屠城，拉所有人給他陪葬。」我看向巫溪雪，她精緻的容顏在我淡淡的話音中吃驚不已。

內應之事應是月傾城告訴她的，所有布局早在數月前已經定下，讓子律做內應一是可以與大軍裡應外合，二是防止孤煌少司暴走，屠殺城中皇親貴族與居於北城的忠良。

「哼……」輕笑從車廂內而來，立時吸引了巫溪雪的目光，她冷冷凝視著那裡，戎甲在火光中閃爍出隱隱的殺氣。

「玉狐～～妳可真是了解我哥哥，百萬大軍又如何？還能阻止我哥哥屠城嘛？哈哈哈——」

「你這個魔鬼！」巫溪雪狠狠盯視那緊閉的車廂門，咬唇。

「滾！我不想有別的女人在我馬車邊！」泗海陰狠冷語，如那地獄魔君般冷酷無情。

巫溪雪憤恨地咬牙，冷笑：「哼，死到臨頭還得意？」

我看向她：「妳走吧，我跟他只能打成平手，而且如果打起來會傷及無辜，不要刺激他。」

巫溪雪忍了忍眸中的憤怒，疑惑看我。

「你們是不是把他說得太神了？他始終是肉體凡胎，還能打不死嗎？」

巫溪雪在火光之中略帶一分得意，連連的勝仗，讓她並不把孤煌泗海一個人放在眼中。這是人之常情，因為她從未見過孤煌泗海，就如當初未曾見過我的孤煌少司，也未把我當回事。

「那要能打到他。」我沉沉地開了口。

巫溪雪狐疑地朝我看來，神情依然懷疑。似是要親眼看見，與泗海一戰，方肯甘休。

「公主！」忽的，月傾城急急找來，看見巫溪雪在我馬車邊，立時神色發緊，匆匆跑來一把拉起巫溪雪的手臂。

「傾城，你幹什麼？我還有很多話想跟玉狐說。」巫溪雪莫名看他。

「等贏了，妳有的是時間跟她說！」月傾城情急地繼續拉巫溪雪：「不要靠近這個馬車！」

巫溪雪笑了。

「傾城，你真的太害怕孤煌泗海了，你應該勇敢面對他，才不會讓他成為你一生的陰影！」

「妳根本不明白！」月傾城變得有些失控，他在巫溪雪擔心的目光中深吸了一口氣，努力讓自己平靜下來。「還是請公主早些回營歇息，明日一鼓作氣拿下妖男才是！」

巫溪雪唇角微微揚起，看看月傾城，再扭臉看看我。我一派淡然，她笑了笑，點點頭，雙手負於身後。

「好，就聽你的。」

月傾城終於稍許露出安心之色，拉起了巫溪雪。

巫溪雪走在他的身旁，一直看他，月傾城察覺到，迷惑地問：「怎麼了？」

她又看了他一會兒，落眸而笑。

「沒什麼，只是……在想我的傾城是不是知道一些玉狐的祕密？」

立時，月傾城的眸光在火光中顫了顫，側開臉。

「我也是剛剛才知道她運的是那個人。」他憤然轉身看我，白淨的臉似是因為憤怒而漲紅。「妳為什麼不告訴我！」

他狠狠地質問我，目光看似憤怒，卻不知為何隱藏了一絲掙扎，讓我不由想起知道我喜歡泗海後瑾崋那憤怒又糾結掙扎的目光。

巫溪雪靜靜站在一旁，看著，聽著。

我在月傾城憤怒的目光中淡淡地說了起來：

「若是告訴你，你會找他報仇，我不能坐視不管，就又要來救你，你說，我煩不煩？」

月傾城一怔，巫溪雪在旁幽幽而笑，拉起了月傾城的手。

「傾城，我還是第一次看見有個女人煩你，哈哈哈——」巫溪雪大笑起來，他默默垂下臉轉身。

「還是……玉！」他頓了頓：「玉狐姑娘妳想得周到！傾城果然一直蠢笨愚鈍！」

他憤懣說罷，拉起巫溪雪大步離去。忽的，巫溪雪轉頭深沉地看一眼我身後的車廂，收回目光轉回了頭。

想讓女人不好奇，很難。我的心裡，已經開始隱約不安。

靜靜地，從一旁慢慢走出了瑾崋，我看向他，他側開臉，坐到我身邊。

「妳進去吧，外面冷。」

我心中一愣，他……讓我進去。他明明知道裡面是泗海，他卻……讓我進去。若是從前，他早扭頭離開，眼不見為淨。

「你……真的讓我進去？」我在跳躍的火光中看著他開始煩躁的側臉。

「讓妳進去就進去，妳煩不煩？」他煩躁地白了我一眼：「有我在別人就不會以為妳跟……那個魔頭有關係了！」

「謝謝你，瑾崋。」我感謝地看著他。

他越發煩躁地轉開身，不想看我。

我看他一眼，推門進入。泗海安靜地盤腿坐在馬車中，從車窗縫隙中透入的微光照出了他分外安靜的容顏。他緩緩抬臉看我，唇角僅微微揚起便已帶出一抹邪氣。

「明天我們就是敵人了。」

「嗯……不負哥哥不負我是嗎？」

他點點頭。

「明日我們終於能好好戰一場，我很期待。」他純然而笑，豁然得教人心痛。

我拉住了他的手：「我也是。」

他深深看我，狹長的狐眸中是一分熾熱。

「我只想死在妳的手裡，成全我，心玉。」

我怔怔看他，他再次純然笑起，俯身吻上了我的唇，雪髮滑落我周圍的空氣，把我和他徹底包裏。他雙手撫上我的臉，熱熱的呼吸吐在我的唇上，迷醉眷戀的目光看過我的眼睛、我的唇和我的臉，不放過我的任何一處，最後，癡戀的目光落在我的唇上。

「跟我一起死好嗎……心玉……」如同蠱惑的聲音筆直進入我的心底。

我的心跳因他這句話而凝滯，我毫無猶豫地開了口：「好……」

他笑了，再次吻住我的唇，纏綿而眷戀的吻，久久不離，我們的呼吸在吻中交融，宛如記住彼此的氣味與氣息，來世可以再次找到彼此。

「喂！妖男！」忽的，外面傳來瑾崋有些彆扭的聲音。泗海離開了我的唇，緩緩看向外頭。「謝謝你揍了那群人，你讓我……也想做個壞人了……」

瑾崋彆扭的話音裡流露出一絲羨慕。他在羨慕孤煌泗海可以恣意妄為。

「哼……」孤煌泗海笑了，笑得嫵媚而妖嬈，笑得動人心魄。他慵懶地躺落我身前，枕在我的腿上，雪髮鋪滿我的腿邊，嫣然的紅唇緩緩開啟：

「即使再壞，也要記住對我的心玉一個人好～～」

「知道了。如果那個巫溪雪敢動她，我瑾崋就算揹上叛逆之名也要守護她！」

瑾崋鄭重的話音讓我心中感動，也讓我心中有愧。

泗海微笑地閉上雙眸，我輕輕撫上他的臉龐，這個豔絕天下的妖媚男子，只有我巫心玉能在他的身邊，只有我能觸摸他，只有我能罵他，只有我能……殺他。

泗海，你放心，我一定會親手殺了你，只讓你死在我巫心玉的手中，不讓別人的髒手碰你半分。

當戰鼓響起時，大軍壓近巫月的心臟——京都。

我的馬車在巫溪雪身邊，她一身戎甲領兵攻城，她要做女皇，所以她必須要服眾，沒有人會信服一個躲在後方的皇族，尤其是在經歷妖男當政，女皇迷戀妖男之後，朝堂上下對皇族的信任度急遽下降！

戰鼓「隆隆」，京都城門緊閉，靜得詭異，巫溪雪揚手讓大家停下。她的身邊是月傾城，她終於讓他站在了自己的身邊，而不再是後方。

大軍左翼為西鳳家族，右翼為南楚，北辰在後，慕容飛雲和聞人胤也得到重用，在一天老先生身邊。這支大軍可謂巫月最強，無人能敵！

忽然，弓箭兵齊齊從城樓站出，瞄準了此處，登時，喊殺聲卻是從裡面而來，我揚唇而笑，巫溪雪朝我看來。

「一定是子律和凝霜他們發起突襲！」瑾崋面露激動。

我微笑點頭，當初布局之時料不準今日到底會拿到多少兵，所以，內應是必須的。

「看來我們只要等人開門就行了，哈哈哈——」一天老先生捋鬚而笑。

城樓上的士兵開始陷入混亂，巫溪雪看我一會兒收回目光發令：「攻城！」

立時，長梯從身後的軍隊中衝向城樓，子律他們畢竟人少，還是需要攻城相助！

「殺——」

「咚！咚！咚！咚！」

響亮的喊殺聲和氣勢恢宏的鼓聲都能讓士氣大作，也是給裡面的人信號，告訴他們，我們來了！就在城門外！不用怕！

忽然，黑色的身影掠過城頭，登時無數人從城樓下墜落，他旋轉身體，髮冠不亂，墨髮在風中飛揚，黑色的華袍讓他如同黑暗的神君般傲然降臨在城牆之上，冷冷俯視戰場，手中的利劍血光閃耀，讓人膽顫。

他甚至沒有穿上鎧甲，華麗的黑袍讓他儼然如戰場的王者，傲視天下！

鳳老爺子他們無不驚訝，連巫溪雪也目露吃驚。他們無人跟孤煌少司交手過，可以說，沒有人知道孤煌少司的功力有多深。因為，他是那麼輕易地只憑一張俊美溫柔的容顏，便將女皇的心輕鬆地拿捏在手中，控制了巫月天下！

在今天之前，或許，他們還以為孤煌兄弟是沒有武功的。也難怪巫溪雪會不信月傾城之言，輕視泗海。

但在今天之後，我想，即使巫溪雪贏了，孤煌兄弟也會在她心中留下絲絲餘悸！

「孤煌少司！」月傾城咬牙切齒，瑾崋也提槍策馬向前，狠狠盯視高高立於城牆上的黑色人影。

「哼！就憑你們也想捉我？哈哈哈哈——找死！」

孤煌少司陰狠地說完，突然像黑色的老鷹一般從城樓上一躍而下，朝巫溪雪直撲而來！

「保護公主！」楚兮芸她們立刻列隊保護巫溪雪。

我抽出碧月飛身而上，就在我離開馬車之時，寒氣登時衝出馬車，「啪！」一聲巨響，我驚然在空中轉身，眼前車廂被巨大的力量震碎，寒氣迸射而出，車廂頃刻間化作無數碎片射向四周，登時慘叫連連，驚得所有人目瞪口呆。

我落在了地上，看著破車而出，落在馬背上的泗海。他俯下臉深深看我一眼，立刻飛向高空，雪髮在身後飛揚如白狐的狐尾，詭異的面具上是對世人的蔑笑，他輕盈地如同蝴蝶般躍過我的上空，迎向了從城樓而下的孤煌少司，一黑一白兩個身影在空中相擁，如同一黑一白兩隻狐狸親暱地貼在了一起，即使面前是蒼然的戰場，也無法影響那幅美麗動人的畫面。

他們緩緩落下，黑髮與白髮在風中飛揚，當黑色和白色的衣襬垂落之時，他們緊緊地擁抱在一起，深深埋入彼此的頸項，親暱地貼上彼此的臉龐。

孤煌少司溫柔地撫過孤煌泗海背後的雪髮，微笑親吻他戴著面具的額頭。

「回來就好……回來……就好！」孤煌少司忽地咬牙，狠狠朝我看來！

我落在他們身後，碧月劃破身邊空氣。

「孤煌少司，我回來了！有些帳，我們要算一算！」

「哼……」泗海在孤煌少司身前轉身，雙手插入袍袖，陰邪的面具上揚起詭異的笑。「妳知道，我不會讓妳傷我哥哥。」

我捏緊了手中的劍，忽然，身後馬蹄聲起，無數人朝我們這裡衝來。

「殺妖男——」

「衝啊——」

「吵！」泗海只冷冷說了一個字，白色的身影立時飄忽起來。我想追他之時，孤煌少司黑色的身影卻飛速到我身前，冷笑地揮劍攔住了我的去路。只這一刻的停頓，孤煌泗海如同鬼魅的身影已經直直掠過我的身旁，強大的妖氣瞬間揚起了我的髮絲和裙衫，緊接著，身後傳來慘叫一片。

「啊——」

我立刻轉身，只見一抹白影在黑色的大軍之中穿梭，幾乎看不見他的身影，只能依稀捕捉那抹白色。他倏然停落在一人頭頂，腳尖點在那已經嚇呆的人頭上，白衣飄然，雪髮飛揚，雙手插入袍袖，渾身纏繞如同仙氣的白霧，讓他絲毫不像魔鬼，反像是仙君！

「呼啦啦。」無聲無息地，幾乎是百人的隊伍就在他的身下，成放射狀般層層倒落，只剩那一人站在血泊之中，而泗海高高立於他的頭頂，白衣和雪髮不染半點血絲，詭異的靜謐從他身上開始向四周蔓延！

整個戰場倏然安靜！遠處是已經看呆的巫溪雪和各個戰將！月傾城眸光顫抖地捏緊了手中的長槍，那幾乎出自本能的恐懼讓他的臉色越發蒼白。

凝滯的目光從他身邊的巫溪雪而來，沒有絲毫的畏懼與害怕，即便泗海腳下死屍遍地，血流成河，她和那些女人都無視似地，眼中只看見泗海身上那如同仙君的獨特氣質。

「匡噹！」城門大開，兩個熟悉的身影從裡面衝出，但他們也很快因眼前的景象而怔立！

「泗！海！」我捏緊手中的劍，他又在濫殺無辜！即便那是在為他哥哥而戰，是在戰場上！

我們今天，注定為敵！

仙氣從身上迸射，我直接朝孤煌少司狠狠劈去，只有這樣，才能把泗海引回來！

「哼。」孤煌少司冷冷一笑，腳尖輕點後退之時，泗海白色的身影已經落在我的面前。我面具下的目光與他面具下的目光碰撞在了一起，那一刻，我們知道，此戰在所難免，我們糾纏的命運也將在此有個了結！

劍光掠過他的身前，雪髮劃過我的臉邊。我們如同糾纏的命運一般，糾纏在了一起！

還記得我們第一次相遇，是在那個波光粼粼的橋洞下……

他的雙腿從我上方的石橋垂落，悠然地隨風擺動，黑色的布鞋，白色的襪子，還有絲絲縷縷的雪髮隨風飛揚，從此，我們的命運交織在了一起，像死結一樣，誰也無法掙脫。

一次又一次交戰，屢屢平手，即使他有機會殺我，而我也有機會殺他。他愛上了我，愛得沒有絲毫猶豫，愛得那麼義無反顧。

反而是我，一次次地否定自己對他那份特殊的悸動，一次次地逃避自己心中對他相惜的感覺，一次次無法勇敢面對自己的心動，一次次強行抹去腦海中他留存的身影……

我在懸崖邊掙扎、痛苦、彷徨、迷失，錯過了太多太多可以與他一起的時間，當最後恍然大悟之時，卻是親手把他一步步送向生命的終點……

一直羨慕著他，嫉妒著他。

羨慕他可以不分善惡，沒有任何道德的約束！

嫉妒他可以恣意妄為，橫行天下，要殺便殺，管它什麼正邪！

但是，我是人……

不能因為他人不聽我命令而殺之，不能因為他人好色看我一眼而殺之，不能因為他人辱我而殺之，不能因為他人厭我而殺之……

而他，可以。

在他眼中，不服者殺，貪他色者殺，辱他者殺，厭他者殺。他認為人死後會入輪迴，所以，他覺得那並不是真正的死亡，只是把這些他所討厭的人從眼前抹去，逐去了另一個世界……

那是天神的視角，凡人不知。凡人只會越來越懼怕他，視他為惡魔，要把他逐出凡人的世界！

所以，他……孤煌泗海，只是來錯了地方。

掌心與他相對，陰邪的寒氣與我溫暖的仙氣相撞，登時，炸開層層氣浪，瞬間飛沙走石！我和他一同被震飛，「噗！」一聲，空氣中立時瀰漫血腥之味。

在他咳血之時，一口血也從我唇中嗆出，滑落唇角。我踉蹌後退之時，孤煌少司倏然乘機而入，揮劍朝我而來，目光中的狠絕如同要把我一同拖下地獄，他是如此地恨我！

立時，泗海白色的身影又從遠處飛速而來，在孤煌少司的劍要刺向我心口之時，瞬間切入我和孤煌少司之間，幾乎像撲上來一般地撲在了我的身上，把我緊緊擁入懷中。雪髮劃過我的臉邊之時，虛弱的低語也隨之而來。

「心玉……跟我走吧……」

「嗯……」我看向將要貫穿我與他的那把利劍，或許，這樣的結局對我、對他，是最好的。

倏地，我卻看見孤煌少司的黑眸中劃過一抹陰沉的笑意，正在迷惑他有何詭計時，他來不及收勢的劍尖卻倏然從泗海的後背而上，帶出泗海幾縷碎髮的同時，傳來一聲輕微的絲帶被切斷的聲音，寧靜之中，泗海面具的繫帶，從我的面前緩緩……飄落……
那一刻，我的心，也隨著那飄落的繫帶而沉落……
「啪！」那是面具墜地的聲音，明明在戰場上輕如鴻毛墜地，卻像是一聲巨響震盪了人心。
忽然，風停雲凍，煙塵靜靜而落，泗海豔絕無雙的容顏從煙塵中慢慢浮現，我從周圍一個個開始凝滯的呼吸中感覺到她們對泗海容顏的驚豔。
我看到了那些女人們目不轉睛的視線，也看到了那些男人們呆呆的神情，更看到了巫溪雪凝滯的……目光。
我知道，我不能再把他留在世上……
「泗海……對不起……」我狠心地扔起碧月，「啪！」握住劍刃之時，鮮血立時染濕手心，我毫不猶豫地抓住劍刃筆直刺向泗海的後心！
倏然，「噹」一聲，孤煌少司用劍擋住了我的劍尖，下一刻，身前的泗海就被人大力拽離，在我面前往後飛速地飛躍之時，我看到了泗海雪髮飄揚下染血的唇角和虛弱的臉龐。
孤煌少司拎住泗海的衣領，把他從我身前提走！停落之時，泗海虛弱地靠在了他的肩膀上，又是一聲輕咳，鮮血從他唇中湧出，染紅了他臉龐的雪髮和白色的衣領。
登時，狂風乍起，上空雷雲滾動。猛烈的風揚起了他長長的雪髮，讓他的容顏在陰沉的天色中更添一分妖魅，如天降的邪君，俊美得讓人心馳神往，又不敢靠近！
而那一分重傷後的虛弱又讓他楚楚可憐，惹人疼愛。微蹙的雙眉，唇角的血絲，無不觸動女人柔軟的心弦，為他心痛！

「轟隆！」忽然，一聲春雷竟是在白天炸響，泗海像是被什麼徹底抽空了力氣般無力站立，雙眸微閉，孤煌少司立刻將他攔腰抱起，心疼地貼上他虛弱喘息的唇邊。泗海的胸膛開始劇烈起伏，即便被我重傷，也不至此！

是那雷聲！是他的天劫！

我想再次提劍，卻也因為重傷而無法運力，手心的鮮血順著劍刃一滴一滴落在了地上，我一時踉蹌不穩，立刻有人躍到我的身旁，將我扶住，是瑾崋。

孤煌少司一步一步緩緩走過我，卻是面向巫溪雪單膝跪下。

「所有的事情，是我孤煌少司一人指使，與我弟弟泗海無關！」

當他說出這句話時，我的心立時懸起，嗡鳴在大腦響起，徹底陷入一片空白世界。

巫溪雪在馬上怔怔看他，似是泗海的容顏已經讓她徹底忘記了面前是讓她恨得咬牙的妖男孤煌少司！她的神思依然在別處神遊！

孤煌少司面露愧疚，悔恨地哽咽落淚。

「弟弟……只是聽從我的命令，他太純真了，是我告訴他那些人是要殺我的壞人，是我告訴他殺了那些人可以讓他們早點解脫，去極樂世界享受快樂。他真的信了……他為我而殺人，他為我而滿手沾滿了鮮血！一切都是我的錯！是我的錯……我孤煌少司，願意認罪，願意領死！但求公主能明察秋毫，饒我弟弟泗海一命，他真的……什麼都不懂……」

「騙人……」我憤怒而虛弱地喊了起來：「孤煌少司你這個大騙子！不要信他——巫溪雪！不要信他的鬼話——」

巫溪雪在我的大喊中緩緩回神，卻依然看著孤煌少司懷中虛弱的泗海。

「哼！」孤煌少司冷冷而笑，懷抱孤煌泗海緩緩起身冷笑看我。「是！我是騙子，我騙取了女皇們的信任，但妳難道不是騙子嗎？玉狐，不、不不不……我是不是應該叫妳……女皇陛下！」

他格外響亮的聲音登時驚詫了周圍所有人。立時，一束又一束詫異、驚疑的目光朝我直直看來，如那個讓我驚醒的夢境！

「哈哈哈——巫溪雪公主，妳被那個女人騙了！」

孤煌少司甩袖狠狠朝我指來，巫溪雪在他甩手時驚然看向我，震驚無比。她身邊的月傾城立時眸光閃爍，面露一絲心虛地垂下臉龐。

瑾毓擔心而憂急地握緊了手中的長劍，瑾崋的身上殺氣已經燃燒，似是為了護住我而隱忍憤怒，守在我的身旁！

「你們！都被她騙了！」孤煌少司陰狠而笑。

「孤！煌！少！司！」我憤然提起劍，想運力之時，胸口立時躁血洶湧，立時鮮血搶出了口，我跟泗海再一次兩敗俱傷！

「別再運功了！」瑾崋著急地大喊，心痛地看我唇邊的血漬。

「孤煌少司？」孤煌少司唇角揚起，瞇眸而笑。「妳不是一直喜歡叫我烏龍麵嗎？妳做的這一切，不就是為了獨佔我的弟弟泗海嗎？哼！妳這個好色的女皇！妳知道妳的皇位坐不久，所以做那麼多事來讓自己脫身，再帶走我的泗海是不是！讓他從這個世界消失，妳就可以徹底獨佔他了是不是！妳巫心玉真偉大，不愛皇位～～因為，妳更愛美人！全天下都知道妳巫心玉愛美男！」

他筆直朝我指來，黑眸之中，滿是陰森的冷笑和一絲得意！

他贏了！他孤煌少司又一次贏了！這一次，他居然利用泗海的美貌！

「哈哈哈——哈哈哈哈——」

我在那一雙雙驚詫的目光中仰天大笑，胸口躁血翻湧，幾欲噴出，我忍住胸口的憤怒，緩緩抬手，摘下了面具，一把甩在了地上，狠狠瞪視孤煌少司得意的臉龐。

「我巫心玉未雨綢繆，步步搶佔先機，佔盡上風！今日，居然滿盤皆輸！功虧一簣！烏龍麵！我不是輸給你，而是輸給這個看臉的世界！噗！」

一口血登時噴出，憤怒徹底加劇了內傷，讓我傷上加傷！但是，即使死！我巫心玉今天也一定要殺了他們，不能讓孤煌少司再魅惑女皇！不能讓泗海落在別的女人手裡！

我答應過他，不會讓別的女人碰他！

我用最後的力氣提起劍推開瑾崋朝孤煌少司衝去。

「攔住她！」倏然，一聲命令卻是從楚兮芸那裡而來，士兵立刻從兩旁湧出，竟是擋在了孤煌少司的身前。

瑾崋立刻到我身旁，我怔怔地看著面前攔住我的士兵，孤煌少司陰沉的冷笑自他們身後揚起。這些士兵，竟成了他孤煌少司的護牆！

一抹梅香同時掠過身旁，淡青的身影和瑾崋站在了一起，共同護在了我的身前，是凝霜……

他轉回臉對我認真地搖搖頭，他的胸口依然掛著那狐仙神牌。

師兄……

眼前忽然發黑，我緩緩向凝霜撲去，他把我接入懷中之時，我聽到了巫溪雪的沉語：

「把孤煌少司押入大牢！聽候發落！」

「是！」

哼……她只說孤煌少司……她只說！孤煌少司！

黑暗徹底吞沒了我的意識，我在那清幽的梅香之中，陷入長眠……

✣ ✣ ✣

「叮……」耳邊響起了狐仙山的鈴聲，我緩緩睜開了眼睛，面前是一張熟悉而又陌生的臉龐，但那溫和深情的眸光，讓我知道，他就是流芳……

他臉上的絨毛已經褪盡，一張雌雄莫辨的柔美容顏美得讓人心迷。我抬手撫上那嶄新精美的臉龐，他微微閉眸輕蹭我的手心，嘴角是那熟悉的幸福微笑……

流芳，我好想你……

線條柔和的雙眉不粗不細，不濃不淡，乾乾淨淨地在他美眸之上。狐族的眼睛總是又細又長，而流芳除了細長還多了一分柔美，纖細的雙眼皮使他的狐眸多了一分柔媚與溫和，讓人心醉。

修挺的鼻梁如同女子，總是溫和微笑的雙唇透著淡淡的橘色，不厚不薄的雙唇勻稱柔潤，水光盈盈，誘人品嚐。

他原來……是這個樣子……

真美，美得雌雄莫辨，像是哥哥，又像是……姊姊……

「你成人了……流芳……」我躺在他的懷中，幽幽地說。他環抱著我，讓我枕在他的手臂上，溫暖而舒適。

他緩緩睜開眼睛，銀色細長的睫毛像是羽扇一般打開，裡面的銀瞳浮出暖暖的深情。而他銀色的長髮上，依然是一對可愛的狐耳，他靦腆而笑。

「還有耳朵。」他笑著轉了轉那對耳朵，讓人情不自禁地想去觸摸。

我從他懷中坐起，摸上他的耳朵。一直很喜歡摸他的狐耳，毛茸茸，熱呼呼，冬天暖手剛剛好。而他，也很享受被我撫摸耳朵，他舒服地閉上眼睛，長長的睫毛微微輕顫。

我收回了手，抱歉看他。

「對不起……害你受罰了……」我擔心地握住了他的雙手，狐族懲罰，向來嚴厲。

他再次睜開眼睛，緩緩搖頭，溫柔微笑。

「我沒事，我只是被關了一陣子。而且助妳，是我心甘情願的。但是，也讓我明白，這會連累妳。對不起，心玉，下次我會克制。」

語氣中流露出深深的歉意，銀瞳之中是對天命的餘悸。這正是騷狐狸的憂慮啊……

我點點頭，看向周圍熟悉的神廟景色：「我是不是已經死了？」

「沒有，心玉，妳只是重傷了。」他溫柔地撫上我的臉：「所以，妳還有四條命。」

我微微一愣，看向自己的雙手。

「原來……我還沒有死……我以為我死了，可以還清手上的血債了……」

「心玉，不要這麼自責，那是戰爭……」他心疼地握住我的雙手，垂下臉輕蹭我的手背。「這是那些士兵的命數，躲不過的，這是天意……」

「呵……命數……」我自嘲而笑：「那我的命數呢？我理應死上三次，不然師傅何以給我續命三條？而現在，我總是不死，莫非是老天爺放水？」

「心玉，別胡說！」流芳匆匆捂住了我的嘴，微露一絲驚慌地看向上空，他對上天的懼意是在他受罰之後。我知道，他並不是害怕自己被罰，而是……我。

我區區凡人，只怕被天雷一劈，便已命喪黃泉。而這，還是恩賜！上天對你的懲罰不在於讓你死，而是活著，讓你活在人世間歷經各種磨難，讓你的身心備受煎熬，讓你痛不欲生，生不如死！

這，才是上天對你最大的懲罰……

「回來吧，心玉，別再管巫月了，回到神廟，回到我的身邊，讓我們再回到從前那樣，過著平靜的，無憂無慮的日子……」

他緊緊擁住了我，近乎祈求的語氣中傳達出對過往的深深懷念。

是啊……我也很懷念那時的日子……

每日清晨，清掃神廟，擦洗狐仙大人的神像是每日必做之事，那時，騷狐狸總是會坐在那裡，風騷地伸出他的腳，讓我親吻。然後，我只給他一個字：滾。

即使如此，流芳依然羨慕地看著我們。那時，他還是半人半狐，渾身的狐毛都未褪盡，還常被師傅取笑。

那樣的日子，真的回得來嗎？

我從流芳的懷中緩緩離開。他擔心地看著我，我難過地看著他。

「回不去了……流芳……我們……真的回不去了……」

人心不古，往日不復，在經歷了那麼多後，我和流芳已經無法再回到從前。我留在他身邊，只會影響他的修行。

「真的……回不去了嗎……」他失落地低下臉：「心玉……妳答應過我的，妳會回來。」

他哀傷的神情深深刺痛了我的心，他才是我真正的親人，我真的不忍心看他傷心。我撫上了他的臉。

「流芳，我會回來的，但是，你要答應我，好好修煉。」

「真的？」笑容再次浮上他的臉龐：「那我在狐仙山等妳回來。」

他安心而笑的臉龐漸漸被銀光吞沒，流芳，我會回來的，即使我死了，我的靈魂也會回到神廟，回到狐仙山陪你，因為，那裡不僅僅有你，還有……泗海……

淡淡的桂花幽香緩緩進入了我的鼻息，有人正輕輕握著我的右手，那雙手是那麼的溫暖和溫柔，宛如深怕用力會碰碎我的手般地珍惜。

「是懷幽嗎……」我緩緩吐出了氣息，虛弱地睜開了眼睛，青色簡單的帳幔映入眼簾之時，瑾崋和凝霜擔心的臉也進入了我的視野。

「妳醒了！」瑾崋激動地探身，他和凝霜跪坐在我身旁的床上。

凝霜面露憂慮，但還是帶出一絲笑意，柔柔看我：「醒了就好……」

「女皇陛下……」身邊傳來懷幽哽咽的聲音，我轉臉看向他，他輕握我被悉心包紮過的右手埋臉哭泣。「懷幽沒用……懷幽真是沒用！」

他深深自責著，他憔悴的容顏可以感覺出在我離開後的幾個月，他一直在為我擔驚受怕。

「對不起……懷幽，又讓你為我擔心了……」

懷幽匆匆擦了擦我的臉，勉強擠出笑容看向我。

「女皇陛下，要喝水嗎？還是要喝粥？不不不，還要吃藥，懷幽這就去為您準備！」

他急急要起身，我拉住了他。

「懷幽……你不該來的……還有你們……」我看向瑾崋和凝霜：「你們也不該在我身邊……」

「我們怎麼可能不在妳身邊！」瑾崋登時激動起來，星眸顫動。「萬一那女人要害妳怎麼辦？妳現在連一隻蒼蠅都拍不死！」

「瑾崋！冷靜！」凝霜按住了他激動的身體：「當務之急，是先給她療傷！」

「泗海怎樣？」我問。

當我喚出「泗海」二字時，凝霜和懷幽同時怔住了神情。瑾崋又氣又急地看我。

「妳還管他？妳放心！他沒死！只是一直昏迷不醒！」瑾崋氣急地撇開臉，胸膛明顯起伏，深深呼吸。

我太陽穴立時脹痛不已，閉眸搖頭。

「他該死的，他該死了……如果現在不死……以後……沒機會了……」

「那我現在就去殺了他！」瑾崋登時起身，凝霜回神立刻把他拉住。

「孤煌泗海現在有孤煌少司保護，你怎麼殺他？」

「你跟我一起去！」瑾崋拽住凝霜的手臂：「你對付孤煌少司，我去殺了那妖男！」

「沒用的……」我蹙了蹙眉，睜開眼睛：「泗海昏迷時，真身會守護他的肉身，任何人也無法靠近……」

「什麼真身肉身？」瑾崋著急看我。

「孤煌泗海是狐妖！巫心玉沒有騙我們，他是狐妖轉世，他不是人！」凝霜把他按回。

瑾崋和懷幽在凝霜的話中徹底愣住了神情。

曾經，我跟他們說過，泗海不是人。起先，他們並不信，在與泗海交手後，看到他那詭異的寒氣，他們信我所言，但是，他們並未把泗海與神魔仙妖聯繫在一起，只是……不是人，或者練的是邪門功夫，他們對不是人的理解，只以為不像正常人。

但凝霜知道，因為他讓流芳附身了，他知道了狐仙、狐妖的存在，他已經知道孤煌少司和泗海到底是什麼。

「扶我起來……」我無力地說了聲，懷幽立刻回神輕輕扶起我，讓我靠在他溫厚的胸膛上。眼前不是自己的寢殿，是客殿。「巫溪雪那裡怎樣了？」

「不關心！」瑾崋生氣地轉開臉。我看向凝霜，他也是抿唇搖搖頭。

「他們一直在這裡保護妳，沒有離開。」懷幽柔柔的話音從身後而來，我緩了緩氣息。

「你們不該留在這兒，我不會有事……」

「我們知道妳擔心什麼！」瑾崋生氣看我。

「我蘇凝霜可是向來特立獨行，與家族相悖，屢屢惹怒家父，我蘇凝霜有何所懼？哼，即便與天下為敵，我蘇凝霜也要護我想護之人！」凝霜也冷笑起來。

「說得好！」瑾崋激動地緊緊擁住凝霜的肩膀，惹得凝霜白他一眼。

「倒是你，不怕連累你母親大人嗎？」

「我娘說了，她覺得種田很適合她，她要回去種田！」瑾崋正色道。

「哈哈哈——不愧是剛正不阿的瑾右相！」蘇凝霜也抬手擁住了瑾崋的肩膀，兩人的手緊緊交握，如同將要患難的兄弟，不離不棄！

忽的，他們似是察覺到什麼，放開彼此厲喝：「誰？」

「我！」忽然有人從後窗躍入，矯捷的身形乾脆俐落，轉眼間，他已站在我的榻邊，擔憂地單膝跪地。我看向他，他比我離開時更消瘦了，他雖然不愛言語，但我知道他那顆憂國憂民之心。只要將事情交托，他必負責到底。這個我一眼就能信任的男人——梁子律。

他一身正裝，深青色的外衣胸口是巫月正式正統的孔雀花紋，這類衣衫是用於出席正式場合所用。他長髮盤起一束於頭頂，用白玉的髮簪固定，瘦削的臉越發削尖，讓他細長的眼睛變得更加拉長，眸光也變得格外銳利。

「妳醒了？」他俐落地說完，看向瑾崋他們：「你們快走！」

「我們不走！」瑾崋生氣轉開臉。

子律雙眉立時擰緊，沉臉看他：「再不走你們就和女皇陛下一起被軟禁在這裡了。」

「什麼？」瑾崋和凝霜一起驚呼起來。

「我們是不會讓任何人傷害女皇陛下的！」懷幽抱住我雙臂一緊。

「所以你們要走。」子律認真看瑾崋和凝霜：「巫心玉是前女皇，巫溪雪不會對她怎樣。但你們倘若一直留在這裡，反而會讓巫溪雪更加留意。」

瑾崋和凝霜彼此對視一眼，無奈而沉默地各自垂下臉。

「子律，現在外面情形如何？」我看向子律。

「不樂觀。」他蹙眉嘆氣：「這幾天，我娘和其他大人一直想求見巫溪雪公主，但巫溪雪公主以安頓為由，無暇見他們。她把孤煌兄弟收押，算是對天下做了交代，但是我們有線報，孤煌兄弟並非在天牢，而是被祕密押送到了宮內。」

「這裡！」我吃驚蹙眉，深深呼吸。

「接下去，我們該怎麼辦？」子律深沉看我。

「我們殺了巫溪雪！」瑾崋說。

我揚起手，細細深思。

「不可，她對外已把孤煌他們收押，已平息眾怒，奪得民心。我們現在若是殺了她，必會犯眾怒，我即使坐上王位，也終日內戰不斷，所以，我們還是要殺妖男。」

「我娘也是這個意思。」子律認真而言：「趁巫溪雪公主未被妖男徹底迷惑之前，我們要除掉妖男！」

「我去！」我沉臉看向前。

「但妳現在重傷，妳怎麼去？」瑾崋握住我的手臂。

「泗海也昏迷了，我可以殺他。」我沉沉而語。

「泗海？」子律驚疑地看向我，他銳利的眸光刺痛了我的心，我蹙眉沉默。

房內瞬間陷入靜謐，所有男人似是因為那聲親暱的呼喚而靜默。

瑾崋深深吐出一口氣，打破這讓人幾乎窒息的沉寂。

「但妳不是說孤煌泗海是狐妖，他昏迷的時候什麼真身會護肉身……」

「是！他不會讓巫溪雪靠近他，但我可以。」我抬眸看向前方。「只有我可以……殺他……他只願意……死在我的手中……」

我落寞垂眸，空氣再次凝固起來，像是要讓我徹底窒息在安靜之中。

「巫心玉妳該不會……」子律吃驚地一把抓住我受傷的手，我吃痛地抽氣，他微微失措地放開，眼神複雜而沉痛地轉開。「妳該不會……」

「梁子律你別問了！」瑾崋又護我心切地發了怒。

子律立時看向他，凝霜也蹙眉默默地瞥向瑾崋的方向。瑾崋咬了咬牙，擰緊雙拳低下臉。

「反正，她會殺他！其他的事你們別再問了，別讓她再心痛……心煩了。」

男人們的目光紛紛迴避般各自側開，不再看我。

我知道他們為何而靜，在這個房間裡，除了瑾崋，皆是聰明絕頂之人，懷幽懂得察言觀色，善解人心，凝霜觀察入微，聰慧睿智，子律精明伶俐，心思縝密，這裡的男人，無不能一眼洞悉瑾崋話語後的真相。他們沉默，只不過是裝作不知，不讓我難堪罷了。

我會殺了泗海，結束這一切，這也是為了他，讓他可以徹底從這個世界裡解脫，回到狐族，結束這裡的罪孽。

「你們走吧。」我打破了房內的沉寂：「只有你們離開，對方才會有動靜，他們也要趁我恢復前盡快行動。」

等我和泗海雙雙恢復，一切又將從頭再來。所以，如果對方想我死，必須趁現在。

「那妳呢？」瑾崋還是無法放心，我微笑看他。

「放心，我命一直很硬，你見我哪次死了？」

瑾崋不再多言，但神情依然擔憂疑慮。

凝霜看看他，按住他的肩膀：「走吧。」

瑾崋猶豫許久之後，才和凝霜躍落我的床榻，站在子律身邊。子律起身和他們對視一眼，他們看向我身後的懷幽。

「懷幽可以留下。」子律說，瑾崋立時看向我身後，凝霜瞥眸望向瑾崋。子律又看了眼房外，微微壓低一些聲音。「懷幽不會武功，他最不會讓人留意。」

瑾崋的臉色難看地撇開臉，凝霜勾唇笑了笑，勾起瑾崋的脖子，拉到唇邊。

「巫心玉可不屬於你一個人，走吧～」他勾走了瑾崋，開門時，子律微微閃身，似是閃避門外的宮女侍衛。

待門關上後，他再次到我榻邊，單膝跪落認真看我。

「妳確定妳現在能殺那個妖男？」他澈黑的黑眸之中是清明的目光，任何祕密都無法逃過他那雙洞悉一切的眼睛。

「我可以！」我認真地說。他深深注視我的眼睛，我的視線毫不迴避地與他的相觸，緊緊連在一起，讓他看到我的決心和決定。

他看了我許久，忽的，他反而眼神閃爍起來，從我的臉上側開了目光，單手放落我的床沿。

「有任何需要，我隨時聽候。」說罷，他起身。

「子律。」

他在我的輕喚中頓住腳步，側對我的床榻回道：「何事？」

我靜靜看著蓋在身上的錦被，緩緩伸手抓住了他的手。他微微一怔，懷抱我的懷幽胸口凝滯。

「如果我死了，一定要帶走我的屍體，放在小船上，讓我順流而下，回到狐仙山……」

「妳不會死的！」他一把握緊了我的手，宛如用盡了全身的力量。

我繼續看著自己的被單說著：「然後，讓瑾崋、懷幽和凝霜離開，不要讓他們給我報……」

「妳說妳不會死的！」

他忽然大聲打斷了我，跪落我床邊，雙手緊緊扣住我的肩膀，灼灼看我。

「玉狐，獨狼是妳的！」他緊緊握住我的手，從懷中又取出一只狗哨放入我的手中，認真看我。

「只要玉狐需要，獨狼隨時會到，不要獨自冒險，獨狼是不會讓玉狐死的！」

他包裹住我手拿狗哨的手，黑眸閃動，然後他放開我起身離開，動作依然乾淨俐落，雷厲風行！

我看向手中的狗哨，是新的。

「恭喜女皇陛下……」懷幽在我身後輕輕而語：「又得一忠臣良將……」

我攥緊了狗哨，靠在懷幽的胸前。

「懷幽，我餓了。」

「是、是！懷幽這就去吩咐！」懷幽喜悅地輕輕扶住我的身體，讓我靠在軟枕上，匆匆下榻吩咐，房外的聲音立時嘈雜起來，腳步匆匆凌亂。

懷幽如從前一樣，取來熱水，為我淨面，我看向周圍。

「這是哪裡？」

「是天香宮。」

天香宮是一處宮苑，果然不是我的寢殿。女皇已經被趕出寢殿。

「那麼寢殿現在屬於巫溪雪？」

懷幽秀美的臉上已露出凝重之色，秀眉緊蹙，沉寂不言。

我笑了，伸手撫上他也比之前憔悴的臉。他微微一怔，垂落雙眸變得安靜，長長的睫毛在他的呼吸中輕顫。他靜靜地跪坐在我的床榻邊，垂臉輕輕呼吸，任由我撫摸他溫暖的臉龐。

「懷幽，你憔悴了，是我讓你擔心了，對不起……」

「心玉……」終於，他喚出了我的名字，墨髮垂顏。「妳真的……喜歡上那個妖男了嗎……」靜靜的房中，是他語氣平靜的話音，如同家人，沒有像是旁人的質問與憤怒。他緩緩抬眸，疼惜地看我。

「若是不捨，就別殺了吧……」

我的心立時溫暖，懷幽總是在我最疲憊，身心俱傷之時，用溫柔的話語和關切的眼神，默默治癒我受盡重創的身心。

「懷幽……我不可以……若我那麼做，我就和其他女皇一樣了……」我淡笑搖頭。
懷幽心疼地注視我的臉龐，雙手不知該放在何處般放落我的床沿，微微抓緊床邊的床單。
「但心玉妳會心痛的？」
我深深呼吸，看向窗外。
「現在城外百萬守軍，只要有任何差池，巫月便會陷入長久的戰亂。而外國也會乘機入侵，到時巫月將不復存在……泗海是罪有應得，這未必是壞事，至少，他可以了結他在這個世界的罪孽……而且……他不願在別的女人身邊，不能讓孤煌少司再禍害下一任女皇……」
「懷幽只是不想看心玉陷入痛苦……」懷幽難過地看著我，哀痛垂眸。
「我知道……我都知道……」我微笑看他一會兒，緩緩俯身抱住了他，他身體立時發緊。「你看你……又像以前那樣擰緊眉頭，心事重重。你放心，我不會有事的，為了你們，我也會讓自己好好活著……」
我需要從他那裡汲取溫暖、力量和勇氣……
我一直抱著他，靠在他的肩膀邊，他慢慢放鬆了身體，緩緩地伸出雙手，漸漸環抱住我的身體，就在他想收緊他的雙臂時，忽然門外傳來宮女怯怯的聲音：
「懷御前，飯菜湯藥送來了。」
懷幽立刻放開我，臉發紅地有些失措地起身，匆匆走向門。他的身上依然穿著御前的制服，自認識他以來，從未見過他穿過宮服以外的衣服，他像是所有生命都依附在皇宮裡，除了服侍我，沒有其他的生活。

懷幽，你該去尋找自己的生活，而不是為我而活。

懷幽接過餐盤再次入內，外面的侍衛也把門再次關閉。我看了看外面的侍衛，數量應該不少，我這算是被軟禁了。

懷幽把餐盤放到床榻邊的矮几上，小心翼翼地端起熱粥，側坐上我的床沿餵我喝粥，若是曾經的懷幽，他斷不敢坐上我的床。

我看著他專注認真的神情，腦中浮現他為我操辦大婚時的景象。他比瑾崋、凝霜任何一個人都需要我，因為在他的世界裡只有我，他為照顧我、服侍我而活，真不知道在我離宮的那段日子裡，他是如何的不安與焦灼。

忽的，門又開了，辰炎陽和楚然走了進來，辰炎陽遠遠地朝我好奇張望一下，接著看向房門外。就在這時，一個身穿黑色斗篷的人出現在了門前，他像是被人刻意從頭包裹到腳，完全看不到任何身形。

辰炎陽和楚然站在門邊，讓黑衣斗篷男子進入。他抬步走了進來，帶出了輕微的鐐銬聲。我立時蹙眉，別人察覺不到他是誰，但是跟他交手那麼多次的我，怎會不知？就算是他的氣味，我都記得清清楚楚。

辰炎陽和楚然對視一眼，楚然離開了房間，辰炎陽跟在斗篷男子身後進入。

懷幽立時起身，目露戒備，沉沉而語：「請不要靠近女皇陛下。」

「懷御前，請您迴避。」辰炎陽忽然對懷幽說。

懷幽沉臉，眸光堅定地說：「奴才是不會離開女皇陛下的！」

「哼。」一聲不屑的冷笑從黑色斗篷下傳來，立時，懷幽吃驚地看向那斗篷男子，驚懼和驚詫在他臉上立刻浮現。他也認了出來，認出那斗篷下藏著誰。

他的手微微輕顫了一下，手中的粥碗險些掉落，忽的，一隻如玉般的手從黑色斗篷下伸出，穩穩扶住了懷幽的手。懷幽幾乎僵滯地無法動彈，而他，從容優雅地從懷幽手中取走了粥碗，提起斗篷走上我床榻邊的台階，如此屋主人般優雅地坐下。

「懷幽，出去吧，我不會有事。」我看向懷幽。

他恍然回神，自責和愧疚浮上臉龐，痛苦地垂下臉，低低說了一聲：「是……」

懷幽又在為無法保護我而內疚。但他卻不知，正因如此，他才能讓對方放鬆警戒，有所動靜，打破僵持的棋局。

辰炎陽的眸光在我們之間不停跳躍，然後跟在懷幽身後出了房。

當房門關閉之時，面前的人慢慢舀起一勺熱粥，放在斗篷的帽簷下輕輕吹了吹，送到我的唇前。

絲滑的衣袖因為他伸手而滑落手腕，白皙的手腕上露出一截漆黑的鐐銬和半截垂下的鎖鍊。寬大的袍袖與斗篷深深藏起其他部位。

「身體還舒服嗎？」他的話音依然溫柔動聽，如同戀人般在對你親暱耳語。

「泗海怎樣？」

他將粥送入我的唇中。

「妳還會關心他？」他的聲音裡透著絲絲苦澀：「妳說妳輸給這個看臉的世界，那我們呢？我們是輸在對妳的愛上！」

他的語氣一時激動起來，他在斗篷下深吸一口氣，似是讓自己努力平靜，再次優雅地舀起一勺粥，送入我的唇中。

「所以，我們都作弊了，老天，才是最大的贏家。」

「哼。」我不由輕笑：「烏龍麵，從下山到現在，我一直與你為敵，但是今天，我要贊同你這句話，真的老天才是最大的贏家。」

「所以……小玉，我們不鬥了好嗎？我真的……」

他放落粥勺朝我的臉撫來，纖細的手指輕柔撫過我的臉龐，聲音漸漸醉啞。

「捨不得殺妳……」

我冷冷看向帽簷下的那片漆黑，宛如帽簷之下是另一個世界，那個妖類橫行的世界！

「我是不會把巫月給你的！」

他觸摸我的手指頓在我的臉側，沉寂與殺氣開始從那片黑暗中而來，如同一隻巨大的妖爪朝我漸漸抓來。

忽然，他摔了粥碗，「啪」一聲，碎片四濺，鎖鍊「叮噹」作響。他重重撲在我的身上，左手緊緊按住我的肩膀，右手狠狠扣住了我的脖子，把我重重撞在靠背上，後腦硬生生的疼，帽簷之下露出他狠辣憤怒的目光。

「巫心玉！妳真以為我還在乎妳的巫月嗎？我只想贏妳！至少贏妳一次！我和泗海那麼愛妳，我們可以把巫月給妳！到時，巫月是妳的！泗海是妳的！我也會是妳的！為什麼妳還不滿足？為什麼不滿足——」

他幾乎是朝我嘶喊一般壓到我的身上，漆黑的斗篷籠罩我的全身。他覆下之時，我也被吞沒在帽簷下的那一片黑暗之中，立時火熱的氣息與他身上那濃郁的麝香味將我籠罩。

冰涼的鎖鍊緊緊壓在我的脖子上，火熱的氣息撲面而來之時，他狠狠咬住了我的唇。那不是吻，而是如同獸性大發的狐妖，要把身下的獵物徹底粉碎。

他重重咬上我的唇，立時見血，血腥味隨著他火舌的闖入一起進入，瀰漫在我與他的交纏之中，他像是見血興奮的妖獸，用力吮吸那濃濃的血腥之氣。

鎖鍊丁鈴噹啷不斷作響，他狠狠扯開我的衣領，火熱的手帶著他手腕上堅硬的鐐銬一起闖入我的衣領，粗糙的鐐銬立刻劃破我胸口的肌膚，帶來絲絲的裂痛。他重重舔過我唇上的鮮血，粗暴地抓住我的酥胸狠狠捏緊，掐在我脖子上的手也越來越緊。他粗暴地順著我的脖子一口一口狠狠咬下，似是要把我一點一點咬碎。

「我愛上泗海了……」

在那一絲絲的痛楚中，我淡淡地說。立時，他的牙齒頓在了我的脖子上，黑色斗篷覆蓋我的全身，帶著他渾身的殺氣。

他火熱的手緩緩從我的衣內伸出，扣上了我的下巴，鎖鍊垂在我胸口赤裸的肌膚上，也帶上了他渾身的熱意。

他從我的頸項離開，在斗篷下狠狠注視我的眼睛。

「妳騙我。」

我瞥眸看他，扯了扯被他咬破的嘴角。

「孤煌少司，除了感情，我騙過你什麼？」

他掐住我脖子的手緊了緊，倏然收回手在我面前轉身，帶出清脆鎖鍊的「叮噹」聲。他暗沉的身體坐在我的床沿，後背劇烈起伏片刻，緩緩揚起臉，苦笑。

「哼，我該為這句話而高興嗎？哈哈哈哈——呵呵呵……為什麼妳要逼我殺妳……為什麼？」

他的身體不斷緊繃，黑暗不斷籠罩了他，吞噬了他。

「你現在感覺到那些女皇的痛了嗎？哼……少司，這是你的報應！」我望入那片黑暗嘲諷而笑。

「那泗海呢？妳愛泗海……妳愛他居然還要殺他！巫心玉，妳果然夠狠！」

他霍然起身，深深的黑暗讓他如一隻黑色的妖狐矗立在我的面前。

「在妳的心裡，只有巫月！」

「那你為何也要殺我？」

我輕笑抬眸看他，他在我的反問中怔住了身體。我苦澀一笑，垂落雙眸。

「少司，我們是一樣的，你愛我，但不也要殺我？你不覺得，我們是被詛咒了嗎？這個詛咒，讓我們相愛相殺，永不停止。」

「所以！殺了妳就可以結束這一切了！」他帶著痛地咬牙說出。

忽的，黑色的斗篷落下，帽簷飛起，他的墨髮飄飛在我的臉龐，他深深擁住了我，手腕間的鎖鍊宛如將我綁入他的懷中，他重重按住我的後腦勺，在我臉邊狠狠而語：

「我不會再讓泗海阻止我！」

立時，我的心提起，狠狠問他：「你對他做了什麼？」

「哼。」他陰狠而笑，緊緊揪住我的長髮。「泗海的弱點只有我這個當哥哥的才知道。他只有在天譴之時，才能被封住脈門。他現在……只是個普通人了！」

「孤煌少司！」我憤然掙扎，他用鎖鍊把我越發捆緊：「這一次，我不會再失敗，我會贏的！我這次一定會贏妳！」

他忽然鬆開了手從我身上抽離身體，黑色的斗篷與長長的黑髮在我面前飛揚。

他轉身煞氣逼人地背對我站在我的床沿，宛如始終無法面對我的臉龐。緩緩的，他再次戴上帽簷。

「你明知泗海不喜歡別的女人靠近他！你怎能犧牲泗海！」我憤怒地朝他後背喊道。

「哈哈哈——」他背對我仰天大笑：「巫心玉，妳太不了解女人了，女人在自己癡愛的男人面前會故作矜持，因為，她們知道男人不喜歡風流好色的女人！」

他拂袖轉身，手腕上的鐐銬帶出叮噹之聲，我能感覺到他隱藏在黑暗之中的視線正筆直盯視在我的臉上。

「所以，巫溪雪是不會靠近泗海的，她只會遠遠地看著他……」

「孤煌少司！你真讓我噁心！」

「是妳先讓我噁心的！」他憤怒大吼，甩起黑色的斗篷，殺氣迎面撲來，接著斗篷緩緩垂落，他再次引入黑暗似是努力恢復平靜。

「是啊……你比我更了解女人，我們女人真是蠢！巫溪雪居然相信你的鬼話！」我輕嘲而笑。

我不甘地冷睨他。

他在斗篷下陰狠而笑。

「不是妳們女人蠢，是妳們女人有時寧可相信謊言。巫溪雪貴為皇族，在皇室的地位更是遠遠高於妳。妳說，她是寧可相信妳為獨佔泗海而計畫了這一切，還是去承認自己好不容易奪得的天下是妳巫心玉讓給她的？就連她的命運，每一步計畫，都被妳巫心玉掌控在手中？莫說女人，即便是男人也會不甘心的！這才是我指認妳的真正原因，讓巫溪雪恨妳！視妳為眼中釘！」

他狠狠說完，深深吸入一口氣，緩緩吐出。

「小玉，此生我孤煌少司無法得到妳的愛，就讓我成為讓妳消失的男人！讓妳在黃泉路上，也無法忘記我對妳的愛！」

他咬牙切齒地說完每個字，讓我深深感覺到他對我的情感由愛轉恨！

「哼，既然想殺我，為何現在還不動手？」我冷冷而笑。

他微微仰臉，雙手再次藏入黑色的斗篷之中。

「我說了，我捨不得，但是，會有人替我殺了妳……哼……最後，我還是沒能得到妳，妳為什麼要告訴我妳愛上了泗海？否則，妳現在已經是我的人了。巫心玉，妳真卑鄙！妳居然和泗海相愛了……呵……我不知道該替你們高興，還是該去恨你們……」

他在斗篷下緩緩抬手，揪住了自己的心口慢慢垂下臉。

「只要殺了妳……我這裡就能平靜了……巫心玉，是妳逼我殺妳的，是妳逼我的！」

他霍然轉身，大步而去，陰暗的身影瞬間消失在那扇開啟的房門之後，捲走了他身上的殺氣與陰暗之氣。

辰炎陽緊接著走了進來，轉身關上門到我床前，一眼看見地上打翻的粥碗，有些不悅。

「摔碗做什麼？害妳不能吃了。」他匆匆收拾了一下，從矮几上拿起糕點到我面前，笑看我：「快吃，吃了才有力氣恢復。」

「現在你是巫溪雪的人了？」我冷冷抬眸看他。

他沒有回答，而是一直傻愣愣地看著我，赤裸裸地打量我。

「真好看，妳真是我這輩子見過最好看的女人。」他呆呆地說。

我一怔，立時道：「這麼說，你忠於我？」

「當然……死都願意……」他癡癡看著我的臉像是無意識地低喃。

我擰緊了眉，抬手拍上他的臉：「清醒點！」

他回神，笑了起來。

「我現在理解我娘了，我不怪她了。」他笑得很純真，散發少年的青澀感。

我第一次陷入無語，哭笑不得地看他。

「所以……你現在算是保護我？」

「是啊。」

他把糕點放到一邊，提袍單膝跪在我的身旁，依然傾慕地看著我。

「飛雲和梁子律讓我假意投誠，因為我娘原來是孤煌泗海的人，所以巫溪雪不會懷疑我。而且，現在楚家也陷入內亂，楚兮芸站在巫溪雪這邊，被孤煌泗海徹底迷住了，是她幫巫溪雪偷偷運出孤煌泗海和孤煌少司的。」

「那孤煌泗海現在在哪兒？」我緊緊握住他手臂。

「在妳原來的寢宮！」他看著我握住他的手激動起來。

我想了想立刻掀被下床，雙腳落地之時不由發軟，辰炎陽匆匆扶住我，喜悅由心而發，但很快似是察覺場合不對，匆匆收起喜悅，緊張看我。

「妳不能下床！妳還沒恢復！」

我撫上額頭：「給我一把匕首！」

「妳要去刺殺孤煌泗海？不行！」他忽然把我一把抱起直接放回床，拉好被子鼓起臉認真嚴肅盯緊我，一副一夫當關萬夫莫敵的氣勢！

「妳連路都走不動，去了是送死！」

他看看房門的方向，壓低聲音。

「而且，原來的孤煌少司一黨現在都向巫溪雪示好，滿朝文武全都不知道巫溪雪其實祕密地把孤煌兄弟給藏起來了，還以為她是明君呢！很多人還建議巫溪雪把妳也除掉，以絕後患，所以梁相他們才讓我來保護妳。誰知道他們會不會下毒害妳？」

我疲憊地靠上床榻，被扯鬆的領口灌入絲絲的涼風，滑過衣衫下被孤煌少司劃開的傷口，他恨我恨得刻骨銘心！

「妳……嘴唇怎麼破了？」辰炎陽的手指朝我的下唇點來，我揮手拍開了他的手，他的臉一下子紅起，匆匆低下臉。

「與其在這裡等死，不如去送死！」

我深吸一口氣，再次嘗試起身，他著急地來扶我，我一把將他扯到身前，翻身把他壓在了床上。

見他徹底呆滯，我狠狠地說：「我巫心玉沒人能控制！你別擋我的路！」

說完，我從他身上拽下了佩劍。

「妳不能亂來啊！」他著急地在我身下說：「等妳恢復，梁相會想辦法……」

「那時就晚了！」我從他身上抽身離開，負手立於床邊：「那時只怕梁相都已經死了！」

「但是女皇陛下……」辰炎陽急急起身。

「啪！」我反身一掌劈落，辰炎陽無聲倒回床榻，陷入昏迷。

我拿起手中寶劍，毫不猶豫地躍出了後窗。落地時胸口躁血翻湧，雙腿無力，體內氣息空虛，立時感覺到寒冷的天氣讓我手腳冰涼，手指發麻。

我咬牙站起，天色驟然陰沉，泛出蒼茫的青灰色，讓整個世界如同被無邊無際的虛空吞沒，不再有花草樹木，不再有亭台樓閣，虛空的世界裡，只有那座唯一矗立的宮殿，染著泗海身上靜謐的氣息。

我落在寢宮內殿前花園裡，沒有任何一個人看守，也沒有任何一個人聽候。靜謐的宮殿沒有任何聲音也沒有任何聲息，宛如這座宮殿裡空無一物，只有遊走而過的空氣。

但是，我知道泗海就在那門窗緊閉的宮殿裡，躺在我的那張鳳床上，正等著我去接他……

「呼——」猛然間陰風四起，揚起我的長髮和淩亂的裙衫，「啪！」一聲，吹開了內殿的大門，一抹淡淡的白色身影出現在門框之間，他欣喜地站在那裡，朝我伸出了蒼白的手，雪髮在風中飛揚，白色狐耳在狂風中搖擺。

「泗海……」

「心玉……」他努力地朝我伸出手，但像是有巨大的力量拽住了他的身體，讓他無法朝我挪進一步。他著急地、憤怒地拉拽自己的身體，只想靠近我一分。

「妳果然來了。」忽的，巫溪雪的話音從身後響起。我立刻轉身，沉沉看去，眼中映出那華美的身影。

豔麗的裙衫讓她在這陰沉的天氣裡變得耀眼，除去戎裝，還她女兒豔麗之姿，墨髮垂下，不再盤於頭頂，只為征戰方便。精美的髮釵插於墨髮之間，精巧的首飾讓她更美一分。

「孤煌少司說，妳一定會來殺他，因為……妳死也要帶走他！」她的目光陰冷起來，嘴角掛著嘲諷的冷笑：「妳愛他是嗎？」

「巫溪雪！妳清醒點！」我憤怒看她。

「我很清醒。」她揚唇而笑，目光冷冷撇過我的臉看向別處，漠然之姿已非我們第一次相見之時，那時的姊妹情深，已經不復存在。在我面前的，是冷酷無情的政敵。

「殺妖男，匡扶巫月，為忠臣昭雪，還大家清白，這些事，我都會做。」她幽幽的話音飄散在寒冷的空氣裡，清冷而無情。「念妳是皇族一脈，我可以留妳一命！」

「那孤煌泗海呢？」

「他是無辜的！」

她霍然拂袖轉身，憤怒的雙眸裡是深不見底的黑暗，那裡燃燒著憤恨不甘的火焰。

「妳只想一個人佔有他！所以要他跟妳一起死！讓任何人都無法得到他，是不是？巫心玉！妳怎能如此狠毒！」袍袖甩起，她直接指向我的臉。

我無法相信她說的話，那些話像是毒蟲不斷地鑽入我的大腦，讓我的頭脹痛不已。我扶額退了一步，透心的寒意讓我嘴唇發冷。

「妳瘋了……妳真是瘋了……」

「巫心玉，妳放肆！」巫溪雪朝我厲喝：「妳說我瘋？難道妳不虛偽嗎？披著玉狐的外皮籠絡人心，不就是為了在今天好讓大家都知道玉狐是妳巫心玉！這一切……」

她撐開雙臂緩緩旋轉。

「這一切都是妳巫心玉得來的，來羞辱我的無能！」

她狠狠朝我大喊。孤煌少司說對了，她無法接受現實，無法承認自己的努力到最後毫無用處，一切皆在我的運籌之中，棋盤之上。

「哼……」一抹苦痛的笑從她嘴角浮起，她冷笑看我：「妳對我的羞辱，遠遠超過了孤煌少司！妳讓我看上去像個愚蠢無腦的猴子！被妳隨意耍在手心裡！」

「我沒有耍妳！」我深深呼吸，努力讓自己冷靜：「我從沒想過要做回巫心玉，是孤煌少司揭穿了我。巫溪雪，妳如此聰明難道看不出這是離間之計嗎？」

「離間？」她輕笑反問，雙手緩緩收回，漠然看我。「我當然知道，但離間得好啊。我覺得這是孤煌少司唯一做對的一件事，就是……」

她抬眸沉沉朝我看來。

「讓我知道了真相！」

我捏緊了手中的劍，她垂眸看落，揚唇冷笑，笑容寡淡得讓人心涼。

「怎麼？是不是還想殺了我？孤煌少司說過，妳不是人，妳殺不死，妳內力深厚，無人能敵，只要妳一恢復，就會殺了我，現在看來都是真的。他還說，他跟妳鬥了那麼久，對妳實在太了解了，他說妳巫心玉喜歡做神，暗中擺布我們每個人的命運，女皇之位妳根本不稀罕，因為妳巫心玉真正想要的，是做神的感覺！」

我在她一聲又一聲「孤煌少司說」中，真的拜服在孤煌少司的衣襬之下！他對女人，怎能了解到如此地步！輕易的幾句話，便徹底挑燃了女人心中最陰暗的火焰，讓那黑暗的火焰徹底把女人燃燒殆盡！

孤煌少司像是女人身上的寄生妖獸！

一個女人死了，他可以找下一個，只要他能在那個女人身上找到一點點弱點，哪怕是幾乎可見的缺陷，他就能迅速鑽入裂隙，寄宿在她的身上，將這個女人徹底吸乾！

孤煌少司，我不得不說，這次，你真的贏了！

「孤煌少司認輸了，但我巫溪雪不會！」

她深吸一口氣，沉沉而笑。

「妳現在不敢殺我，所有人都知道是我巫溪雪領兵討伐妖男，所有人都知道是我巫溪雪把兩個妖男收押，我才是他們心中的女皇，而不是妳，巫、心、玉！有多少人知道玉狐做的事？沒有！只要我封鎖一切，妳只是一個傳說，一個傳說而已！更多人只知道妳是一個荒淫好色，整天跟在孤煌少司身後的昏庸女皇！歷史，永遠是勝利者寫的，我會把妳徹底從史書上抹去！」

「我自以為選對了人，最後，原來只是我一廂情願！」我失望地看著她。

「哼！」她瞥眸而笑，笑容多了分苦澀。「妳果然承認我是妳選的嗎？妳巫心玉憑什麼可以決定一切！妳又不是太女皇！我會靠自己討伐妖男！我會入京！我會殺了孤煌少司！要妳多管閒事！而現在，我所做的一切努力，全被妳那麼輕易地抹去，我算什麼？」

我怒不可遏地提劍，腳下仙氣流轉之時，我已到她面前，劍尖劃開她的衣領，立時一縷血絲飄飛，瞬間染紅了她的衣領。

她杏眸圓睜，似是被我那不似常人的速度所震驚，她在我憤怒的目光中緩緩回神，大笑起來。

「哈哈哈哈——巫心玉，妳不敢殺我，妳現在只要殺了我，外面百萬大軍會立刻破城而入，殺了妳這無道昏君，各個派系與四大家族即可領兵奪權！巫月會變得支離破碎，內戰不停，外強入侵，巫月將不復存在！」

她含笑瞇眸。

「所以，妳巫心玉不會殺我，是不是？」

怒火點燃了全身，殺她，現在還不是時候！誰不想做王？只要手中有兵有糧，皇族滅絕，皇權爭奪之戰立刻爆發！

當年曹操即便想掌握皇權，手中也需挾持一個皇族，因為根深柢固的君主制讓朝臣對皇族有著莫名的遵從和歸屬感，敬畏天子有如神明。

巫溪雪還活著，城外那些家族不會妄動，因為她是他們心目中唯一的皇族，唯一的女皇。她一死，握兵的家族會立時起義。這也是孤煌少司何以不滅盡皇族，還要我為他生一個孩子的原因。之前，他們還畏懼孤煌少司，現在他們手握百萬兵士，還怕什麼？

我擰緊了雙眉，緩緩收回劍放到她的面前，她面露疑惑的同時也目露戒備。

「不是要殺妖男嗎？那妳殺啊！妳怎麼還不殺妖男？」我冷笑道。

她看看我手中的劍：「是說孤煌少司？放心，他很快就死了。」

「你知道我說的是誰！」我厲喝。

「妳怎麼不殺？」她大聲反問，瞇緊眸光：「哼，因為妳捨不得，妳愛他！妳巫心玉愛上了孤煌泗海就沒有資格來要求我！」

我緩緩放落劍，直視她的眼睛。

「妳應該知道我為什麼一直以玉狐的身分幫妳，妳也應該知道為何我把妖男留給妳來伏法！」

她沉默而憤恨地看我，我反握利劍，用劍柄指向她的心口。

「妳這裡，全清楚。」我放落手轉身：「是，我是愛泗海，但是，我還知道，作為一位女皇應該做什麼。」

說罷，我提劍直直飛向寢殿打開的大門，泗海妖狐的身影立時向我伸出雙手。

「心玉！」

倏然，黑色的斗篷掠過我的身前，巨大的力量打在我的手腕上，是一條鎖鍊抽在了我的手上，震飛了我手中的劍。利劍在空中翻越，「啪」一聲插入我身後的地面，斗篷緩緩飄落地面，孤煌少司的臉從帽簷下而出，他拽緊手中鎖鍊灼灼看我。

「要殺！就殺我！我不准妳傷害泗海！」
我捏緊了被他抽痛的手，再次上前，孤煌少司立刻迎面而來。我內傷未癒，未必是他的對手，我的目的只是泗海。我腳步輕移，迅速繞開了孤煌少司黑色的身影，倏然，他一把拉住我的手，在泗海驚訝的目光中將我用力拽入他黑暗的斗篷之中，雙臂有力地環抱我的身體，把我緊緊鎖在他的身前。
「放開我！」
我運力想震開他的身體之時，面前傳來泗海的驚語：「快離開！」
泗海的呼喊吸引了我的目光，我看向他，看向他憤怒的容顏，他陰狠的目光筆直瞪向了我的身後，倏然，刺痛從身後而來，一把利劍從我的心口而出，孤煌少司卻把我擁得更緊，黑暗的帽簷遮蓋住了泗海凝滯的容顏，耳邊傳來孤煌少司含笑的低語：
「我不會讓妳和泗海達成心願的……我不會讓你們……一起死的……我……恨你們……」
「哥——」
他在泗海近乎痛苦的表情中重重地垂下臉，靠在了我的肩膀上，輕聲而笑。
「泗海……我知道……你能看到……你的心玉……和我……一起死了……哼……」
利劍從我心口緩緩抽出，我往前緩緩倒落在冰冷的地面上，背後，則是孤煌少司重重的身體……
「哼，我說過，妖男我會殺，妳也是！」冰冷的空氣裡，響起巫溪雪冷酷的話音。
雜亂的腳步聲響起，有人把我背後的孤煌少司迅速搬離，我緩緩抬起臉，泗海渾身的殺氣讓他的雪髮也在陰暗之中飛揚。
「巫！溪！雪！我要妳生不如死——」他憤怒地大喊，雪髮飛揚之時，淚水從他的眸中湧出，滑落他因為極度憤怒而變得猙獰的臉龐。

「不……泗海……」我心痛地朝他伸出手，他含淚落眸，也朝我伸出了手。

「心玉！心玉！啊——」他用力拖拽自己的身體，卻依然無法向我靠近。

「不要……變回……原來的白毛……」我看著他說。

他滿是淚水的雙眸怔怔看我，我的手，緩緩垂落。

一片雪花緩緩飄落在我的手背上，點開一點冰涼，整個世界忽然變得好安靜……好安靜……

我翻過了身，漫天的雪花安靜地從那陰翳的天空落下，好美……好美……

✤ ✤ ✤

飄落的雪花變得越來越慢……越來越慢……直到……它們凝滯在我的眼前，一動不動……

我緩緩起身，疑惑地抬手碰觸那停頓在我面前的雪花，雪花輕動的剎那間，密密麻麻的雪花倏然飄落，穿透了我的手心。

「女皇陛下！」懷幽的驚呼聲從身旁而來，我吃驚地看向一旁，懷幽面色蒼白地朝我的方向撲來，但是，他沒有撲在我的身上，而是……撲向了我的身後。

我吃驚地轉身，見他撲倒在那一片鮮血之中……

「女皇陛下——不！不——心玉——心玉——」

他痛哭地抱起那具染血的屍體，一聲又一聲地呼喊我的名字。

「不——心玉——啊——啊——」

他抱緊我的身體在雪中嚎啕大哭，痛苦心碎的神情深深揪痛了我的心，我不忍地撫上他淚濕的臉龐。他痛哭地抱緊我的身體，我身上的鮮血染紅了他的雙手，他哭啞了嗓子，捂上我的心口，顫抖不已。

「心玉……心玉……妳醒醒好嗎……懷幽求妳……妳睜開眼睛看看懷幽好嗎……心玉……心玉……」

他的淚水滴穿了我的手心，我心痛地抱住他哭得顫抖的身體，我好想告訴他，懷幽，我沒死，我就在你身邊。但是，他聽不到，也感覺不到……

「心玉！」泗海的呼喚從面前而來，我抬臉看向他，他面露欣喜，此時此刻，他妖狐的身形卻變得清晰起來。我立刻起身朝他跑去，忽然，一股巨大的力量拽住了我，讓我無法再向前。

我吃驚不已，他卻是欣喜而笑。

「妳不能離開自己的肉身，難道……妳還活著？」

我點了點頭：「事情有些複雜，現在……應該算是死了……不過，我會回來的！泗海，等我！」

「嗯……我等妳……」

他朝我伸出了手，我用盡全身的力氣向他伸出手，片片雪花穿過我和他的手臂，越來越近、越來越近……終於，我們的指尖在廊簷之下，台階之上相觸，那一刻，彷彿整個世界都無法阻止我與他相愛，阻止我們在一起……

我們手心相對，十指交纏，緊緊握在了一起，我們終於碰觸到了彼此靈魂，此時此刻，我的世界裡只有他，他的眼中只有我……生死已不再成為我們的阻礙，因為，我們在彼此的靈魂裡烙下了自己的印記，這烙印將隨著我們的靈魂，生生世世存在，讓我們在茫茫人海之中，一眼即能找到對方……

士兵從四周湧來，懷幽緊緊抱住我的身體大喊：

「你們滾開——你們不許靠近女皇陛下——滾！滾開——」

士兵還想靠近，倏然，另一隊士兵湧入了這個花園，圍在了我的周圍。我看向身旁，站著的居然是楚嬌。

巫溪雪微笑看楚嬌：「楚將軍，您這是何意？」

「來晚了……還是來晚了……」

哽咽的聲音從另一邊而來，我看過去，見到的是辰炎陽自責悲痛的神情。「撲通」一聲，他跪落在我的屍體邊。

「我答應了瑾崋他們要保護妳的……現在，妳讓我怎麼跟他們交代……」他痛苦懊悔地抱頭哭泣：「是我太沒用了……太沒用了……」

楚嬌看落我的屍體，強忍眸中的哀痛。

「巫心玉……至少也曾是巫月女皇，理應……厚葬……」

「厚葬？」巫溪雪目露深沉：「雖然她是玉狐，但並無太多人知曉，更多人知道她是好色無道的昏君，若是厚葬，有損我們皇室體面。」

「她真的好色無道嗎？」楚嬌憤然大喊：「妳心裡清楚！我們西鳳家族只認巫心玉這個女皇！」

「楚嬌！」倏然，厲喝而來，是楚兮芸，她生氣看她。「妳怎麼可以領兵衝入皇宮，這是死罪妳知道嗎？妳會連累我們楚家的！」

「我已嫁人，跟楚家沒關係了！」楚嬌冷笑。

說罷，她跪落我的身旁，悲痛地看懷幽中的屍體。

「女皇陛下，楚嬌救駕來遲！您放心，我們西鳳家族是不會讓妳死在這種不乾不淨的地方，我們送妳離開，去妳想去的地方……」

楚嬌悲痛地拍了拍哭泣的懷幽，懷幽小心翼翼地脫下身上的外衣，蓋落在我的身上，宛如我還活著，不想讓我凍著。我驚訝地感覺到身上暖暖的，像是懷幽溫暖的體溫包裹了我的全身。

「他真的很愛妳。」泗海靜靜看向懷幽：「他會把妳照顧得很好。」

懷幽小心翼翼地把我的屍體抱起，如同世間最珍貴易碎的寶物，輕輕地抱入懷中，隨著他腳步向前之時，拉住我的力量也開始拉拽我。

我立時看向泗海，他微笑地鬆開了手，我的手指從他的指尖隨著懷幽的步伐，一點一點從他的手中脫離。

「心玉……我等妳……」他倚門而語，我的腳步飄飛起來，髮絲掠過唇邊，我收回手點頭微笑。

「我會回來接你，泗海，等我……」

我現在終於明白，他為何無法踏出那間寢殿，走到我的身旁，因為他的靈魂也被他的肉身牢牢羈絆，無法離開太遠。但是，他卻能到門前，想必他用盡了全身的妖力，而我，甚至無法離開自己屍體一步，被她牢牢鎖住，飄飛在飄雪之中……

我飄過焦急看巫溪雪的楚兮芸，飄過沉默不言，任由楚嬌帶走我的巫溪雪，她現在心裡清楚，她也經不起兵變。她在等，等退兵，才能一步一步瓦解別的家族的勢力。

我本以為她殺了我會把我的屍體藏起，卻沒想到突然殺出了一個楚嬌，這真的是在我的意料之外。但隱約感覺，這或許是件好事，讓全天下的人親眼目睹我巫心玉的死，讓各種流言漫天傳開，動搖人心。

我飄飛在懷幽的身邊，他蒼白無神的神情讓我心疼心痛。見淚水從他眼角靜靜滑落，每一滴都滴落在我的心上，像是一把尖刀狠狠紮落，很痛，很痛……

我很愧疚，我該告訴他的，我有好多命，死一次，真的沒關係……

是我讓他那麼痛不欲生，是我讓他痛得雙目徹底失去了溫柔的神采。懷幽，我就在這兒，在你身邊，別哭了好嗎？對不起，別哭了，我真的好心痛。

他的哀傷讓我痛到無法呼吸，而我的身上竟還感受到他暖暖的體溫，讓我即使變成靈魂，依然不覺寒冷。

深深的內疚和自責讓我低下了臉，無顏以對，因為我已經沒有勇氣再去看一眼他那張空洞的臉，宛如他的靈魂在他的體內已經支離破碎，而那個撕碎他靈魂的人，正是我……

懷幽……我默默地挽起他的手臂，靠上他的肩膀，對不起……是我太遲鈍了……一直以為你對我忠心不渝，直到這一刻，我才知道，你愛我有多深。泗海，謝謝你提醒了我……

楚嬌和辰炎陽帶著士兵守護我的屍體走在後宮的大道上，巫溪雪和楚兮芸他們領兵保持一定距離，緊跟我們身後。

我看到了默默為我流淚的宮人們，我看到了哭泣的桃香、蘭琴、柔兒她們，也看到了和我一起玩捉迷藏的少年們。

「女皇陛下……女皇陛下……」

「嗚……嗚……」

整個宮殿籠罩在陰翳的天空下，茫茫大雪從天而降，靜謐無聲地落在護行隊每個人身上，但唯獨不會落在我的身體上，因為它被人很好地保護在衣衫下，不被任何雪花染濕。

懷幽……

我總是讓你心痛，讓你擔憂……

我大婚時，你為我悉心準備，阿寶曾說，你像是在為自己準備，我只當笑語，而今，我明白了，你當時真的……是在為自己準備……

懷幽，你這份情，我欠得太深，深到我已經不知……該如何償還……

靜靜的大道上，跑來了月傾城、阿寶、一天老先生和巫溪雪其他心腹，他們立時變得驚訝。

但是一天老先生很快平靜下來，目露深沉，從他那深沉的目光中，我已知他定也建議盡早除掉我。

阿寶驚詫地看了片刻，收回目光，兀自思索。閃爍的眸光讓我察覺他是有自己的心思的，他那埋藏在心底的目的，只怕連巫溪雪也不知！

月傾城立時跑向我的身後，一把拉住了巫溪雪。

「妳殺了她！」

巫溪雪停下腳步目視前方。

「她要殺我，我只是自保。」

「她要殺妳？哼。」月傾城輕笑搖頭：「只怕她是想殺那個人，妳阻止她吧！」

巫溪雪深沉的目光緩緩瞥向月傾城。

「傾城，你在說什麼？」

「妳知道我在說什麼！」月傾城盯視她片刻，拂袖轉身，朝懷幽的方向走來。巫溪雪注視他後背的目光中，燃起了憤怒的火苗。

月傾城大步走到懷幽身旁，懷幽停下了腳步，憤怒地睨向他。在看到懷幽懷中的我時，他的呼吸凝滯，哀痛而悲傷的雙眸之中還帶出了一絲悔恨，宛如在後悔自己沒有阻止我上京，恨自己沒能報答我卻已經害了我。他顫顫地抬起手，朝遮蓋我身體的衣衫而來。

「滾！」懷幽悲憤而語，將我的身體抱得更緊，顫抖哽咽：「別用你的髒手碰女皇陛下！」

月傾城的手頓在寒冷的空氣中，沉默地低下了臉。懷幽冷冷地從月傾城面前走過，我也隨之飄過月傾城身前，見他哀傷痛苦地抬起臉，在辰炎陽的推搡中，踉蹌地退到一邊，在飄雪之中滑落一串淚珠，默默地跟在楚嬌的身旁。楚嬌看他一眼，長嘆一聲，繼續前行。

我在空氣中轉身看月傾城，他太正直了，他不夠狠，他的夫王之位不會動搖，但他只怕不會得到巫溪雪的信任了。

倒是阿寶……我看向一旁靜立的阿寶，他完全在想自己的心思，他到底在想什麼？如果他的目的是夫王，那此刻應該是最好的機會，因為月傾城惹怒了巫溪雪。

但是，阿寶沒有，他依然在想自己的事情。如果，他的目的不是夫王，那只有……難道！

忽然間，我發覺我死後，很多事看得越發明白。

如果不是夫王，比夫王更大的權位的，除了皇位，還能有什麼？

外強一直看我們女兒執政不爽，若不是我與都翎有過交談，得知他清理馬賊的目的，還不是為了揮兵巫月。

但是，如果巫月有個男人和他們達成某種協定，成為他們的傀儡，那就不用進軍巫月也能取下巫月。

如果阿寶是這個人，那他背後的勢力到底是哪個大國？是漠海？是蟠龍？還是蒼霄？現在蒼霄還不是都翎做主，凡事皆有可能。

也好，這個難題先留給巫溪雪。

或許……我這次死，死得正好。

漸漸的，走出了後宮，宮門之外，兩隊兵正在對峙，另一邊，正是鳳老爺子他們，不遠處，瑾崋和凝霜匆匆跑來，梁子律攙扶梁相，瑾毓還有其他官員遠遠跟在他們身後。

瑾崋和凝霜大步跑至懷幽的面前，神色是從未有過的憂急與慌張。

「心玉呢？」瑾崋焦急地問，視線顫動地無法發覺懷幽懷中所抱。

凝霜怔怔看著懷幽的懷中，神情在飄雪之中漸漸凝滯，封凍。

懷幽悲慟地搖搖頭，低眸落淚，瑾崋順著他的眸光看向他懷中的我，腳步立時踉蹌了一下，神情恍惚而顫笑。

「不，我不信……她是不是只是睡著了？喂！巫心玉！我們來了，妳可以起來了，別躲在衣服下！」

瑾崋伸手一把掀開了懷幽蓋在我身上的衣服，我心口的血瞬間染紅了整個蒼茫的世界。

瑾崋的星眸被一片空白吞沒，他面色蒼白地無力跪落在懷幽身前，他緩緩地咬住拳頭無聲哭泣，啞然的聲音卻是那麼撕心裂肺。牙齒咬破了拳頭，鮮血一滴一滴落在雪地上，他痛不欲生地無法站起，捶打地面，卻發不出半絲哭聲，明明淚水已經染濕了他的臉龐。

「撲通！」凝霜無神地跪落在瑾崋的身邊，呆滯無神，連連搖頭。

「不……不……這不是真的……巫心玉不會死……不會死的……不……不……」

淚水從他那雙清冷的眸中不斷湧出，他依然不相信懷幽懷裡的是我巫心玉的屍體。

「女皇陛下——」梁相含淚下跪。

梁子律緊緊盯視我的屍體，憤怒的火焰染紅了他的眼睛，一滴淚從他的眼角滑落。他埋下臉跪落，看向悲慟的蘇凝霜和瑾崋，擰緊雙拳，牙關深深咬緊。從緊繃的神情可以看出他怒不可遏，但他依然咬牙強忍。

「女皇陛下……」瑾毓悲慟地下跪，她身後的安大人他們也紛紛跪落在雪地之中，我心中暗暗吃驚和感動。難道，他們知道真相了？他們可能是焚凰的成員，只有焚凰知道玉狐做了什麼，他們……竟向我下跪……

我擔心地看痛哭的梁秋瑛，她曾經忍辱負重，守護巫月最後的忠良，可是今天，她這麼做，不擔心巫溪雪會對她產生芥蒂與罅隙？

更多的士兵湧入皇宮，巫溪雪傲然地站在一旁，士兵跑過她身旁，圍在我們所有人周圍，白雪繼續靜謐地飄落，輕輕覆蓋在了這座廣場之上，也把所有人的心思慢慢掩蓋……

沒有祕密可以走出皇宮，歷來……如此……

百姓知道的，永遠只是讓他們知道的……

這場春雪，一直下到了晚上，連綿不絕，蓋住了所有的血跡，也蓋住了所有的痕跡……

宮牆內外，花草樹木，被厚厚的白雪覆蓋，化作一片白色蒼茫的天地，厚厚的白雪像是急於掩蓋宮裡所有的汙穢和祕密……

自入城以來，民心不寧，貪官收押，與貪官有利益往來的商人終日惶惶。官兵鎖城，日夜巡邏，讓他們無法出逃，全城宵禁，夜半無人。

靜靜的河邊，一隻小舟在紛飛的雪花中停靠，上面鋪滿了繽紛的乾花，讓小舟瀰漫著如同春天百花開放的芬芳。

湖邊，靜靜站立著五個身穿斗篷的人影，他們將我的身體輕輕放入鋪滿花瓣的小舟之中，然後靜靜地把彼此的手交疊在一起。

我看著他們，椒萸也來為我送行。

「決定了嗎？」子律肅殺地問。

瑾崋、凝霜和椒萸堅定地點頭：「我們決定了！」

我站在舟上焦急地看他們，他們到底決定了什麼？

他們齊齊看向懷幽：「懷幽，心玉交給你了。」

懷幽沉沉點頭，提起斗篷輕輕踏上小舟，拿起櫓棹將小舟緩緩撐離岸邊，順流而下。

然後，瑾崋、凝霜、子律和椒萸紛紛戴上斗篷的帽簷，轉身融入夜的靜謐與黑暗中。

不！

你們不能為我報仇！

是我的錯……我應該告訴他們真相……

小舟離河岸越來越遠，也離他們……越來越遠……而我的心，也越來越不安……

想當初下山時，了無牽掛，一身灑脫，視他們如棋子，隨時可犧牲他們的性命；可是如今離開，卻是百般牽掛，心中難安。

我到底何時能復活？真是急死我了。

懷幽在雪夜中靜靜撐船，紛飛的雪花飄落在湖面上，靜靜地消失在無聲的河水之中，我遙望京都的方向，黑暗吞噬了一切，只有小舟船頭的一盞白燈，幽幽照亮前面的方向，懷幽成了這個寧靜世界裡，唯一陪伴我的人。

忽的，靜謐之中傳來了馬蹄聲，「啪啪啪啪」那馬蹄聲非常的急，越來越近、越來越近，一抹白影忽地穿破黑暗而出，我立時欣喜起身，但看到的卻不是泗海的雪髮，而是一頭長長的，如同黑狐長尾的黑髮……

那一刻，我怔立在船上，他……居然沒死！

他說讓別人殺我……原來如此……

這一切，是他安排的。

他高於我，如果不是從上而下，劍是不會刺到他心臟的，完全可以避開他的要害，他至多只會流血重傷。

他緊緊抱住我，只是為了封鎖我的行動，好讓巫溪雪可以殺我！他想和我死一次，讓自己心安，也向泗海復仇……

孤煌少司，你的心，是多麼的掙扎和矛盾。

他疾馳在風雪中，輕盈的雪花因為他的飛奔而變得狂亂，亂舞在他周圍。他像是走得匆忙，長髮散亂，只著白色內衣，身上僅僅披了一件斗篷，白衣的左側已經開始滲血，鮮紅的血在飄雪之中像是一朵刺目的豔麗玫瑰，綻放在他的白衣之上。

懷幽聽見了馬蹄聲，也朝岸邊看去，當看到孤煌少司的臉龐，他立時怔住了身體，小舟就此靜靜地停頓在水面之上。

忽然，孤煌少司從馬身上失重跌落，滾落到了地上，一直滾到岸邊，無法起身。

懷幽憤怒地全身輕顫，看著他從地上緩緩爬了起來，墨髮垂臉，如同追我而來的凶神惡鬼！

「把小玉……留下……」吃力的話語從他墨髮下吐出，他一手按在傷口上，一手緩緩抬起，直直指向懷幽。

「你居然沒死！」懷幽拿起櫓棹，護在身前，在河中狠狠看他：「我不會把心玉給你的！」

「哼……」輕笑在岸邊響起，他踉蹌地走了過來，踏入冰冷刺骨的河水之中，身體在風雪中搖曳，他甚至連站都站不穩，卻還要來搶我的屍身！

他真是瘋了！真是個徹徹底底的變態！孤煌少司，你怎能如此霸道？如此瘋狂？連我的屍身也要搶回身邊？你真的著魔了嗎？

「最討厭不自量力的人偏偏還要做出英勇的姿態……咳！」

明明氣若遊絲，他還是努力支撐身體，一步一步朝我靠近，冰冷的河水已經沒過他的傷口，他無力地抬起手，朝我伸來。

「你以為你能阻止我嗎……哼……我只是……懶得殺你！」

他傷重地吐出最後一個字後，踉蹌向前，險些跌入河中，墨髮在他的身周飄蕩開來，他依然執著地一步一步向我走來！

「夠了！」忽然，泗海的厲喝從岸邊而來，我欣喜地看上河岸，飄揚的雪髮立時映入眼簾。

「哥，你真讓我噁心！連心玉的屍體你也要嗎？」

泗海狠狠地注視河中的孤煌少司，狹長的冷眸之中是深深的恨與痛苦。他依然一身白衣黑鞋，站立在積雪的岸邊，雙手插入袍袖，雪髮在他紅唇邊飛揚。我可以感覺到，他尚未恢復。此時的他，只不過比孤煌少司好一些。

孤煌少司給泗海解穴了？應該是的。他封住泗海的脈門是為了不讓他再來救我。

他在泗海的話音中沒有轉身，依然踉蹌地站在冰水之中。

「哼……你不讓我噁心嗎……上了你的嫂子……我的女人……你更噁心……咳咳……」

「這件事，我跟你道過歉了！」

孤煌泗海閉眸深深呼吸，然後緩緩睜開，哀傷痛苦地看著靜立在河中的孤煌少司。

「哥……我知道我錯了……你把什麼都給了我，我卻搶走了你最愛的女人。我知道你恨我，所以，我沒有阻止你殺心玉……」

「所以你就去和她一起跳崖嗎？」

孤煌少司在河水中憤然轉身，「嘩啦嘩啦」地大步跑回河邊一把揪住孤煌泗海的衣領。

「你怎麼可以那麼自私！那麼自私！我是最愛你的哥哥啊！泗海！你怎麼可以這麼對我！怎麼可以——」

孤煌少司揪住泗海的衣領嘶聲力竭地大喊，終於脫力地在泗海的身前緩緩滑落。

「無論你想要什麼……我都願意給你……甚至你想要小玉……我也給了你……但是……你怎麼可以跟她一起求死……我恨……不是恨你搶走了小玉……是恨你們拋下了我……你們是死了……那我呢……我失去了一切！我失去了一切！你知不知道……泗海……小玉沒了……你也沒了……你們……就那麼不願……跟我一起嗎……」

哽咽的低語讓我也默默地垂下臉。不知為何，我忽然不恨他了，心裡，只有陣陣的痛。

孤煌泗海靜靜地立在河邊，臉上漸漸失去了神情，呆滯空洞地站在風雪之中，宛如一具空殼的木偶。

「我本來……沒想殺她……我想讓她也做我的女人……這樣……至少我感覺……我和你……是公平的……我們誰都沒有得到她……但是……她卻告訴我……她愛上了你！呵……呵呵……」

孤煌少司揪住泗海的衣衫，一點一點地爬上泗海一動不動的身體，緩緩站起，虛弱地靠在泗海的肩膀上、身上，手上的鮮血也染滿了泗海雪白的衣衫。

「這不公平……泗海……真的不公平……我不想一個人……不想被你們排除在外……那樣真

的……太寂寞了……不如死……了……現在……小玉死了……又變得公平了……我恨你……你也可以恨我了……相互怨恨……也比……我一人在世上的好……」

孤煌少司支離破碎的話音，最終消失在了飄雪之中，讓我心中梗痛。此生，我們一直在相愛相殺，彼此傷害，為什麼我們的愛……會讓我們這樣痛苦……

泗海一手環過他的身體，臉上沒有半絲神情地抱起了他，佇立在河邊，靜靜地朝我的方向看來。他似乎已經看不到我的存在，但是，那份感覺，讓他很快找到了我的位置。我的視線與他相觸，他露出了淡淡的安心的微笑，這個微笑，我從未在他臉上……見過……

一陣猛烈的狂風捲起紛飛的雪花，遮住他蒼白容顏的同時，也推動了我們的小舟，懷幽立刻匆匆撐船，急急遠離。

泗海抱著少司一直靜靜立在岸邊凝視著我，目送我的離去，他的雪髮和少司的黑髮，一起在風雪中飛揚，如同相依相偎立在岸邊的黑狐與白狐，他們的狐尾，在風雪中飄往同一個方向。他們的身影在飄雪之中漸漸消失，又像是被風雪慢慢吹散，徹底捲走了這對在人間傷痕累累的妖狐。

他們的痛是我帶來的，所以，應該由我來終結……

不僅僅是他們的，還有懷幽、瑾崋、凝霜他們的……

小舟在風雪中順流而下，懷幽一直撐著船，送我去狐仙山。渴了喝點河水，餓了吃點乾糧，我一直看著他，他卻不知。累了他會靠在船邊，靜靜凝視我在花瓣中的容顏，眼淚再次潤濕他的雙眸，他匆匆擦了擦，起身繼續撐船。

茫茫大雪，萬籟俱寂，千山鳥飛絕，萬徑人蹤滅。時間似是凝滯，世界靜得只有輕輕的流水聲。

巫月從未有過這樣罕見的春雪，像是冬天又回來了……

兩天後，我們的小舟到了狐仙山下，未上山，我已經感覺到山中的生靈在默默等待。

山裡的動物一隻又一隻跑到了岸邊，靜靜地看著懷幽把我的身體輕輕揹出了小舟，他揹著我的屍體一步一步開始上山。山路積雪，舉步艱難，可是他依然堅持地，一步一步揹我上山，我的心口貼著他的後背，絲絲暖意跨越了肉身傳遞到了我的靈魂。

懷幽……謝謝……

我飄在他的身旁靜靜看著他，他是宮內的御前，從未做過體力活，身體嬌貴孱弱，但他依然用自己單薄文弱的身體揹我上山，手指在風雪中凍得發紫，雙腳在積雪中慢慢麻木。

他不吃不喝，不停不歇地一直揹我上山，宛如深怕自己停下便再也無法起來……

山中的動物們一直靜靜跟在他的身後，護我們前行。若是懷幽滑跤了，小鹿會跑上來撐住他向前倒落的身體；若是懷幽凍僵的腳無法抬起，小兔們會圍在他的腿邊，用身體幫他暖腳。

懷幽不知道為什麼會這樣，但是他依然揹著我，在動物們的圍繞中繼續前行……

我看向越來越近的神廟，我知道是流芳在幫他，在懷幽要摔倒時，是流芳讓小鹿撐住了他的身體，當懷幽的腳麻木時，是流芳讓小兔們為他暖腳。流芳在迎接我回家，在護佑懷幽前行……

「丁鈴——丁鈴——」

清澈的鈴聲隨風而來，雪不知何時停了，空氣之中漸漸有了春的暖意，柔柔的陽光從陰雲之間而下，灑落在神廟的上方，給古舊的神廟鍍上了一層金光。

懷幽已經站在了神廟之下，他溫柔地看向小動物們：「謝謝……」

小動物們紛紛離去，他揹起我踏上灑滿陽光的台階。

春天，真的到了。

我仰臉看去，流芳的絲絲銀髮正在陽光中幽幽飛揚。

流芳，我回來了……

神廟一如往常地安靜，輕悠的鈴聲在寧靜的陽光中響起：「丁鈴——丁鈴——」

在這裡，一切是安靜的，連時間也像是悠然品茶的老人，怡然自得……

如同歸家的感覺讓我瞬間心變得安寧。

懷幽揹著我跨過那高高的神廟門檻，那一刻暖風倏然而來，揚起了懷幽的絲絲長髮，他一時怔立在門前，呆呆地看著陽光照射下的——狐仙大人。

我亦站在他的身旁，看著流芳，流芳就站在他的身邊，微笑地看著他，目露疼惜。流芳抬手，手背輕輕撫過懷幽憔悴的臉龐。

「他真是累壞了。心玉，妳身邊有這些誓死相隨的男人相伴，我放心了。」

他收回手微笑看我，秀美無瑕的容貌讓他更像一位神君了，他是真正的狐仙大人了。

我和他久久注視，他的眼神複雜起來，伸出手朝我伸來時，懷幽再次前行，我的身體漸漸飄離流芳的身前，他的手頓在空氣之中，宛若有什麼讓他悵然若失。

懷幽揹起我，走過流芳，一步一步朝狐仙大人神像走去。他停了下來，小心翼翼地放下我，用衣衫鋪蓋在乾淨的雪地之上，然後抱起我跪落在神像之前，久久沒有說話，只是……靜靜地抱著我的身體……呆滯地跪立……

四周變得再次安靜，連鈴聲也不再響起，懷幽的眼角沒有淚，但是，我宛如看到他的心，正在流血。

我俯身抱住他，他的身體怔了怔，卻是看向懷中我的身體，然後久久凝視……

「他很愛妳。」流芳說出了和泗海一樣的話，我難過地起身背對他，無法再看懷幽。

「怎麼了？」流芳擔心地問。

「是我讓他那麼痛苦的……」我擦了擦眼角。

「那我呢……」流芳默默垂臉。

他落寞的語氣，讓我心中一痛，抱歉地看向他：「流芳，你知道我們……」

「噓……」忽的，他抬起了臉，目光變得認真，注視我的身後。

「怎麼了？流芳？」

他依然看著我的身後：「懷幽在向狐仙大人禱告，妳要聽聽他的心裡話嗎？」

我立刻點頭。

流芳伸出手：「把手給我。」

「嗯。」我把手放入他的手心裡，在他閉眸時，我也閉上雙眸，立時，懷幽的話音在耳邊響起，空洞而悠遠。

「狐仙大人……懷幽無能……無法保護心愛的女人……」

我的心立時深深揪痛，重如巨石，緩緩下沉。

「狐仙大人……心玉……一個人走……太寂寞了……懷幽一直服侍心玉，只有懷幽知道心玉的喜好……她不喜歡蓋太厚的被子……不喜歡穿太硬的鞋子……不喜歡太甜的食物……不喜歡太多的茶葉……現在……她一個人去了黃泉，她怎麼照顧好自己？狐仙大人……請成全懷幽最後的小小心願，讓懷幽去繼續服侍心玉吧……」

懷幽！我心驚地睜開眼睛，和流芳吃驚的視線正好相撞！

「砰！」一聲沉悶的響聲，讓我的心徹底沉落。

流芳怔怔站在我的身前，呆呆的目光落在我的身後。

「懷幽……」

淚水湧出了我的眼眶，我顫顫地轉身，入眼是狐仙大人腳下鮮紅的血色！

「懷幽……」

我雙腿無力地跪落在一身青色的懷幽身旁，厚厚的積雪之中。

「你怎麼那麼傻……你怎麼那麼傻——懷幽……」

右手顫抖地捂上同樣顫抖的唇，明明心痛如刀割，卻發不出半絲哭聲，我終於感受到了他們那痛不欲生的感覺。

再多的悔恨也無法挽救懷幽的生命，如果我當初告訴他我還能復活，他就不會死。如果我告訴瑾崋他們我還能復活，他們不會為我去復仇……

一個稀薄的身影從懷幽的身體裡起身，他茫然地抬起臉，看到面前的狐仙大人，臉上充滿了迷惑，似是以為自己還沒有死。

他看向自己的雙手，目光往下時，他看到了自己的屍體，他驚嚇站起：「啊！」

「懷幽……你太笨了！」我心痛哽咽地說。

他朝我看來，又是一驚。

「心玉！」他欣喜地到我身前，跪下之時，我撲向了他，抱住他發怔的身體，心痛哭泣。

「你怎麼那麼傻！你太笨了！你真是太笨了！」

「心玉……」他將我深深抱緊：「太好了……太好了……」

「好什麼？」我又氣又痛地推開他，提裙起身，直接到呆呆的流芳身前，緊緊扣住他的肩膀。

「流芳，求你讓那白癡復活！求你了！讓他活過來！我從沒求過你，這次求求你了！」

我朝他下跪，他怔怔回神，匆匆扶住我的身體，一臉愛莫能助。

「心玉……妳知道……我……沒有這個本事……」他默默低下臉，蹙起秀眉。

我往後踉蹌一步，不行，懷幽的愛我已經無法回報，我怎能讓他為我而死？

想了想，我轉身大步來到狐仙神像下，跪在呆呆看流芳的懷幽身旁，仰臉直直瞪視狐仙神像。

「師傅！我願把一條命給懷幽，你讓他復活，否則，我這輩子都不再見你！」

懷幽聽見我的話音登時朝我看來。

「心玉，妳、妳在說什麼？」

「懷幽，我說過我不會死的！對不起，怪我沒跟你們說清楚，我身上有仙氣，我被賜命三條，所以，所以我有四條命！而你這白癡只有一條，等我復活之時，你只能跟鬼差去陰間，你還怎麼服侍我？」我氣急看他。

懷幽怔住了身體：「四、四條命，心玉妳能復活，這真是太好了！」

他忽然高興起來，完全沒留心聽我後面的話。還是，他根本已經不在意自己的生死？

我的心登時一滯，呆呆地看著他。

他正激動地朝狐仙大人下拜，感激狐仙大人賜我仙命。

「多謝狐仙大人護佑心玉，多謝狐仙大人……」

流芳靜靜站到我的身側，緩緩蹲下，銀髮在陽光中掠過我的身旁，神廟的鈴聲也隨即響起：「丁鈴……」

「丁鈴……」又是一聲鈴聲，熟悉的感覺在心頭浮現，懷幽的動作越來越慢，漸漸的，他靜止在我的身前，清秀卻憔悴的臉上掛著虔誠與感激的神情……

熟悉的清香開始瀰漫在這裡的空氣中，流芳欣喜地仰起臉。

「師傅……」銀瞳裡的眸光在這聲呼喚之後也漸漸凝滯，映出了一片耀眼的霞光。

寧靜靜止的世界中，一縷淡金色的仙帶飄過我的面前，一雙如玉般通透的雙腳，從上而下緩緩進入我的眼簾。

他……終於回來了……我的師傅、我的天九君……

我緩緩抬起臉，炫目的霞光讓我甚至無法看清他的容顏，那一刻，我知道，他已經不再是我的師傅，我曾經所愛的那隻騷狐狸。

閃爍著霞光的手伸到我的面前，我卻更加心痛，我抬手拍開他的手轉開臉。

「把我的命給懷幽，然後復活我。」

「嗯……我的玉兒怎麼這麼冷淡，有了新歡就不愛師傅了嗎？」

他閃爍神光的手再次伸向我的下巴，我心亂心煩地起身看向他，但依然只能看到一片讓人暈眩的霞光。

「你成仙了！是你把我拋下的！我現在甚至連你的臉都看不到了，你還是我愛的天九君嗎？」

他在神光之中緩緩收回了手，久久不言。

我在這連流芳也靜止的世界裡心痛呼吸，我知道，既然選擇放手，就不該再怪他，可是我只是一個凡人女子，我的心裡始終對他的離去有所介懷。我，我原來真的放不下……尤其是發現自己連他的臉……也看不到了……

我心傷地捂住臉，天上一天，人間一年，我不知道他感覺時間過去了多久，但是，下山的這大半年卻真真正正地改變了我……

「玉兒……」溫潤醉人的聲音像是九天的梵音，讓人沉醉：「妳還是怪我的，是嗎？」

「對不起……」

我痛苦地垂下手，在他的神光中無法抬臉。

「懷幽死了，瑾崋、凝霜、子律和椒萸要為我復仇，我真的很怕他們也死了，我的心裡很亂。我知道，當初放你走，我就不該後悔，我也知道，這是我們凡間的事，你不能幫我，所以……請你把我一條命給懷幽，剩下的事我會自己解決。」

神光瀰漫，仙氣流轉的世界裡，是長時間的沉默，這種沉默讓我窒息，讓我的心更亂，我能感覺到他依然不變的目光正深深注視我。儘管我們已經天人相隔，儘管我已經看不到他的容貌，那份感覺，依然真實，一如從前。

嘴唇還是不自主地顫抖起來，眼淚奪眶而出，我還是撲入他的懷中，埋臉哭泣。

「師傅……」

「玉兒……」

他身上的幽香包裹我的全身，我知道他從未離開我半分，他將仙氣留給我，繼續守護我……

「對不起……」他輕撫我的長髮，幽幽的話音裡滿是疼惜。

我在他懷中搖搖頭，匆匆擦去眼淚。

「師傅你沒有錯，流芳只是稍稍幫我，便被嚴厲懲罰，人神不能相戀，我無法想像你會遭受怎樣可怕的刑罰？不如好好做這神仙，還可護佑我，我們還能偶爾相見。來日我若死了，你還能送我去黃泉，跟鬼差打個招呼，讓我來生投個好人家，這樣……很好……」

我淡淡而笑，心卻揪痛。

「玉兒，是我負了妳……」他輕撫我的臉龐，拭去我眼角的淚珠。

我再次搖頭。

「師傅沒有負我，只是不想害我，我區區一個凡人，怎禁得住天譴天罰？師傅，我現在很好，我有了朋友，有了忠心的臣子，還有……」

我目光落在懷幽的臉上。

「願意至死不渝地愛我的男人……們……」

泗海……

「啊～～玉兒願把命給這孩子，讓師傅好嫉妒啊～～」他忽然抱住我，輕蹭我的臉龐，順滑的肌膚讓我心中發悶嫉妒。

「師傅！」

師傅停了下來，放開我，神光籠罩我的全身，我倏然感到一絲嚴肅的氣氛。

「懷幽是人，師傅可達成妳的心願，但是泗海，不可以。」

我一怔，抬眸看向他，他以為我會要求他也復活泗海嗎？泗海是妖，怎麼可能復活成人？

「妳不可用自己性命去救一隻妖，人妖殊途，泗海有自己的命軌，妳不可干涉，否則，妳會害他萬劫不復。」

我的身體在師傅肅然的話音中顫了顫，師傅說什麼？萬劫不復……

我默默地垂下臉：「若我不再與他一起，他是否可以在狐族平安生活？」

「可以。」我聽到了師傅正經的話音，讓我心中立刻安定。「只要接受懲罰之後，他依然是狐族之成員，來日更會是狐仙。所以，玉兒，為了泗海的安全，即便妳再愛他，也要像師傅這樣，隱忍起來。」

「呵……」我心梗地哭笑不得，心情複雜糾葛到難以形容。「師傅，你還是那麼臭美，你是在誇自己嗎？」

「嗯～～又被玉兒看穿了呢～～」

他又不正經起來，俯身蹭上我的臉風騷地不停磨蹭。

「師傅這就幫妳復活妳的小幽幽～～妳可要好好珍惜哦～～師傅好羨慕妳做女皇啊～～可以跟好多個男人在一起呢～～」

「師傅！」我推開他：「我現在沒心思聽你開玩笑！你回去做你的神仙，我會好好珍惜眼前人的！」

無論是懷幽、瑾崋，還是凝霜、子律、椒萸，和忠於我的大臣們，我都會好好珍惜，珍視他們對我的忠君之情，信任之義，和誓死之愛……

「哼……」醉人的笑聲從神光中而出，我能想像到他那副騷媚的神情。「不過，妳現在還不能復活。」

「為什麼？」我著急起來，滿腔的憤怒讓我已經無法忍耐。「我要去阻止瑾崋他們！去殺了孤煌少司還有巫溪雪！我……」

「正因如此，所以不能。」雲淡風輕般的話音，讓我怔立在神光之中，滿心不解。

「妳現在煞氣太重，如當年下山的黑白二狐，此時若是重生，只會給自己造太多孽。師傅不想看我可愛純淨的玉兒，心中只有仇恨……」

他溫柔的手撫上我的臉龐，我氣悶地閉上眼睛，擰緊雙拳。

「師傅，我是人！怎能不恨！」

「妳會平靜下來的，妳是我的玉兒……」

他緩緩收回手，如玉磬般溫潤的聲音開始變得飄渺。

「想想妳殺泗海的原因……」

殺泗海的原因……

我殺他……

是為讓他解脫……

是為把他從此生的孽緣中救贖出來……

而不是恨……

「對不起，師傅，我不該跟你鬧彆扭。」難得與師傅相見，我卻向他發了脾氣，讓我越發無言以對。在他的面前，我永遠像個孩子。

「沒關係……」他溫柔地執起我的雙手，柔軟的手溫暖入心。「人總是在假裝不在乎，只是假裝久了也會累的，玉兒，妳只是累了……」

是啊，我總是在假裝不在乎，不在乎師傅離我而去，不在乎泗海的死，其實……我在乎……

「玉兒，最近師傅似乎想起一些前世之事……」

我在他帶著一絲茫然和回憶的話音中緩緩睜開眼睛，眼中是他飄揚的淡金色仙帶。

「我在狐族百年，怎樣的美人沒有見過？無論神妖人魔，妳皆不是那最讓人動心的孩子，但是……師傅在看見妳的第一眼，即使還是個孩子，卻宛若似曾相識，心中喚出了妳的名字：『心玉……』」

心玉……我的心中微微一顫，有那麼一刻，彷彿是泗海在呼喚我。

「人、神、妖殊途，但是殊途卻同歸，心玉，妳、我、泗海，或許有一天，我們會在一起，永遠地……在一起……」

神光漸漸在眼前消散，我沒有想到，師傅會說我和泗海還有他有天會永遠在一起，師傅……你對我的愛，已經超乎眾生凡人之愛，謝謝你能接受泗海，謝謝你，允許我的心裡也裝下泗海……

而我……卻還在介懷師傅成仙離開我之事。我果然只是凡人之資，依然被世俗情感束縛。師傅，我明白你的話了，我會乖乖做人，積下善緣，希望來日能有緣修仙，與你和泗海團聚。

春風吹散了師傅留下的幽香，懷幽的身影在我的面前漸漸消失，一束金光從我體內而出，落在了懷幽的屍身之上，額頭的裂口開始痊癒，臉上的憔悴也漸漸被血光覆蓋，皮膚泛出了一絲柔美的玉光。

「師傅走了？」流芳微露失落，仰臉看向九重高空：「師傅也不跟我說句話。」

「你成仙了就能天天見他了。」我羨慕看他。

「也是，而且，天宮仙宴我也能去。」流芳眨眨眼，揚唇而笑。

「你還說！」流芳這句話更讓我嫉妒。

「呵……」他落眸而笑，目光掃過懷幽微微一驚。「師傅復活他了？怎麼可以？師傅不是冥神，無權掌管人之生死。」

「我把我的一條命給他了。」當我說出時，流芳驚訝看我，隨即目露不解。「那妳怎麼還沒復活？」

我煩躁地撇開臉：「師傅說我現在恨念太深，煞氣太重，怕我回去屠城，所以沒讓我活。」

「噗嗤！」流芳的笑聲讓我更加鬱悶。

「我是凡人！沒你們神仙那麼偉大的胸襟和胸懷，巫溪雪殺我，難道還不准我殺她嗎？」我轉回臉氣道。

流芳含笑看我，銀髮在春日中染上淡淡的金光。

「妳是在氣巫溪雪殺妳，還是在氣她藏了妳的泗海？」

我一時語塞，無力反駁。

流芳垂眸一笑，抱起懷幽飄然而去，留我獨自坐在自己的身體上氣悶，面前是狐仙大人的神像。

春風徐徐，掃去了我心中的煩悶，神廟特有的寧靜漸漸讓我平靜下來，我看著神像尋思。

師傅說，泗海和少司當年也是帶著煞氣下山，究竟是什麼事惹怒了那時的狐仙大人？

鈴聲幽幽，我的身體靠坐在廊柱上，而我則是坐在一旁。我現在只能跟著肉身跑，流芳笑著擺弄我的身體，臉上是許久未見的童趣。

「別玩我的身體了！」

我生氣了，他玩我的身體玩得很開心。沒有人願意看自己的身體被別人當玩偶玩。

他的臉微微一紅，低下臉用長長的銀髮遮住自己的表情，狐耳似是心虛地低垂。

「等心玉能動了，不會讓我這樣玩了。」

「那不是廢話！」

他偷偷伸出手，伸向我心口流出鮮血的地方，我臉紅起來。

「不許亂摸！」

他的手一頓，匆匆縮回。

「我、我只想給妳換件衣服……妳身上的太髒了……」

「不用！我活了我會自己換的！」

流芳默默低下臉，不再說話，茶香飄散在空氣裡，我靠在自己的身體上，即使再心急，也無法回到自己的身體，師傅是在逼我冷靜。

「師傅是對的。」流芳忽然諾諾地說，垂著臉坐在走廊邊，雙腳垂下走廊隨風輕擺。「心玉好凶，現在下山肯定會殺光所有人的。」

我白了他一眼，即使他沒有面對我，但依然察覺到似的，身體猛地縮緊。

「我、我還是喜歡原來的心玉……」他小心翼翼地用最低的聲音說著：「以前的心玉……從來……都不會對我發脾氣……的……」

我擰了擰拳頭，不由嘆了口氣，靠在自己的肉身旁。

「哎……以前在神廟無憂無慮，唯一要防的也是那隻騷狐狸，哪像人心那麼複雜，讓我心煩。」

就算師傅教我再多，卻依然猜不透人心。

「丁鈴——丁鈴——」鈴聲再次響起，茶香在身旁環繞，我捧起茶杯，靠在了流芳的肩膀上。

「罷了，既來之，則安之，既在神廟，就好好休息，享受這難得的平靜生活……」

流芳微微側臉，放落臉龐像以前一樣輕蹭我的頭頂。

「這才是我的心玉……」淡淡的喜悅從他的話音裡而來，帶出絲絲甜意，如那悠然的春風吹入我的心底，帶來一片怡然春色。

曾經的心玉，是神廟的巫女，受狐仙大人的教導，順應天命，淡看人生，甚至淡看人命。有一點，我與泗海是相似的，他恣意殺人，是知人死後入輪迴，他只是抹掉他們此生；而我淡看人死，也是知他們死後入輪迴，生死皆有因果，無法改變。

而現在，我卻再也無法淡看身邊人之死，我對他們有了感情，我的心會因他們的傷而疼，因他們的死而痛，下山之時明知不可對棋子動情，最後，還是不知不覺和他們有了情。

跟蹌的腳步聲從身後而來，我和流芳一起回頭，那一刻，我們看見懷幽虛弱靠立在門邊，驚喜地看向我的臉……

懷幽終於醒了。

「心玉！」

他激動地幾乎撲出門檻，「撲通」撲在我的面前，雙手輕顫地撫上我的臉，忽然間，他憂急起來。

「心玉妳怎麼還沒復活？」

「心玉還在受罰。」流芳在我身邊解釋，懷幽順著話音看向我的身旁，立時目瞪口呆。

流芳笑了，抬手戳上懷幽呆滯的臉龐。

「看來他的眼裡只有妳。」

我抓住流芳的手。

「也不要亂摸男人。懷幽，這就是我的師兄『流芳』，現任的狐仙大人。」

「狐、狐仙大人！」懷幽吃驚不已，匆匆叩頭：「多謝狐仙大人賜懷幽重生。」

「你謝錯人了。」流芳微笑看他：「是心玉把一條命給了你。」

懷幽一怔，忽然蹙眉決絕地再次一拜。

「請狐仙大人把命取回，護心玉一生平安，懷幽死不足惜！」

流芳怔住了，我也怔住了，寧靜的走廊上，懷幽久久趴伏在我們的面前，單薄的身體映在清亮的地板上，深褐的宮服在春風中微微掀起。

「愛得真癡……」流芳在我身旁輕輕感嘆。

我的心在流芳的話中微微加速，垂眸讓自己平靜片刻，揚起淡淡的微笑。

「懷幽，你若死了，等我活了，誰來服侍我？」

懷幽一怔，緩緩起身，我微笑看他。

「我有命四條，給你一條，也剩三條，但你還是不能浪費我給你的這條命，你要雙倍地好好服侍我，知道了嗎？」

眸光在懷幽秀美的雙眸之中顫動，他激動地揚起了溫柔的微笑。

「知道了，心玉。」他抬手匆匆擦了擦眼角激動的淚水，看向我身旁的肉身。「那讓我先給心玉淨身更衣。」

「不可！」我和流芳幾乎異口同聲地大喊。

懷幽怔住了身體，他看向我們，似是終於意識到了什麼，立時臉紅地跪坐原位。

「對，對不起……」

「沒、沒關係。」我尷尬地低下臉，臉微微發熱。

「懷幽，心玉的身體連我也不給碰的。」

流芳的話像是安慰懷幽，卻讓懷幽的臉更加通紅。

「是我唐突了。」

「沒關係，我明白你的想法。」流芳繼續溫柔笑語：「她屍身上有血漬，確實很髒，不過你不用擔心她會臭，因為心玉體內有仙氣，她現在傷口應該已經癒合，不信，你看。」

什麼？你看！

「流芳！」

當我驚呼出口時，流芳已經拉開我的衣領，豔麗帶血的肚兜瞬間印入眼簾，拉開的肚兜下是完好無損的心口半抹肌膚。瞬間，懷幽僵直坐立，慌忙轉開通紅的臉。

「我、我什麼都沒看見。」

流芳的身體也開始僵硬，匆匆按好我的衣服，偷偷朝我看來。

「我、我只想讓懷幽不要擔心妳屍臭……」

「流芳——」

他登時竄起，動作矯捷靈敏地如同靈狐，身後大大的銀色狐尾掠過我的眼前，人已經躲在遠處廊柱之後，從廊柱後探出的精巧臉蛋已經通紅，銀髮中的狐耳也泛出了淡淡的粉色。

「心玉，妳不要生氣，可以當我是女的，我們狐族是可男可女的。」

說罷，他走出廊柱，胸膛鼓了起來，他靦腆地抓上自己的胸部。

「看，我現在是女孩……」

「啪！」在他微笑抬臉之時，我毫不猶豫地抓起茶杯扔在他的臉上，茶葉掛在他的唇上，像是兩撇鬍子。

「你太讓我噁心了！流芳！」我受不了地看他：「給我變回來，不要不男不女！」

流芳紅著臉低下頭。

「哦……」胸膛再次扁平，但是他依然不敢向我靠近。

「嗤，哈哈哈哈——」

忽的，懷幽在我身邊大笑，我和流芳看向他，他笑得捂住了肚子。

陽光讓他的笑容格外燦爛，讓人暖心，不由得，我和流芳也笑了起來，我們的笑聲在這寧靜的走廊上久久不去……

懷幽復活後，依然像做御前那樣少言寡語，安靜地陪伴在我的身邊，我若想去哪兒，他會揹上我的身體。

太陽初升時，他會為我淨面，細心地擦手。他細緻入微地一點一點擦過我的雙眉，以及我安靜的容顏和已經恢復血色的雙唇。每每擦過我的雙唇時，他會臉紅起來，視線無法再落在我的臉上，然後匆匆擦拭我的手指。

我坐在一旁也是佯裝看別處，那樣會讓他感覺自在一些，不會太過尷尬。

然後，他會揹起我來，或是坐於涼亭，或是坐於走廊，和流芳一起品茶下棋，曬曬太陽。

入夜，他會把我再揹回房間，如我活著般淨面、擦手、擦腳……最後蓋上錦被，靜靜地躺在一邊的臥榻上，和我一起入睡……

但是，我並沒睡，我會起來靜靜注視他月光下的臉，寧靜、安詳，唇角還帶著一絲安心而滿足的微笑。

他的心裡真的只要這些嗎？只要能在我身邊，一直一直地照顧我嗎？不在乎我愛誰，不在乎我是不是愛他，不在乎……我到底有幾個男人嗎……

「人總是假裝不在乎……」耳邊響起了師傅的話。懷幽，你也和我一樣假裝不在乎嗎？

「又在看他？」流芳緩緩進入，坐在我的身旁，也和我一起看著懷幽。「有他照顧妳，我安心了。」

「流芳，你說，懷幽想要什麼？」

流芳在月光中靦腆而笑，微微垂眸，銀色的髮絲在月光中更加迷人。

「那還用說嗎……當然是和我想的一樣……」

我微微一怔，心跳不穩地看向別處。

「但我現在很滿足。」流芳的話音裡帶著微笑：「我只要一直看著妳，就滿足了。師傅是對的，隱忍自己的心意至少還能一直注視妳、守護妳，總有一天，我們會在一起，心玉……」

他輕輕靠上我的後頸，雙臂環抱我的身體。

「妳死了真好，這樣……妳哪兒也去不了了……」

「哼……」我不由而笑：「是啊，屍身動不了，我什麼都做不了……」

「所以，這樣真好……」他開心地抱住我的身體慢慢搖：「妳若下山，我又只能借蘇凝霜的身體來這樣擁抱妳。」

我立刻生氣道：「下次別再上凝霜的身了，他負荷不了的！你應該知道這對他傷害有多大！」

流芳不再說話，默默地收回手，雙手抓在床沿，落寞的氣息從他身上漸漸瀰漫，在月光中染上哀傷的顏色。

我看他委屈的神情，只有安慰他：「我知道你和凝霜也是為了救我……」

「心玉因為別的男人怪我……」他百般委屈地說：「在心玉的心裡，那個蘇凝霜比我更重要嗎？」

他在銀白的月光中轉向我，秀美的狐眸中閃爍出點點淚光，讓人立時為他心憐心疼。

我在他委屈的目光中一時無法說出話語，只得溫柔地撫上他的臉。

「流芳，凝霜是凡人，未曾修煉，命只有區區數十年。而你，上身雖然消耗仙力，但你修煉幾日便好了，你一次上身即奪去凝霜十年壽命，你真的心安嗎？」

流芳的銀瞳顫了顫，一縷歉疚劃過他的雙眸，他垂下了銀色的眼瞼，銀髮在夜風之中掠過他的唇畔，臉上浮起了悔意。

「怪我太急，忽略了這件事。不如這樣！」他再次抬臉，臉上洋溢喜色：「下次妳帶蘇凝霜上山來，我授他一套調息之法，讓他可以延年益壽！」

「順便讓你多多上身是嗎？」我直接說出了他的目的。他的臉上劃過一抹紅暈，靦腆地垂下臉，銀髮之間是他揚起的唇角。

我無語地瞥眸看他一眼，搖搖頭。不過，流芳此法可行。仙法並非任何人可修，即使再低階的調息之法，但是蘇凝霜體質本就特殊，可通神，所以，他是可以的。

流芳安靜地坐在我身旁，慢慢地倒落在了我的肩膀上，長長的銀髮灑落我的身前，他偷偷地握住了我的手，身體微微發熱，他開始輕蹭我的肩膀。

「心玉，妳和師傅……所以……我……可不可以……」

「不可以。」我直接說。

「妳、妳知道我想做什麼？」

我尷尬地撇開臉。

「我跟你青梅竹馬，一起吃睡，一直睡到十三歲才分開，你說我會不知道你想做什麼？」

「好吧……」他繼續靠在我的肩膀上，握緊了我的手，熱熱的手心宛如集中了他全身的熱意。

我們在月光下靜靜靠坐，彷彿又回到從前我們相依相伴的時日，一起吃飯，一起洗漱，一起搶茅廁，當然，每次都是流芳讓我。

我還記得夏天的時候，我們一起去後院的小瀑布洗澡、戲水，流芳就像一個會說話、會動的狐狸娃娃，我喜歡整天和他黏在一起，即使師傅來了，也分不開我們。

不知何時，我們立場顛倒了，我不再黏著他，但他卻喜歡黏著我……

至今，我還記得，流芳知道我要下山時難過的神情，拉著我的手說等我回來。那時的他就像將要和自己母親分開的小狐狸，充滿了不安。那是我們第一次分開，而且那時連師傅都走了，流芳第一次獨守神廟。

「流芳，這幾天我想明白了一件事……」

「什麼？」流芳靠在我的肩膀上輕輕揉捏我的手，戀戀不捨，像是怎麼都握不夠。

「就是天意不可違……」我看著月光幽幽嘆道。

「呵……天意不可違，心玉不是早知了嗎？」

「不，我是指下山做女皇。」

流芳微微一怔，從我身邊坐起，我看向他閃亮的銀眸。

「天意讓我下山做女皇，就是做女皇，而我想將女皇之位交給別人，然後回神廟和你繼續過這種悠閒的日子，才是違背了天意。」

他的銀瞳驚然撐大，閃爍的視線裡也是滿滿的驚訝。我反握住他的手。

「你是不是也想通了？流芳，若我當初下山乖乖做那個女皇，我不會和泗海與少司有那麼深的糾葛，泗海和少司也不會那麼痛苦，我們依然只是簡簡單單的敵人，而不像現在越來越複雜，給彼此帶來的傷害也越來越深。巫溪雪或許也還是原來的那個巫溪雪，給她一塊封地，她和月傾城也能好好過日子，懷幽不會死，瑾崋、凝霜、子律、椒萸更不會像現在這樣陷入危機……」

「心玉，這是天意，與妳無關！」流芳著急地握住我的手：「不要把一切歸罪於自己，那樣人人都無法活了。」

我淡淡而笑：「是我當初對閒雲野鶴生活的一絲貪念，造成了今天。所以，我不會再犯錯。」

我沉下了神情，冷視窗外巫月都城的方向。

「巫月這個女皇，我巫心玉是做定了！」

倏然，金光從我體內毫無徵兆地迸射出來，將我的世界徹底吞沒，金色的光芒外是流芳焦急的呼喚：「心玉……」

天意，不可違。

天意，讓你做女皇，就是讓你做女皇，即使你再把它推開，它依然會回到你的面前，讓你沒得選擇。

所以，我巫心玉沒得選擇。怪只怪我當初沒有參悟天意。

而現在，只有我做女皇，才能護住瑾崋、凝霜、椒萸、子律和他們身後所有信任我的大臣。

若是我做女皇，孤煌少司該消停了。

泗海，我回來做女皇了，可是你卻做不成我的夫王了……

緩緩的，我在一片晨光中醒來，最先映入眼簾的是懷幽和流芳擔心而驚喜的神情。

「心玉！妳醒了？有沒有哪裡不舒服？」懷幽激動地快要落淚，他身邊的流芳也開心而笑。

懷幽要來扶我，我揚手阻止，自己緩緩坐起，我揚唇而笑。

「我要沐浴更衣，請狐族相助！」

流芳在我沉沉的話音後一驚，怔怔看我，懷幽狐疑地看向他，不解地再看回我，清秀的臉上是始終化不開的疑惑神情。

水聲潺潺，清澈的泉水從翠綠的水道引入，由白玉小狐狸的嘴中吐出，溫熱的泉水清澈見底，水氣繚繞在後院假山之間。周圍積雪未化，在那繚繞的水氣之中瑩瑩閃亮。

世人只要在神廟住上一陣，無不留戀。

四季景色更替，花香清新沁人，夏有瀑布碧池解暑，冬有溫泉仙水暖身。山中水果鮮甜可口，野味更是噴香誘人。更有美男仙君相伴，人間女皇又算什麼？

一盤狐香輕輕放入香爐之內，懷幽小心點燃靜靜離開。狐香裊繞，那是狐族煉製的特殊香料，可助巫女與狐族相通。

脫下血衣走入溫熱的池水，洗去身上血漬，讓狐香漸漸沁入肌膚、長髮。長長的墨髮散在水中，即使幾天未洗，也依然順滑。

心口的血漬化於水氣氤氳的池水之中，飄蕩起一縷血紅，皮膚在溫泉的浸泡之中染上一層薄薄的粉紅，抬臂之時，水流過細滑的肌膚回到水中，水珠在肌膚上滾動，輕輕一彈，也落入水中。

緩緩走上岸，腳邊是懷幽擺放整齊的布巾與巫女之服。認真地擦去水漬，穿上內單，繫緊衣結，套上微微帶著一種舊黃色的麻質中衣，輕盈舒適。拿起繡有祥雲花紋的月牙色祭祀服，一絲不苟地恭敬穿上，因為，我現在是巫女，是侍奉狐仙大人的侍者，不再是皇族。

我的名字是巫女，而不是巫心玉。

拿起神杖緩緩走出溫泉，冬雪未化的雪松之下，是一起站立的懷幽和流芳。

懷幽呆呆地看著我，他的身上已經脫去了宮裝，一身同樣麻質的月牙色簡單袍衫，繫著最簡單的淡金色流蘇腰帶，一頭長髮簡單地用同樣淡金色的髮帶微微豎起，幾縷纖髮垂臉邊，讓他又添一分秀美。

清秀乾淨的容顏讓他如同從陽光中走來的暖男，時時溫暖你周遭的溫度。溫柔的目光注視你時，也把安心帶入你的心底。

流芳開心地走到我的面前，銀髮在明麗的春光下輕揚。

「這才是我的心玉。」

我微笑看他，披散的長髮垂於身後，散發幽幽的狐香。

「吸──」流芳閉眸深深吸了一口氣，微笑睜眸。「狐香的量剛剛好，我們去祭台。」

我看看手中的神杖，神杖由一整塊白玉石削成手杖，晶瑩剔透，上乘的白玉擺脫了金銀世俗之氣，握在手中更是冬暖夏涼。神杖上端盤坐白色神狐，傲視天下，仙姿獨領。

不是所有巫女可通狐族，神通之力也並非每個巫女可得。而我，從看到狐仙大人開始，便可以。狐族不可隨意離開聖地，如同狐仙不能隨意離開神廟。但是，擁有神通力的巫女，可以召喚狐族，請他們出聖地來相見。

我走至懷幽面前：「懷幽，準備開始，我們要去救瑾崋他們。」

懷幽從我的身上緩緩回神，目光之中竟是多了一分像是對狐仙的敬意。他垂眸頷首，敬立在我身前：「拜見巫女大人。」

「懷幽，在我是女皇時，我已與你說過不要如此，這會疏遠我們之間的距離。」我不習慣地說。

「今日心玉不是女皇，是巫女大人，狐仙大人的使者，懷幽理應守禮。」懷幽靦腆微笑。

懷幽這個倔脾氣，在禮數上，他像是出於本能地去遵守，也不勉強他了。

我正色看流芳，他對我也是肅然點點頭，我們一起走向神廟祭壇。

神廟的祭壇在後山之頂，那裡也矗立一座狐仙神像，神像臨山崖而立，佇立在雲天之間，更像是臨天空而立的狐仙，從天而降，氣勢恢宏。

神像前是祭壇，祭壇八方是八座狐狸石像，寓意著八方狐族守衛狐仙大人。

我走到神壇之下，流芳站於我的身旁，懷幽疑惑看我。

「心玉，妳為何要請狐族？」

山頂的春風依然寒冷，吹拂在我的臉上，揚起我身後已經乾了的長髮。

我沉沉俯看山下。

「現在巫溪雪成為人民心中英雄，想要從她手中迅速奪權，一是要揭示她沒有殺妖男，二就是要以神明的身分。裝神弄鬼不失為一種方法，此法可以迅速凝聚人心。」

當年劉邦斬白蛇，裝赤帝，瞬間便成百姓心中神明。不少人借神話傳說來抬高自己身分，好讓人追隨。

我手執神杖走上祭壇的台階，裙襬在山風中飛揚，懷幽靜立在台階之下，流芳和我一起上行。

我是巫女，流芳是狐仙大人，巫女不可命狐仙大人為己效力，這是忤逆。所以，巫女可以借助的力量，是同為狐仙奴僕的狐族。

神杖點地，我撐開雙臂，山風乍起，鼓起我寬大的袍袖。但是，即使請來狐族，也不能借用他們的妖力，因為這是人間，他們能做的事很少。

陽光幾乎射穿通透的神杖，端坐於上的白狐眸光染成了金色。

我開始隨風吟唱：

「八方狐族啊……

請聽吾召喚……

東方啟明……

西方落塵……

南方仙歸……

北方魂離……

讓吾之聲傳達四方……

請八方狐族現身……

請八方狐族現身……」

仙氣開始在祭壇凝聚，台階下的懷幽目露驚訝。

倏然，八隻狐狸從八座狐狸石像中走出，躍到我和流芳的身前，屈膝下跪。

「八方狐族，拜見狐仙大人。」

流芳開心地看著他們，他們是他的家人！

一隻火狐從八狐中走出，以首領之姿站於我的面前：「巫女大人，召喚我等何事？」

「我想讓你們隨我下山。」我認真看他們。

八狐一驚，齊齊看向流芳。

「狐仙大人，我們不可插手人間之事，您應是知道的。即使下山，也只能以普通狐狸身分。」

紅狐嚴肅而語。

流芳微笑點頭：「我知道，你們不妨聽心玉說完。」

他們彼此交換眼神，然後再次恢復平靜看向我。

我隨即說道：「我讓你們隨我下山並非要動用你們妖力，而是讓你們以狐身相隨，讓世人知道我乃狐仙大人之巫女，受到狐族庇佑！」

八狐聽罷沉默不言，走在一起彼此輕語，他們商討一陣，再次站成一排，朝我一禮。

「謹遵巫女大人法旨，但，我們也有一個要求。」

「說。」

「准許我們將黑白二狐帶回狐族受刑！」

「為何要我准許？」我微微一驚。

他們面露凝重之色。紅狐走到我身前，抬臉肅然看我。

「黑白二狐犯下天條，在人間濫殺無辜，恣意妄為，致使生靈塗炭，他們死後會被帶去天庭受罰。天庭刑罰嚴酷，只怕會體無完膚，難回狐族……」

他們的話音讓我心顫，泗海和少司會受到如此嚴懲嗎？人終有一死，連我的生死都歸天管，我又如何能護泗海和少司？

「但黑白二狐始終是我們狐族之子，只是一時失足，離開神廟，造孽人間。我們知其兄弟本性不惡，所以，請您下令准我們帶其回狐族受罰，至少我們還能留他們性命。」

我依然吃驚而不解地看著他們，我自然是極想幫泗海和少司，但為何他們說只要我下令，他們便可帶泗海與少司回狐族，我這條命令，還能大過於天？

我驚疑地看紅狐：「我可以下此命令，但我始終是凡人，天界無異議嗎？」

紅狐認真看我一眼：「天界會給我們一個面子，但是，您必須成為女皇。」

我一怔。

「女皇乃天皇之星，可謂星君下凡，女皇之命即是天命，所以，當您成為女皇之時，您對狐族下的命令，可為天旨，天界方能給我們一個台階，讓我們把黑白二狐帶回。我相信，女皇也是想救黑白二狐的是嗎？」

他意味深沉地盯視我。我在他火紅如針尖的眸中點頭。

「不錯，我想幫他們解脫。」

「很好。」他回頭看看其他七狐，七狐齊齊點頭，他再次轉回頭看我。「妳需斬殺黑白二狐，才能終結他們在人世的孽緣，也才能讓他們的真身擺脫凡人肉身的束縛，之後，我們會帶他們走。但從此往後，請妳莫再念及他們，與他們藕斷絲連，可能答應我們？」

清冷的山風刮過我的臉，也刮入我的心中，如同一把把利劍劃過我的心，把我的心劃得傷痕累累，鮮血淋淋。我努力忽略那心口的痛，狠心點頭。

「我答應！」

「呼！」山風猛然吹起，揚起了我的長髮，還有我的裙衫，髮絲掠過我的眼前，把面前的世界切成了碎片。第一次下山，我失去了天九君，第二次下山，我……將失去泗海……

而我，將永遠在對他們的無限懷念中活下去，這一次，我不能死，因為我是巫月的女皇，我要把巫月重新裝扮起來，讓巫月的百姓重新揚起笑臉……

我深吸一口氣，流芳從寬大的衣袖中，取出了玉狐面具，靜靜放到我的面前。我不由笑了，笑得苦澀，笑得落寞，笑得心痛。我這次是去殺自己心愛的男人，是去抓自己的血親。

為何這個女皇還未做，卻已經多了一分寂寞。

我接過面具緩緩戴上，面具的眼睛縮小了我的世界，可以讓我稍許逃避一下旁人的目光，讓我可以冷靜地去做該做之事！

高舉神杖之時，衣袖在風中「呼呼」飛揚，昂首挺胸，大步而下。八狐跟隨在我身後，懷幽的臉上也失去了任何神情，只有冷然的眸光和復仇的眼神。

‡ ‡ ‡

和懷幽、八狐直下狐仙山，流芳在身後遠遠目送我……

「心玉，此去小心，妳已只剩兩命……」

「流芳，兩條命在人間已是多，你太過擔心了……」

我自下山到現在，幾番遇難都不死，我巫心玉可不是那麼好殺的，但命再多，殺我之人，也要償還！

我此次下山，不僅僅是要救瑾崋他們，我也擔心梁相。倒並非因為他們為我送葬，而是巫溪雪這人只能共患難，不能共富貴。

她要殺我，是因為知道我是玉狐，她所得來一切皆是我所給，讓她不服不甘。她更不會讓他人知道這件事。

沒有一個帝王希望被別人知道自己的醜事。所以，知道這一切的人，最後都會死。不僅僅是梁相，得意的一天老先生，只怕也逃不了。待巫溪雪坐穩皇位，南楚家族應該是她最後要除之人。

是我把一切變得那麼複雜，所以，應該由我來收拾殘局。

狐仙山中沒有馬，但有鹿，雄鹿雄壯好鬥，氣勢比馬更勝一分，所以有些地方奉鹿為神。

我和懷幽騎在鹿上，流芳也給了他一個白色的狐狸面具，他一身神廟巫師白衣添了幾分仙氣，重生也讓他有所改變，不再像個唯命是從的文弱御前。

我和他騎著雄鹿，沿河而上，狐狸追隨身邊，山下像是一夜春來，積雪已化，枯枝抽芽，綠意盎然，河中船來舟往，看見我們無不目瞪口呆，瞠目結舌。

隨著我們臨近京城，人跡卻越來越少。這不正常，以往京城是巫月最繁華之都，人來人往絡繹不絕，林道中是馬車奔馳，河中更是貨船往來，好不熱鬧！

而現在，像是商旅都不願靠近京城，這樣的現象除非是京都內亂未平，兵依然在城外，形勢緊張，讓人不敢靠近。

我和懷幽奔入林中，果然不久看到了營帳，大軍真的未退！

我們沒有停下，直接從軍營邊疾馳而過，驚得士兵們紛紛起身，舉起刀槍時又驚呆在原地。

我一身白色巫女神袍在雄鹿身邊飛揚，手中白玉神杖在陽光中更是霞光琉璃。倏地，那些士兵竟是跪了下來，不敢仰視地低下了頭，讓更多的士兵疑惑而來，但也一一跪下。

這是對神明沒有任何原因的敬畏，信仰也將在這一天重回巫月。

我們衝出軍營之後，巫月都城外也是密密麻麻的軍士，顯然兩軍正在對峙！

當我們的身影出現之時，神經緊繃的士兵立時緊張備戰，城樓上的弓箭兵立刻排布，緊張地看也不看地一陣亂射。

仙狐靈巧地閃避弓箭，圍繞在我身邊，我揮起神杖，打開射向懷幽的箭矢。

瞬間，弓箭兵停了下來，目瞪口呆地看著我們。我們在滿地的落箭中奔向前，前方的士兵已經看清我們。

我揮起神杖，立時仙狐衝出，一字排開衝向前方的陣營。

士兵們見狀驚然退開，竟是無人敢攔阻仙狐前進。

巫月信奉狐仙大人，平日狐狸便已不能射殺，更何況此刻這種詭異的現象，讓士兵們自然惶恐退開。有人踉蹌倒地，乾脆直接叩拜起來，其他人見狀也紛紛下跪，我和懷幽騎著雄鹿從他們讓開的道路中飛奔而過！

城門內士兵也慌忙退開，我們衝入城門，京都的街道上竟是人跡罕見。看到如此寂寥的京都，我感到心痛，停下身形，俯看周圍下跪的士兵，大聲道：

「立刻撤兵！揮旗停戰！好好的京都現在被你們弄得死氣沉沉！」

「沒，沒有女皇命令，我、我們不敢。」士兵惶恐趴伏在地。

「女皇？我巫心玉還是女皇，本女皇的命令你們也敢不聽嗎？」

立時，眾人驚得目瞪口呆，面色蒼白如紙！

「巫、巫心玉女皇不是死了嗎？」

「我、我們親眼看著她的屍體運出城的……」

我不由冷笑：「哼！我乃狐仙大人身邊的巫女，有狐仙大人庇佑，怎會死於凡人之手？本女皇命你們速速撤兵！休在京都內擾民！」

立時，仙狐躍到士兵身前，傲然坐下，高傲的身姿猶如神君降臨的氣勢！無論身材高低，無論人獸，單單那逼人的氣勢，已讓士兵們無不驚呆在原地，無法用常理解釋眼前景象！

「是！是狐仙！」

「是狐仙大人下山了——」

「快！快跪下——」

「拜見狐仙大人——」

士兵呼啦啦跪在了我的身前，附近房屋裡的百姓偷偷探出頭，看見我與仙狐時，也驚然出門下拜，目含敬畏。

懷幽在我身旁，目光也深沉起來。

「為何兩軍對峙？」他朗聲問。

士兵趴伏在地不敢抬頭。

「梁相之子梁子律和瑾毓之子瑾崋，夥同蘇凝霜和椒萸密謀刺殺女皇陛下……」

「女皇陛下在這裡！」懷幽一聲厲喝嚇得士兵們渾身一顫，連連點頭。

「是，是是是，他們刺殺的是巫溪雪公主，但刺殺未遂，巫溪雪公主以造反之罪下令斬殺梁相他們，所以……城外瑾毓大人和西鳳家族與南楚家族兩軍對峙……」

什麼？要斬我的男臣？還有梁相？果然如此。

這是要清君側立威！

「要看熱鬧的隨本女皇前往法場！看完熱鬧發錢！」我立刻朗聲道。

「發錢？」跪在地上的百姓中有人驚呼起來。

「真是巫心玉女皇陛下！」

「只有女皇陛下才會發錢！」

「天哪！女皇陛下真的復活了！她真的是神女！」

「女皇陛下萬歲——女皇陛下萬歲——」

越來越多的百姓從門內而出，空曠的街道兩邊再次布滿百姓，一個跟著一個大喊叩拜起來。

我在此起彼伏的呼喊中，與懷幽和仙狐再次馳騁起來，雄鹿飛速地跑過百姓之間的街道，直衝法場！身後是如潮水般的百姓和士兵。

我還記得第一次入京，我和孤煌少司坐在華車上，那時百姓也是夾道而迎，當然也是為了看熱鬧。那一次，我也是為救瑾毓一家而急於下山，那天在法場上，我與瑾崋相遇了……

那是一切的開始……

眼前離法場越來越近，我知道我更需要冷靜，以免血流成河！

法場之外是守衛的士兵，他們看見我們立刻陷入戒備，一如往常。但是，就在我正想讓仙狐突破之時，他們的眼睛已經拉直地看向我身後的人潮，無法動彈。

我見狀，一拍雄鹿頭頂，牠猛地躍起，傲然健碩的身姿在空中帶我飛翔，躍過了士兵的頭頂，穩穩落在法場的刑台之上。那一刻，高舉砍刀的行刑者呆立在了原地，手中的刀「噹啷」一落地。

仙狐一一躍過同樣呆立的士兵頭頂，落在我的身旁，分立兩旁，傲然而坐，面朝法場外的監斬台！

我沒有看監斬台的方向，而是俯看跪在刑台上的人，他們皆是一身白衣，一眼看去也有十餘人，皆是長髮披散，看不清容貌。

但我還是一眼認出了瑾崋、凝霜、子律和椒萸的身形。刑台上的人疑惑起來，微微抬臉朝我這裡看來。

我放落神杖緩緩挑起了瑾崋的下巴，他的星眸在亂髮之中嫌惡起來，我笑道：

「你怎麼又是這副模樣？」

當我出聲之時，瑾崋和他身邊的三個男人無不驚訝地朝我看來，而他們身後其餘官員也嚇得目瞪口呆。

我收回神杖，俯看驚詫呆滯的瑾崋。

「上次下山，你是在刑台上，這次下山，你又在刑台上，你到底想讓我救你幾次？」

所有人說不出半句話，整個刑台靜得彷彿連空氣也變得凝固。對了，不僅僅是刑台，還有身後。

我看向瑾崋、凝霜、子律和椒萸。

「不是跟你們說了，不要為我報仇，我命硬，死不了。不過，今天這樣也好，正好讓我可以跟某些人……」

身下雄鹿緩緩轉身，眼中映入監斬台上驚立而起的巫溪雪、楚兮芸，還有……那個黑衣人。

「好好算算帳！」

說完，我抬手直接揭開面具，甩開手臂，長髮在風中飛揚，玉狐面具在手中閃耀！

「巫、巫心玉！」楚兮芸驚呼之時，目光恐懼地踉蹌坐下，顫顫地朝我指來。「妳、妳到底是人是鬼！」

我看向她身邊面色慘白，但依然勉強站立的巫溪雪，揚唇一笑。

「溪雪皇姊，妳說，我是人是鬼？」

她的視線一時散亂起來，但她還是很快恢復了鎮定，朝我看來。

「妳到底是誰？」

「哈哈哈——」我仰天而笑，沉沉看她。「為何要殺瑾崋他們？」

「因為他們密謀刺殺！」她朝我理直氣壯地大喊。

「那梁相呢？」

「梁子律是她之子，這一切她是主謀。」

「她主謀什麼？」

「主謀刺殺本女皇！」

「本女皇在這兒，他們是要刺殺哪個女皇？」我一聲質問，登時讓巫溪雪啞口無言！

她目瞪口呆地看著我，身邊的黑衣人握拳輕咳起來：「咳咳咳咳……」

那漆黑的斗篷鑲著考究的金邊，他似是有些吃力地緩緩坐下，從黑色斗篷中伸出一雙纖長如玉的雙手，但是那雙手像是激動地微微有些輕顫，他微顫地拿起監斬台上的茶盞，默默地喝起了水。

我看他一眼再看巫溪雪。

「妳入京之時，本女皇還沒死，我巫心玉依然是巫月的女皇。而妳，殺了我，不該是妳密謀刺殺女皇，奪權篡位嗎？巫溪雪，妳和那個楚兮芸才應該在這兒啊～～」

巫溪雪咬唇狠狠看我。現在瞪我有何用？當初老老實實殺了妖男，可以穩穩坐妳的女皇。現在，就算妳求我，我也不會把女皇之位讓給妳！

「妳、妳這個好色的女皇！」楚兮芸竟大著膽子，聲音顫抖地站了起來指向我：「妳理應讓賢！」

「讓賢？哼……」我輕笑不已：「楚將軍，何為賢？心胸寬闊者為賢，好善樂施者為賢，尊老愛幼者為賢，禮讓謙虛者為賢，妳們有嗎？」

「女皇陛下她……」

「女皇陛下在這兒呢！」我厲聲而喝，楚兮芸臉色蒼白地「撲通」一聲又坐回原位。

「妳說我好色？試問我後宮不過瑾崋、蘇凝霜，怎能算好色？」我笑看憤怒的巫溪雪。

巫溪雪眸光閃動，憤恨冷笑。

「才三人？外面對妳的傳言……」

「妳也說是傳言了！」我大喝打斷了她的話，她怔立在監斬台之後。

從一旁匆匆擠出了月傾城、一天老先生和阿寶，他們看到我的同時也都目瞪口呆！一天老先生更是面露一絲懼色地匆匆朝我下跪。

我繼續笑道：「好～～就算我好色，但只要我勤政愛民，不害忠良，我應該也算是一個過得去的女皇吧。」

「妳勤政愛民？」巫溪雪憤怒地幾乎聲音顫抖，好笑地看我：「妳不害忠良？」

我笑了笑，穩穩端坐雄鹿上道：「懷幽，本女皇可是日日上朝？」

身穿白衣的懷幽從刑台下提袍走上，他揭下了面具，周圍又是一片譁然。

「那是誰啊？這麼俊！之前沒見過啊！」

「聽說是女皇陛下的御前，叫懷幽。」

「長得好清秀啊。」

「懷幽來了！」身後傳來瑾崋激動的話語，這小子現在和周圍的人一樣，開始看熱鬧了。

懷幽站到我身旁恭敬一禮，抬臉如宮中大侍官般朗聲道：

「女皇陛下日日準時上朝，時時關心朝政。」

「謝謝懷幽。」我微微一笑。

然後，我轉向周圍已經為了看熱鬧而撞開士兵的百姓。

「各位京都父老，我巫心玉對你們可好？」

「好──女皇陛下老發錢給我們──」

「女皇陛下還用攝政王的錢接濟我們──」

「哈哈哈──」

「女皇陛下還抄了蕭家、慕容家，然後又發錢給我們──」

「對！真是大快人心啊──哈哈哈──」

「女皇陛下就是玉狐女俠──」忽然，身後響起梁子律的喊聲，登時台下再次譁然一片。

我心中微微一動，嗯──？梁子律果然心機夠深吶……不愧是個商人。但此時他這麼做，更有利於我。

「玉狐就是偷攝政王黃金的女俠──」人群裡立刻有人大聲補充。

「女皇陛下太厲害了──白天跟攝政王周旋，晚上就變成玉狐幫我們──」

「女皇陛下萬歲──」

「女皇陛下萬歲——」
此起彼伏的喊聲讓周圍的士兵也面露驚慌之色，無法再阻擋情緒激動的百姓。
我揮了揮神杖，四周漸漸安靜，我再次問道：「梁相，我在位時可曾害過忠良？」
「撲簌！」身後傳來繩子斷裂的聲音，身旁走出了梁秋瑛身穿囚衣的身影，她對我深深一禮。
「女皇陛下在位之時，與攝政王巧妙周旋，一直護我忠良，並釋放牢中囚犯！」
「哼，梁秋瑛妳也算是忠臣嗎？」巫溪雪沉沉冷笑：「大家都知道妳是一棵牆頭草！」
「哎……」梁秋瑛在巫溪雪的話音中搖頭長嘆：「秋瑛真是跟錯了人，還請女皇陛下還秋瑛一家清白。」
梁子律走到她身邊，緩緩抬起了眼瞼，精銳的目光在陽光中如同利劍閃爍，雖然裡面有太多的疑惑，但更多的，還是重見我的欣喜與忠於我的堅定目光！
瑾崋、凝霜也站了起來，他們扶起虛弱的椒萸，灼灼看我，不發一語，因為，現在不是我們重逢相談的時候，我們還有更重要的事要做！
更多的人朝這裡湧來，頃刻之間，法場外人山人海，士兵早已被衝散得無影無蹤。飛雲、聞人還有楚嬌、鳳老爺子，瑾毓和辰炎陽騎馬匆匆而來，他們身後正是我在城外看到的士兵！
我遠遠看他們一眼，笑看四周百姓，從雄鹿上躍下，手拄神杖高高站立在刑台之上，八狐分立八方，如同守護的神像！
我站在了台邊，笑道：
「我知道大家最喜歡聽的是我們皇族祕史，今天，我就說說讓大家大飽耳福。」

「好——」百姓們立刻起鬨起來。遠處鳳老爺子他們已經無法擠入。

全場開始慢慢安靜，一雙雙好奇興奮的眼睛看向我。

「大家都知道妖男禍國……」我開始說了起來：「巫溪雪公主被攝政王孤煌少司陷害，被發配去西山挖煤，但是她的勢力並未離開。大家可知焚凰？」

「知道！」有人舉手，宛如搶答：「聽說是朝中忠臣祕密組成的組織，以保護剩餘的忠臣。」

「不錯，但你們可知焚凰的首領是誰？」

大家面面相覷。

我拿起神杖轉身指向已經被瑾崋和凝霜他們解開繩子的梁相心腹。

「他們就是焚凰的成員，我巫月最後的保障！而焚凰的首領，正是梁秋瑛，梁相！」

登時，驚呼四起。

我在驚呼聲中對梁相一禮：「梁相辛苦了。」

梁秋瑛惶然下跪：「女皇陛下不可！守護巫月是秋瑛的責任！」

我微笑地扶她起身，看向巫溪雪。

「而組建焚凰的，正是巫溪雪公主，她命月傾城協助焚凰在京都留守，待她兵起，可做內應。所以，巫溪雪，梁秋瑛是不是忠誠、是不是牆頭草，妳比我更清楚！」

巫溪雪神色收緊，深沉地緩緩坐下，宛如準備以不變應萬變。

「梁相為護佑剩餘忠良，不得不忍辱負重，表面上，她似是事不關己，不搭救被攝政王陷害的忠良，暗地裡，她帶領焚凰與攝政王繼續抗爭，所以，我巫月護國第一大功臣應屬梁相，而不是讓她在這裡被砍頭！」

「對！女皇陛下說得對！」

「女皇陛下快還梁相清白！」

「哼……這一切，只是妳一面之詞！」巫溪雪在監斬台上輕輕冷笑。

「妳未婚夫月傾城就在一旁，要他上來對質嗎？」我笑道。

巫溪雪一驚，立時看向一旁台下，月傾城依然呆呆怔立在原地，不可置信地看著我。

我閉眸深吸一口氣，覆又睜開。

「之後，巫溪雪公主領兵入城，我讓妳殺妖男孤煌少司，妳卻殺了我……」

「是妳要殺我，我才反抗的！」巫溪雪大喝地打斷我的話，嘴角抽搐冷笑。「是妳怕我搶了妳的皇位，所以妳要殺我，我只是自保，沒想過要殺妳，只是不小心失手。而且，妳不是好好活著嗎？那我只能算傷了妳！」

我在她的狡辯中冷笑，看她極力狡辯，說明她已經開始失去冷靜，亂了方寸。

「好，就算是這樣。」我含笑看她：「那請問，我要妳殺的妖男，妳殺了嗎？」

她的眼神不自在地撇開，面露怒意：「我殺了！」

「公主您真的殺了嗎？」梁秋瑛憤然上前，花白的長髮和單薄的囚衣在風中輕顫。「公主根本沒有殺孤煌兄弟！所以臣們才甘犯冒死之罪領兵逼宮，讓您交出禍害巫月的孤煌兄弟！只要您殺了孤煌兄弟，微臣們死也甘願！」

「微臣死也甘願！」刑台上所有的忠臣們朗朗而語。

巫溪雪恨恨地看梁相。

「交出妖男兄弟！」

「交出妖男兄弟！」

「交出妖男兄弟！」

忽然，一聲一聲高喝讓巫溪雪不斷左右張望，她看向這裡、那裡，都有人在憤怒地高喊，要她交出妖男兄弟！

刑台上的官員們齊齊大喊起來，緊接著，遠處的瑾毓和鳳老爺子他們也高喊起來，最後，整個法場圍觀的百姓也附和高喊，喊聲響徹雲際！

巫溪雪在這震耳欲聾的吶喊聲中目光顫抖起來，漸漸失控。

「我殺了——你們為什麼不信我！我真的殺了孤煌少司——但是泗海是無辜的——你們為什麼連一個無辜的人都不放過——」

「交出妖男兄弟！」

「交出妖男兄弟！」

「交出妖男兄弟！」

「交出妖男兄弟！」

巫溪雪的吶喊在臣民的大喊聲中，是那麼的無力。我知道她想護住泗海，但是，身為女皇，巫月和摯愛，我們只能選擇其一。即使痛如刀割，即使渾身是血，我們也要咬牙忍住，獨自承受！

否則，我們談什麼振興巫月，說什麼讓百姓安樂？

我緩緩舉起神杖，喊聲立刻停止，只剩下巫溪雪失控的大喊：

「你們為什麼就是不肯放過他——他真的是無辜的——無辜的——」

她狠狠地朝我看來。

「巫心玉！妳有什麼資格質問我？妳敢不敢在這裡說妳對泗海沒有……」

「他根本不無辜！」倏然，月傾城憤怒的大吼打斷了巫溪雪的話。

我心中一驚，月傾城在幫我。我看向月傾城，他痛心地只看巫溪雪。

巫溪雪震驚地看去，苦澀輕笑。

「怎麼，傾城，你也想背叛我嗎？」

月傾城痛苦地看著巫溪雪。

「溪雪，我愛妳，但是那個孤煌泗海滅了我們全族是我親眼所見！不管他是不是被他哥哥唆使！他的手上沾滿我家族的鮮血是不爭的事實！殺人就要償命，還有這裡更多更多人的血！妳怎能說他是無辜的？」

「殺妖男兄弟報仇——」有人憤恨地高喊起來。

「殺妖男兄弟報仇——」

「殺妖男兄弟報仇——」

緊接著，誅殺妖男的憤慨喊聲響起，我心中揪痛。如果月傾城沒有打斷巫溪雪的話，我會陷入兩難的處境。在此情景之下，我無法承認我對泗海的愛，一旦否認，我又會一生無法原諒自己。

雖然，那僅僅是「愛或不愛」幾個字的回答，卻能撼動全域！

是月傾城阻止了這件事的發生，關鍵時刻，卻是身為敵人的男人救了我……

巫溪雪的目光在這充滿仇恨的大喊中開始失色，開始閃爍。她不可置信地看向四周，眸光之中閃過一絲頹然，無力地踉蹌後退了一下，痛苦閉眸。

巫溪雪，妳是不是已經知道，大勢已去？

「咳咳咳……咳咳咳……」她身邊的黑衣男子越發猛烈地咳嗽起來。

我揚起神杖，討伐聲再次靜止，整個世界又再次鴉雀無聲，只剩下那聲聲痛苦的咳嗽。

我直直看向那個咳嗽得厲害的黑衣男子。

「巫溪雪，妳說妳殺了孤煌少司，那麼，現在就讓我看看，他到底死了沒死！」

我神杖揮起，立時，兩隻仙狐從我身邊躍出，驚得百姓們驚呼連連！匆匆下跪！

「是狐仙！」

百姓一排排跪下，恭敬拜伏。

與此同時，仙狐身形飄逸敏捷，直衝監斬台。黑衣男子立時起身，想要離開之時，仙狐倏然騰空躍起，狐尾在空中飛揚，「嘶啦！」一聲，撕裂了黑衣男子斗篷上的帽子，斗篷之帽裂開垂落男子的肩膀，霎那間，孤煌少司蒼白的臉暴露在陽光之下！

那一刻，巫溪雪的雙眸瞬間失神變得空洞，無力再站地緩緩坐下……

「啊——是攝政王！」

「是那妖男！」

「巫溪雪撒謊！」

「撒謊！」

「撒謊！」

「撒謊！」

瞬間，人聲鼎沸。

孤煌少司身體搖曳了一下，撐住監斬台忽然微笑朝我看來，唇形輕動：「妳終於回來了……咳咳咳！噗！」一口血噴出他的唇，立刻癱軟地坐在了座椅上。

他的傷……還沒好。

但是，他想來親眼看瑾崋他們死。他把對我的恨，轉嫁在了瑾崋他們身上。

他虛弱地坐在座椅上，但眸光灼熱地盯視我的臉，染血的唇角揚起邪邪的角度，那屬於孤煌少司充滿征服的狂野慾望的火熱目光，宛如要把我現在就生吞活剝！我彷彿感覺到他朝我撲來，把我壓在刑台上，興奮發狂的他開始撕扯我的衣衫，然後狠狠地肆虐。

那樣赤裸裸的目光讓人無法對視。

「抓起來！」梁子律一聲厲喝，立時瑾崋和凝霜躍落監斬台，把孤煌少司從座椅上架起，仙狐再次飛躍回我腳邊，肅然站立。

懷幽走到我身前擰緊雙眉：「不准你再看女皇陛下！」

孤煌少司虛弱地笑看懷幽。

「有女皇撐腰了……哼……」他的聲音裡還帶著傷重未癒的無力：「你，還有你們，真讓我噁心。」

「少廢話！」瑾崋憤怒地狠狠瞪他：「馬上砍了你！」

瑾崋和蘇凝霜大力地把他架上刑台，孤煌少司經過我時停下，虛弱地低聲而語：

「讓泗海跟我一起走……否則……我化作厲鬼也要纏妳一輩子！」

我目視前方，心痛到已經麻木。我深吸一口氣，沉沉輕語：

「你放心，我這就去接泗海。等你死了，知道前世之因，記得來告訴我。」

「哼……咳咳……」他搖頭輕笑：「妳還想見我嗎……」

我轉臉看向他苦澀的笑臉：「想。」

他一怔，我轉回臉，忍痛而語：「帶他去刑台！」

孤煌少司黑色的身影從我身邊而過，我知道他一直看著我，他的長髮在春風中揚起，隨著他被帶離，緩緩掠過我的臉龐……

還記得……

那一天我們在神廟相遇……

你一身黑色的華服，領口透出的那抹紅色，宛如是黑夜中傲然而立的玫瑰。

你向我伸出手，溫柔地微笑看我……

你可曾料到，我這個狐仙山的巫女，會奪走你的一切，還有……你的……心……

孤煌少司被眾人按在刑台之上，立時，四隻仙狐圍著他而立，宛如看守。

「巫女大人，我們快去捉白狐！」紅狐仰臉說著，儘管旁人無法聽見，但他們彷彿明白我在與紅狐說話。

「快看！女皇陛下和狐仙大人說話了！」

「女皇陛下好厲害！」

「女皇陛下先前是神廟服侍狐仙大人的巫女！」

「難怪女皇陛下沒死，我們的女皇陛下是神女！」

台下激動的議論聲在我向紅狐點頭之時瞬間安靜，所有人不約而同地肅穆頷首，表達出對狐仙的恭敬。

我看向前方緩緩而道：

「狐仙大人命我捉拿孤煌泗海，大家請在此等候，今天，我會在這裡，給所有人一個交代！」

「謝狐仙大人——」

我看向瑾崋和凝霜：「瑾崋、凝霜，你們看住巫溪雪。」

瑾崋和凝霜離開了孤煌少司身邊。

梁相和一旁的大人們面露憂慮，梁子律問道：「那孤煌少司呢？」

「我來！」忽然，椒萸拿起了砍刀，雙眸之中是熊熊燃燒的仇恨火焰。他雌雄莫辨的臉在此刻，是那麼的充滿男子氣概！

「椒萸，你看不住的。」子律微微蹙眉。

「仙狐會看守。」我說。

刑台上所有人們在我的話音中看向看守孤煌少司的四隻仙狐，就在那一刻，仙狐對他們點點頭，登時，梁相等人驚得目瞪口呆。

瑾崋和凝霜對視一笑，再次躍落刑台。

我看向還在吃驚的子律。

「子律。」他立刻看向我，我沉沉道：「這裡你暫時主持大局。誰有妄動，格殺勿論！」

梁子律微露一抹吃驚，但很快鎮定下來，對我單膝下跪：「臣領旨！」

懷幽把鹿牽到我的身旁，我看向他。

「要跟我回宮嗎？那裡比這裡安全點。」若是這裡打起來，我未必能護住懷幽。

他清秀俊美的臉上透著堅定和堅毅：「不，我不想再躲在你們身後。」

我淡淡而笑，他臉邊的青絲在春風中微微輕揚，我握住了他的手，他目露擔憂和疼惜地看我。

「妳不用勉強自己。」

我微微一怔，忽地感覺到從各處而來的目光，有瑾崋的、凝霜的、子律和椒萸的，甚至還有梁秋瑛和百姓們的。我陷入尷尬，握住懷幽的手認真看他。

「那你留在這裡協助子律，自己小心。」

「嗯，妳去吧。」懷幽放開了我的手，走到了梁子律的身邊。

我翻身躍上雄鹿，雄鹿在陽光之下昂首挺胸，器宇軒昂。

「巫心玉！」巫溪雪像是做最後的垂死掙扎般冷笑看我：「我就不信妳真的會殺他！」

我看也不看他一眼，直接躍下了刑台，立時，百姓們匆匆起身為我讓開了道路，那一刻，我朝皇宮直衝而去。

每一刻的停留都會動搖我的心，每一刻的動搖會讓我無法面對泗海。

雄鹿堅定地帶我狂奔，不留給我後悔、動搖和停留的時間，不想面對的事，終將面對。

宮門口的士兵在看到我和仙狐時也和城門的士兵一樣目瞪口呆，春光忽然從天空抽回，陰暗漸漸落下，每當我靠近泗海一分，天空便陰翳一分。

當躍過後宮大門之時，我不由自主地停了下來，面前是那條幽深的像是沒有盡頭的宮道。這條曾經為我送葬的宮道上，開始密布濛濛的細雨，綿綿的春雨緩緩朝我而來，最終也將我覆蓋。我抬起臉，巨大的陰雲盤亙在我的上空，像是將要墜落九天。

仙狐和我一起立在細雨之中，遠遠走來的一隊宮人驚得徹底呆立，嚇得臉色蒼白如紙。

雄鹿開始緩緩邁開腳步，在綿綿春雨之中前進。密密麻麻的細雨很快打濕了我的睫毛，如同淚水潤濕了我的雙眸。

仙狐緩緩前行，我們一步一步走過那隊驚嚇的宮人，往深宮而去。

我還記得第一次下山時曾答應流芳，來年的春天，我一定會回狐仙山陪伴他。卻沒有想到，這個春天，我回不去了。而且，此後的無數個春天，我都……回不去了……

煙雨濛濛之中，眼前再次映入那熟悉的宮殿，一路上是宮人連綿不絕的尖叫，但是，我彷彿都聽不到，我的眼中只有那座在細雨中靜立的宮殿。

泗海，我回來了……

我來接你了，你……準備好了嗎……

我靜靜站在宮殿門口，沒有進去，因為，我能感覺到，他會從那扇宮門中出現，迎接我，和我上次一樣……

宮人們帶著一絲驚嚇地倉皇退出了宮門，留下這片安靜的世界讓我和泗海分別。

我高坐在雄鹿上靜靜看那扇打開的宮門。

「撲通！撲通！」我閉上了眼睛，感覺到泗海正一步一步朝我走來……

我緩緩睜開了眼睛，纖細的白髮在春雨中輕輕飛揚。

我的淚水從眼中滑落，他竟是穿上了我們大婚那日的喜服。

他朝我揚起微笑，忽然一束陽光從春雨中灑落，落在他鮮紅的身上，讓他的雪髮染上了和那天一樣的金色。

嫵媚的笑從他唇角揚起，他迷人的眸光在我的臉上流連不去。他微微提起紅衣，像大婚那天一樣，一步一步朝我走來……

我的心卻在他逐步靠近中撕裂，破碎……

一襲紅衣勝似血，絲絲白髮如霜雪。泗海，你是為我而穿上這身紅衣的嗎？你想和我再拜一次天地嗎？

他走到了我的身前，朝我伸出手，我自然而然地把手放入他的手中，含笑看著他，淚水卻從眼中滑落。

「泗海……我來接你了。」

「嗯。」他握住了我的手，把我從雄鹿的身上緩緩扶下，俯下臉狐媚而笑。「今天，我美嗎？」

「啪！」我宛如聽到了自己心碎的聲音。

「美……你很美……」我用力地點著頭，淚水不斷地從眼中撲簌而下。

他冰涼的手撫上我的臉，輕輕捧起，深深注視我片刻，俯下臉，一點一點吻去我的眼淚。

我在細雨中看著他，他笑了。

「我們行禮吧，上次妳不願跟我成禮，還要殺我～」他媚眼如絲地瞥我一眼，帶著不滿地嬌嗔。

我努力揚起笑，重重點頭：「嗯！」

他開心得笑了，笑得純真陽光。他立刻取出紅綢，交到我的手中，我們相視而笑，他抬手擦去我眼角的淚痕，看著我身上的盛裝。

「心玉，今天的妳，最美。」

「你也是。」

我和他拉起紅綢，仙狐們並沒阻止我們，我們在細雨濛濛的陽光之中，參拜天地。

一拜天地……

二拜四方……

夫妻對拜……

我們緩緩起身，他猛地扯起紅綢，把我拉到他的面前，他捧住我的臉深深俯視，然後，緩緩吻住了我的唇。

我的唇在他的吻中輕顫，雙手捏緊了手中的紅綢。而他，卻依然含笑。

他緩緩離開我的唇，什麼都沒說，只是戴上了自己的狐狸面具，將雙手併攏地伸到了我的面前。

我側開臉，顫顫地拿起紅繩放落他的手腕，卻久久無法將他綁起。

忽地，雪髮掠過眼角，冰涼的面具輕輕落在我的額頭，像是一個吻輕輕落下。我深吸一口氣，轉回臉捆住了他的雙手，拿起紅綢的另一端，轉身躍上了雄鹿，拉起他走在滿天的細雨之中……

「心玉，不要殺了巫溪雪。」

「為什麼？」

「因為我已經讓她生不如死。」

「你怎麼讓她生不如死？」

「妳很快會知道的。」

他的語氣冷酷而冷漠，輕描淡寫的語氣似是巫溪雪連個路人也不是，只不過是他不喜歡的飛蟲，抬手輕輕彈死。

我不知道他對巫溪雪做了什麼，但是，他說讓她生不如死，就一定是生不如死。泗海，你到底對巫溪雪做了什麼？

我知道泗海一定沒碰過她，甚至，巫溪雪肯定連泗海的寢殿都無法靠近一分，更別說靠近他的身體。

即使無法靠近，我也相信泗海能讓她生不如死。

「對了，心玉。」他快走兩步來到我身邊，揚起那張帶笑的狐狸面具。「等我走了，讓懷幽做夫王。」

我心中猛地抽緊看向他，他還在繼續說著：

「夫王並不需要強中之強，反而一個善解人意之人更能理解他人心思，與每個人成為好友……」

「別說了！」我痛到無法呼吸，鄭重看他。「你是我唯一的夫王，不會再有夫王了，不會再有了！」

他在面具下怔怔看我，我忍痛撇開臉。

「我不想再聽這種話！」我拉起紅繩，他踉蹌了一下，雪髮在細雨中輕顫，紅衣映上已經潮濕的地面，宛如一朵紅蓮開在他的腳下，隨他而行。

宮人們驚惶失色地一一跪下，我拉著泗海在仙狐的押送中靜靜前行，我和他之間以紅綢相連。

那一次大婚……

我不想去拉他的手……

所以用紅綢代替我去拉他……

這一次……

我想拉著他的手，卻不可以了……

所以，他取來了那日的紅綢……

我們的手雖然在紅綢的兩端……

但是，我們能感覺到彼此手心的溫度……

在我們的心裡……

那根紅線永遠不斷……

整個世界，在綿綿春雨中莫名地靜了下來，即使，已經到了宮外。

道路的兩旁是駐足在雨中的百姓。他們不知為何，反而在泗海出現時變得安靜。宛如不像是在聲討他的罪孽，而是默默地為他送行。

或許是因為他們很多人沒見過泗海，即使是這個戴著面具的泗海，也只活在傳說之中。

一步一步走向法場，如山如海的人群站在兩旁，卻無半點聲音。

瑾毓和鳳老爺子他們神情變得越來越嚴肅，緊緊盯視跟在我身後的泗海。

「哼……」輕笑從泗海的面具下響起。聞人胤想要帶人上前押送，卻被慕容飛雲伸手攔住，他雪白的雙眸看向我，雙眉微擰。

在看到他們的那一刻，我的心反而靜了。不，更像是徹底消失了，不會再痛，不會再碎，空空蕩蕩的胸口裡什麼……都沒有……所以，我可以變得平靜，變得坦然……

泗海……我們終於走完了這段路，你該……回家了……

「泗海！」巫溪雪從座位上驚呼而起，身邊的楚兮芸也驚呆地看向我們。「不——巫心玉妳不能殺他——不能殺他——」

巫溪雪衝了出來，卻被瑾崋和凝霜攔住。

「來人！來人——」楚兮芸像是終於回神似地，在監斬台上歇斯底里地大喊，但是她的士兵無不目露畏懼地看著刑台上傲然站立，一動不動的仙狐，不敢上前。

士兵不是心腹，更不是甘願為你付出的兄弟。

或許，他們曾經不敢違背楚兮芸的命令，但是，此刻，他們卻更加畏懼傲然站在刑台上，一動也不動的仙狐。

那些仙狐的姿態宛若神君，讓人不敢對視。

一隊士兵迅速從我兩邊而入，迅速圍住了楚兮芸的楚家軍。

「巫！心！玉！妳怎麼忍心！妳怎麼忍心——」巫溪雪心痛地朝我大喊，嗓子甚至也變得沙啞，泗海停下了腳步，轉過面具漠然地看向巫溪雪。

淚水從巫溪雪的眸中湧出，心痛地開始哭泣。

「對不起……泗海……我沒能保護你……對不起……」

她的淚水讓月傾城目露失望，他深吸一口氣，痛心地閉眸。

泗海站定腳步看他一眼，轉回臉，靜謐的空氣中，傳來他極度冰寒的聲音：

「噁心。」

淡淡的兩個字，卻讓巫溪雪的眸光徹底失去了神采，變得空洞。公主高貴的外殼從她的身上一點一點地剝落，更像是被一雙手無情地撕碎，讓她徹徹底底變回了一個普通的不能再普通的女人。

泗海忽然飛身而起，讓四周的人立時陷入緊張，齊齊舉起手中武器！

紅色的身影掠過我的頭頂，紅綢從空中緩緩飄落，飄過我的面前，緩緩墜落地面。雪髮掠過茫茫細雨，他如同仙君一般靜靜飄落在了刑台之上，孤煌少司的身前……

紅衣飄然揚起之時，他俯身抱住了那個黑色的身影……

所有人緊張地看向擁抱的孤煌兄弟，隨著仙狐一起躍上刑台，他們才變得少許安心。

梁秋瑛他們已經站在刑台之下，整個刑台宛如是孤煌兄弟相會之處，泗海將孤煌少司緊緊擁在胸口，輕撫他的長髮。

「哥哥，別怕，泗海會跟你一起走，黃泉路上，不會讓你獨自寂寞。」

「哼……」虛弱的輕笑在濛濛細雨中輕輕飄散，少司的黑髮與泗海的雪髮交融在了一起。「你不恨我嗎……」

「恨……但是……我也愛你，哥哥……跟我一起走吧，這裡的人太吵了，太煩人了，我們去一個安靜的地方，再一起喝茶……」

「好……」

泗海緩緩放開少司，拉起他的手，和他並肩跪在刑台之上……

少司虛弱地看向我，唇角是一抹我從未見過的解脫般的微笑。那一刻，春雨中淡淡的陽光灑在這對妖狐兄弟的身上，他們緊緊握住彼此的手，相視而笑，他們的笑容忽然變得聖潔，即使是泗海的面具，也不再讓人覺得詭異，而是神聖，他們輕鬆坦然的目光，反而讓世人自覺汙穢，無顏面對。

少司含笑再次看向我，眨了眨眼。

「再見，巫心玉，希望我們來生……不要再見。」

一抹痛深深劃過他的黑眸。我傷他實在太深，讓他不想與我再見，他害怕再愛上我，再被我辜負。他心裡的傷痕，因為我而越來越深，無法癒合。

唯有通過死，方能徹底解脫。

我深深地看著他。有人說，跟敵人相處久了，會產生一種奇怪的感情，這份感情會讓你捨不得殺自己的敵人，因為他已經成為你的一部分。當他死去之時，他會帶走這部分，讓你的心感覺像是缺少了什麼，夜深人靜之時，會不由自主地去懷念這個敵人。

「孤煌少司。」我頓了頓，他的眸中滑落一絲落寞，然後我說道：「我想……我會想念你這個敵人的。」

他一怔，反而笑了。含笑點頭，眸中再無遺憾。

子律和懷幽看向我，我深吸一口氣，緩緩落眸，神杖重重落地：「咚……」

「斬！」沉沉的話音出口之時，瑾崋和凝霜從我身邊而出，他們手中的寒光掠過我的眼角，他們走過揚起的風吹起我的髮絲。

他們知道我下不了手，所以，他們替我做完最後的事情……

寒光劃過所有人的眼前時，卻沒有帶出半絲鮮血。突然，眼前的水滴像是突然靜止，瑾崋和凝霜手中的刀已經在泗海和少司的頸下，但是，他們的人頭卻尚未落地。

忽然，一隻黑狐和一隻白狐猛地從少司和泗海的肉身中衝出，立時仙狐圍上，他們在仙狐之中憤怒地齜牙咧嘴，與仙狐對峙！

「泗海！少司！隨我們回去！」紅狐大聲厲喝！

黑狐白狐身體貼在一起，保護彼此，狠狠瞪視周圍八狐。

「泗海！少司！」我不忍大喊。

黑狐白狐一驚，立時朝我看來。

「你們到底還要我痛到何時！」我的眼淚從眼角落下。

他們在我的淚水中緩緩低下了狐臉，像是不願我看到他們狐狸的形態，他們此時無顏面對我巫心玉。

忽然間，上空雷雲滾動，如同千軍萬馬從九重而來。

紅狐立刻看向我，大喊：「女皇陛下請下令！」

我點點頭，擦去眼淚。

「本女皇准許八方狐仙帶黑狐白狐回聖域受罰！」

「遵命！」

頃刻間，雷雲消散，陽光灑落。

紅光閃現紅狐全身，一個人影緩緩形成。

一頭紅髮在陽光中飛揚，雌雄莫辨的臉更帶一分恬靜，清俊的容顏莫名多了一分疏離，嚴肅的神情讓人不敢對視。

眉心一點紅印證明他狐仙的身分。狐仙大人是所有狐仙之首，可以說是狐仙中的狐神。而八方狐仙的叫法，也只是好聽一些，他們其實還是修行中的狐妖。

紅髮狐仙甩手飛出一條鎖鍊，鎖鍊的末端分出兩個鐐銬，銬住了黑狐與白狐。祥雲現於他的腳下，所有仙狐驅趕白狐黑狐走上祥雲。

白狐不捨地朝我看來，黑狐立刻躍到他的身旁用身體擋住了他的目光。泗海、少司，別了，希望糾纏我們三人的孽緣就此結束。

仙氣繚繞他們的身體，他們飛向了空中，漸漸消失在了陽光之中。倏然，茫茫細雨再次而下，冰涼地灑在我的臉上，靜謐的天空下，響起一聲女人撕心裂肺的尖叫：

「不——」是巫溪雪。

我閉起雙眸，我無法去面對少司和泗海的屍身。可是，就在這時，人群傳來驚呼。

「怎麼回事！」

「啊！」

驚叫聲此起彼伏，我立刻睜開眼睛，只見少司和泗海的屍身並未因瑾崋和凝霜的刀而斷，反而正一點點地開始剝落，消失，化作點點煙塵飄入陽光之中！

他們身旁的瑾崋和凝霜已經呆若木雞！

不僅僅是他們，子律、椒萸、月傾城、一天老先生、阿寶，所有人都驚訝地合不攏嘴，靜靜地看少司和泗海的身體化作煙塵。

只有跟我一起見過狐仙的懷幽，神情比較平靜。宛如已經知道泗海和少司去了何處。

雨停風起，瞬間捲起了他們留下的衣衫，飄飛在空中，緩緩落在了我的手中。我看著少司身上的黑衣，與泗海的紅袍，心中浮起絲絲感激，謝謝老天爺讓他們可以這樣死去，因為泗海最在意自己在我心中是不是夠美，他不希望在我面前血濺四處，屍首分離。

這詭異的現象讓人群頓時騷動起來，我立刻抓緊他們留下的衣衫高舉神杖！

陽光從天空落下，傾瀉在我的身上，帶來春日的溫暖。

惶恐的人群因我而安靜，我大聲道：「大家已經看見了！孤煌少司和孤煌泗海的屍身剛才灰飛煙滅了！因為他們根本不是人！是妖狐！」

「妖狐！」

「他們真是狐妖？」

「太、太可怕了！」

驚語再次響起，我淡淡而笑。落眸看著手中還帶著泗海和少司身上幽香的衣衫，你們終於去了該去的地方……

我抬眸之時，看到了懷幽平靜微笑的目光，他站在春日之下，笑容變得越發暖人，讓我的心可以安寧。

纖髮絲絲縷縷地掠過他不厚不薄的唇瓣，他目光柔和如暖人春光，他提起長袍的衣襬，緩緩跪落，不輕不重地說道：

「女皇陛下是狐仙大人恩賜給巫月的神女……」

此起彼落的驚語聲在懷幽不輕不重的話音中慢慢消失，大家都靜靜地看著此刻跪在刑台上看似柔弱的懷幽。

「女皇陛下召喚仙狐，斬殺妖狐，護衛巫月，乃是我巫月之福，百姓之福！懷幽在此懇請女皇陛下，不要再離開巫月，成為巫月真正的女皇陛下！女皇陛下——萬歲！萬歲！萬萬歲——」

他明明不重的聲音，卻字字鏗鏘有力！

梁秋瑛第一個跪了下來，隨即，所有大臣跟著她跪了下來，在梁秋瑛的帶領下，高喊：

「請女皇陛下留在巫月——女皇陛下萬歲萬歲萬萬歲——」

子律、瑾崋、凝霜和椒萸也紛紛跪落，四周的百姓再次一圈一圈跪落，最外面是瑾毓、鳳老爺子、楚嬌、飛雲、聞人和辰炎陽，他們也一起跪落，整個法場響起跪落的聲音。

阿寶見狀，也立刻跪在一天老先生身旁。巫溪雪無力地站立，看向四周，當看到月傾城時，她朝他伸出手。

「傾城……你還是愛我的是不是……」

月傾城痛心地撇開臉，提袍下跪，那一刻，巫溪雪的臉扭曲地笑了起來。

「哈哈哈——哈哈哈——」淒然的笑聲在寂靜中響起，但是很快地被百姓的高呼聲淹沒。

「請女皇陛下留下——」

「女皇陛下萬歲萬歲萬萬歲——」

巫溪雪在高呼聲中甩起衣袖，不停地轉圈轉圈，直到……暈倒在地上，被士兵帶走……

很多人以為巫溪雪瘋了，但是，沒有。

我讓百姓知道的皇室祕聞，也僅僅是我想讓百姓們知道的……祕密……

深宮冷院之中，士兵把守，枯枝尚未新綠。陰暗，潮濕，死氣沉沉。

房間之內，窗戶緊閉，無法投入半絲春日的陽光。

巫溪雪平靜地坐在陰暗房間深處的床榻上，了無聲息。

「巫心玉，妳真狠……」她的聲音帶出一絲哽啞，無神地凝望深處的黑暗。「妳居然殺了泗海……」

我佇立在陰暗之中，身旁是瑾崋。

「泗海不喜歡別的女人這麼叫他，他若活著，現在妳定然已死。」我冷眼看她。

「哼……有區別嗎？」她抬起透著一分蒼白乾枯的臉。「過不了多久，妳也會殺了我……」

我冷冷看她那副人不人鬼不鬼的樣子，拂袖轉身。

「巫心玉！妳不殺我嗎？」她在我身後反而嘶啞地大喊：「妳快殺了我，讓我好去找泗海！」

「哼。」我冷冷一笑：「泗海臨死前告訴我，叫我不要殺妳。」

「什麼……」

我轉回身，看著她無神的臉，淡淡一笑。

「因為他說，他已經讓妳生不如死。雖然，我不知道他對妳到底下了什麼毒，不過，我會把妳養在這裡，慢慢等妳毒發的。」

她驚然摸自己的身體，眼神開始錯亂起來，她連連搖頭。

「不，不！泗海不會那麼對我的！我是最愛他的人，我全聽他的，他不喜歡我靠近他，我就遠遠地站著，我可以為他不要其他所有男人，我為他殺梁秋瑛他們，他為什麼還要這麼對我……為什麼……」

她揪住自己的心口，心痛至極。她痛恨地看向我。

「一定是妳騙我——」

我淡淡看她一眼後轉身要走。

「巫心玉妳別走——妳把泗海還我——」她從後撲上我，瑾崋立時從我身側走出，站在我的身後擋住巫溪雪。

我搖搖頭：「妳若是說讓我把巫月還妳，我覺得還比較合理。但是，妳說泗海，對不起，他從來未曾屬於妳，他一直是我的。」

說完，我拂袖而去。

身後傳來巫溪雪撕心裂肺的痛哭聲。

走出院門，門邊候著懷幽，懷幽看瑾崋一眼，隨即跟在我的身旁。

空氣變得清新，路邊的迎春花在不知不覺中悄然開放，我駐足在迎春花前，靜靜地看著，不由感嘆：「懷幽、瑾崋，春天……真的來了……」

「心玉，妳若是累了，休息一下吧。」懷幽輕悠溫柔的聲音總是讓人舒心，他疼惜地看著我：「其他的事，可讓梁相去做。」

我搖了搖頭，抬眸之時，月傾城也遠遠而來，正走過九曲的廊橋。

「看來，是休息不成了。」我嘆出口，瑾崋往前走了一步，疑惑道：「他怎麼來了？」

「應該是為巫溪雪。」

「他還想為她求情？」瑾崋立刻生起氣來：「別理他，把他趕出宮！辰家那小子真不靠譜，怎麼把他放進來了！」

月傾城遠遠看見我已經低下臉，走到我面前單膝跪地：「傾城感謝女皇陛下復仇之恩。」

「是為巫溪雪而來？」我淡淡地問。

他靜默了片刻，點點頭。

我微微蹙眉：「你應該知道，我不會放她。」

他雙手微微握拳：「傾城想替她將功贖罪，只求女皇陛下饒公主一命。」

我看他片刻：「你打算怎麼為她將功贖罪？」

「傾城願為女皇陛下鞠躬盡瘁死而後已！」他的神情透出一絲堅定。

柔柔的春風拂過一旁的迎春花，也帶起了月傾城的纖細髮絲，傾國傾城的月傾城在那鮮豔的迎春花邊，卻是越發豔麗一分。

我朝他伸出手，他在春風之中微愣，緩緩抬起臉，美眸之中是深深的驚訝。我在春日之中對他淡淡微笑，他的目光呆呆落在我的臉上，不知不覺地抬起手，放入我的手中。

我將他緩緩扶起，淡笑看他。

「我從未想過要殺巫溪雪，泗海在她身上下了毒，我要等她毒發，才知道到底是什麼。你留下來照顧她吧，別讓她尋短見。」我收回手，在月傾城怔怔的目光中緩緩離去。

不是所有的敵人都要斬殺殆盡，對於巫溪雪來說，或許此刻更是生不如死。泗海不知道，即使他什麼都不做，失去他，對癡愛他的女人來說，已經足夠讓她生不如死了。

朝堂上，百官正激動地交談著，也有人惶惶不安，站在一旁遠遠地看梁相等人，他們已經回去換回了官服。

「女皇陛下到——」隨著懷幽一聲高喊，百官立刻站在兩邊，或是激動地看向我，或是惴惴不安地低下頭。

一朝天子一朝臣，這是政治的規矩，這裡的每個人都比我更清楚。

在朝堂前端，子律、凝霜已經站在右側，而飛雲、聞人和辰炎陽、鳳嗚、瑾毓、楚嬌、鳳老爺子站在左側。他們紛紛看向我，目光之中，是難掩勝利的喜悅之情。

我從百官之間走過，瑾崋停在了凝霜的身邊，懷幽輕扶我走上皇位。

我轉回身，百官立刻下拜：「女皇陛下萬歲萬歲萬萬歲——」

「都起來吧，今天有很多事要處理。」

大家紛紛起身，唯獨一旁的楚兮芸臉色蒼白地不敢起身，身體在朝堂上微微輕顫。

楚然見狀再次下跪：「請女皇陛下饒命！」他急急趴伏在地。

梁秋瑛和其他官員靜靜看我，他們在等我的決定，對楚兮芸的決定。

我看了一會兒，淡淡道：「起來吧。」

楚然依舊趴伏在地。

我看向已經嚇得魂不守舍的楚兮芸：「楚將軍，把兵符交給楚然，你們回楚家吧。」

楚兮芸一愣，散亂的視線終於聚焦在我的身上。

「謝女皇陛下不殺之恩！我楚家必然盡忠女皇陛下，守衛巫月南疆！」

楚然大聲地趕緊謝恩，然後大大鬆了口氣起身，攙扶楚兮芸。

「娘，快謝恩！」

「女、女皇陛下不殺微臣？」楚兮芸依然呆呆看我。

「哎——」

尚未開口，我已是一聲長嘆，嘆得梁相搖頭而笑，臉上輕鬆的笑容宛如之前差點在刑台上被砍頭，生死攸關的景象從未發生過。

我開始說道：「孤煌兄弟是妖狐轉世，所以異常俊美，多少任女皇被孤煌少司美貌所迷？妳未曾被迷，已證明妳心裡是有巫月的。現在我怎能因妳一時被色所迷而降罪？妳回去好好反省吧。」

「謝、謝女皇陛下！謝女皇陛下！」她連連磕頭。

「不過……」

她全身一僵，不敢看我。

「我要妳給妳的楚家軍多發一年的軍餉，以表彰他們隨妳征戰，共除妖狐。」

「一、一年！」她驚呼起來，看來她心疼錢，這反而讓我放心。她急急抬臉看我：「可那需要上百萬……」

「嗯——？」我沉吟一聲，她立時不敢言語，小心翼翼地，為難心疼地偷偷瞧我。

我沉沉開口：「妳協助巫溪雪藏匿妖男，密謀行刺本女皇，怎麼，是想讓本女皇降罪嗎？」

楚兮芸登時全身微微一顫，臉色再次煞白。

「妳應知這是誅九族的罪，本女皇現在給妳兩個選擇。一，留下妳全家的人頭……」

她立刻趴伏在地：「臣知錯了！」

「二，犒賞楚家軍，妳就當拿錢從本女皇這裡買了全家的命回去。而且……你們九族不止這百萬兩吧。」

「是，是是是……」

「女皇陛下英明！」楚然又趕緊下跪謝恩，他比楚兮芸識時務許多。「女皇陛下萬歲萬歲萬萬歲，微臣這就領兵回南楚，好好犒賞。」

我微微而笑：「還是楚然聰明，不枉我扶你做楚城之主。你扶你娘下去吧，速速離京，別再讓你們的兵驚擾京都百姓了。」

「是！」楚然立刻扶起楚兮芸，速速離去。

四大家族在各自封地一直富饒，這百萬兩雖然不是個小數目，但對他們來說也不是問題。

我再看向辰炎陽：「辰炎陽。」

「臣在！」辰炎陽激動地站出，陽光燦爛地笑看我。

我說道：「你也領兵回驪馬城，犒賞三軍。」

辰炎陽聽後一驚，立刻甩臉：「我不走！」

我疑惑看他：「怎麼？捨不得銀子？雖然你們辰家男人征戰有功，但你母親之前效忠孤煌少司，所以依舊要罰……」

「誰稀罕錢了。」他竟是在朝堂上直接打斷了我的話，轉開的臉變得血紅。「我可以讓爹他們帶兵回去，但請妳讓我留下，我崇拜妳，不想離開這裡。」

他臉紅地說完，立時「撲通！」跪在了我的面前。

「求女皇陛下讓炎陽留在京內！」

我愣在了鳳椅上，因為我完全沒想到辰炎陽不願離京的理由，原來是這個。

他跪在地上堅定而堅決地看我。

一旁瑾崋的臉色越來越難看，蘇凝霜勾著嘴角壞壞斜睨他，還伸手捏上他的臉。瑾崋煩躁地一把拍開蘇凝霜的手，在那些「老奸巨猾」的老臣們曖昧目光之中上前一步。

「女皇陛下，辰炎陽雖有戰功，但京內尚無虛位，他留在這裡無用武之地，好好一個將才實在浪費，還是讓他回騮馬城好好守護北域才是！」

立刻，辰炎陽狠狠白了瑾崋一眼。

「噗嗤！」凝霜在旁笑了，壞壞地斜睨瑾崋：「瑾崋，你這麼急著趕人家走，是因為人家長得比你俊吧～～」

「蘇凝霜！閉上你的臭嘴！」瑾崋咬牙低語，反讓蘇凝霜笑得越發愉悅。

梁秋瑛忽然看一眼梁子律，梁子律微微蹙眉，上前一步。

「女皇陛下，辰炎陽能文能武，確實是一個人才。現在巫月百廢待興，正需炎陽這樣的將才。之前城內近衛軍一直由妖男和慕容家族統領，臣建議讓辰炎陽與慕容飛雲來統領近衛軍！」

慕容飛雲微微一驚，抬起眼瞼看向梁子律的方向。

梁子律現在代表了梁秋瑛，既然梁相願用飛雲，我何樂而不為。

「子律，難得你說那麼多話。」我微笑點頭。

梁子律微微一怔，肅殺的臉上浮起一抹薄紅，頷首而語：「女皇陛下，請莫取笑臣。」

我微笑點頭：「好，就照你的意思。封，辰炎陽為近衛軍左都統，慕容飛雲為右都統，統領京都八千近衛軍，護衛巫月京都和女皇皇宮！」

「臣！遵旨！」

辰炎陽和慕容飛雲一起下拜，辰炎陽起身時得意地給瑾崋拋了個媚眼，瑾崋氣悶地甩臉，兩人都像是鬧彆扭的小孩。

「辰炎陽，你可以讓你父親帶兵回北域了，記得發錢。」我說。

今日最重要的是退兵，讓百姓安心。

「領命！」辰炎陽開心地一抱拳，得意洋洋而去。

近衛軍左都統負責守衛京都，進駐於皇宮之外。而右都統負責守衛皇宮，相對於辰炎陽，我自然更相信飛雲，所以近衛將由飛雲來統領。

我再看向西風老爺子和楚嬌、鳳鳴。

「西鳳家族征戰有功，發還領地，鳳老將軍、楚老將軍，你們可以回家了。」

鳳老爺子、楚嬌和鳳鳴激動地抱在一起，隨即下跪謝恩：「謝女皇陛下！」

鳳鳴忽然問：「女皇陛下，要發錢嗎？」

我一愣，朝臣們輕輕笑起。

我微笑搖頭：「你們西鳳家族一直在邊陲，哪來的錢發軍餉？軍餉會從國庫支出。」

「謝女皇陛下！」

鳳老爺子、楚嬌和鳳鳴開開心心地起身，闊步走出了朝堂。當他們跨出高高的門檻站在陽光之下時，他們燦爛而笑，長長舒了一口氣，然後邁著輕快的腳步，一路跑下。

我看向眾人。

「巫月內亂剛剛結束，不宜大肆擺宴，本女皇今日就不留各位吃飯了，你們回去吧。」

但是，誰也沒有走。

梁秋瑛微笑不語。但是，她身後的那些大人已經心急起來，時不時看向對面那些滿臉惶恐，身體輕顫，宛如恨不得能變成透明不讓我看見的大人們。

他們的主人死了，而他們將面對的是曾經被他們陷害的忠良們，他們此刻自然不安，自然害怕，他們顫抖是因為知道自己項上人頭難保，他們的恐懼是因為他們知道自己犯的，將是說也說不完的罪行！

我揚唇冷冷一笑：「哼！」

登時，他們齊刷刷跪下。

「請女皇陛下饒命——」

他們一臉惶恐，臉色蒼白地，甚至已經有人汗流浹背地趴伏在明亮的地板之上，顫顫地不敢把頭抬起半分！

我沉沉道：「交出藏銀和官印，免死。但若是出逃！必當法辦！」

我的話音落地之時，他們全身收緊，不敢發出一聲呼吸。

孤煌少司身邊的主要是蕭家和慕容家，這兩個家族已被我抄家，面前這些不過是趨炎附勢之徒，雖然可惡，但罪不至死。

他們全體一怔。
我看向梁秋瑛，因為她是忠臣之首。
「梁相，巫月雖然內亂平息，但依然隱憂不少，且千瘡百孔，百廢待興，不可大肆殺戮，人心惶惶。妳看怎樣？」
梁秋瑛看了看身後，身後的官員們微微點頭，表示同意不殺。她才轉身微笑道：
「女皇陛下仁慈，這些官員雖犯罪責，但也罪不至死，他們的孩子也是無辜的。狐仙大人教導我們巫月子民寬容與善良，女皇陛下乃是臣等之典範，也是巫月子民之典範！」
「馬屁就別拍了，他們就交給妳吧。」我想，這個結果，會讓她和忠臣們更加滿意。
「是！」
趴伏在地上的官員頹然地倒落在身邊人上，但是，他們卻反而鬆了一口氣，如同惴惴不安的罪犯終於聽到了自己的宣判，不用再提心吊膽。
我起身俯視眾人：「休整三日，三日後百官上朝！」
「臣等遵旨——女皇陛下萬歲萬歲萬萬歲——」
朝臣們的高喊聲在這朝堂上不斷迴響，久久不去。
面前的這座朝堂，真的很久沒有百官上朝了。因為，他們都去了攝政王府，都去見孤煌少司。
站在高高的城樓上，我手拄神杖看那百萬大軍如退潮般漸漸遠去，巫月都城之外終於看到了原先被那些黑壓壓的軍隊覆蓋的點點春色，空氣之中再也沒了火把燃燒的氣味，還來春風清新的味道。
但是，巫月城內依然不平靜。這三日，將是那些貪官最難熬的三日。

飛雲、聞人、辰炎陽、子律、瑾崋和凝霜此刻都站在我的身邊，我俯看城內已經開始歡慶的百姓，沉沉而語：「帶兵守住東南西北四門，有出逃者，祕密捉回法辦！」

「是！」五人在我的沉語中齊齊領命。

百姓好不容易獲得安寧，可不能在他們面前日日斬人，人頭亂滾。即使貪官罪有應得，也會讓他們漸漸感到害怕。沒有多少人，是喜歡看殺人的，是該讓他們安安心心好好過幾天太平日子了。

「等椒萸把錢發完，讓他和椒老爺子他們收拾收拾回老宅吧。」我吩咐子律，他點點頭，沒有說話，他依然不說半句廢話，但卻能把你交代的任務完成。

親眼目送百萬大軍離去，我才安心回宮。

瑾崋帶人守住東門，飛雲和聞人帶人守住西門，子律守住南門，炎陽對京都還不熟悉，所以我讓凝霜協助他守住北門。

孤煌少司的黨羽除非是跳入心玉湖，否則別想逃出京城！

終於，我獲得了短暫的安靜。

我獨自坐在御書房中，手中是泗海的紅衣，身旁是少司的黑衣，我一直看著看著……

懷幽靜靜候在門外，他又換回了他的宮服，臉上帶著安心的微笑。他自己也沒發覺，他會時不時撫摸自己的宮服，對它而言，宮服已經成了「家」。只有穿著他的宮服，他才覺得像是回到了家。

窗外雄鹿正在啃園中的樹葉，怡然自得，悠閒自在，似是還沒有回去的意思。雖然我跟牠說，想回去就回去，但是，牠沒有走。

我一邊輕撫泗海的紅衣，一邊看著窗外明麗的春光，巫月整個天空彷彿都亮了，之前還縈繞不去的陰雲像是積雪一樣化開，消融，不知不覺消失在天空之中，當大家發現春雨停止之時，已是晴空萬里。

「泗海，你看，春天來了。狐仙山的春天是最美的，你會喜歡的……」我不知不覺地輕喃，會心一笑，明明我的心已經痛得沒了感覺，為什麼我卻在微笑。

泗海……謝謝你成全我的巫月天下，我的夫王，永遠是你……

「女皇陛下，一天老先生求見。」門外傳來懷幽輕輕的聲音。

我閉眸深深呼吸，平復自己的心情。

既然殺了，就不能再這樣藕斷絲連，為他哀傷，為他落淚，讓自己陷入對他的無限思念之中。因為外面還有更多的人，正在等待一個清明的女皇。

泗海，從現在開始，我會把你放在心底，你會永遠活在那裡，來日我們再相見。

緩緩拿起泗海的紅衣放於案桌，鋪平，一點一點輕輕摺起。

隨即，再拿起少司的，也輕輕摺起，放於泗海的紅衣之上。他們一直是在一起的，所以，我要讓他們的衣服也在一起。

從書櫃中取出一個精美的紅漆木盒，將兩件衣服放入盒中。無論是泗海還是少司，他們都像一本永遠都讀不完的神祕書卷，現在他們回到聖域，又將開始他們新的旅程，好想知道當年他們為何下了山。

但是，現在他們的命運軌跡已經遠離我們人間，任何小小的交織都會觸及雷池，引發無法想像的劫難。

心房鎖緊，從此把對他們兩個的感情鎖入密室之中，或許他們下山的任務和妲己一樣，就是禍亂巫月，現在，他們的任務完成了，而且……完成得很好，讓巫月看到自己在失去信仰後是那麼脆弱、不堪一擊，被美色與金錢輕易玩弄在鼓掌之間。

重新坐回鳳椅，我看向懷幽：「讓一天老先生進來吧。」

懷幽頷首一禮，吩咐一旁的男侍，片刻後，小宮女領一天老先生進入。

一天老先生面露恭敬，對我先是大大一禮。

「拜見巫女大人——」他雙腿要跪，我匆匆走下扶住他。

「老先生不必大禮。」

一天老先生面露慚愧，用袍袖遮住自己的臉。

「老朽真是汗顏，不識巫女大人，還要加害巫女大人，老朽真是該死啊！請女皇陛下賜老朽死罪，老朽實在無顏苟活！」他袍袖遮臉連連搖頭。

我輕扶他的手臂：「兩凰相爭，成王敗寇，老先生相助巫溪雪，只是盡忠，又何錯之有？巫月已經死夠多人了，之後我只希望百姓安康，巫月安定。」

一天老先生越發慚愧地低下臉，緩緩放落袍袖深深嘆息。

「哎！其實老朽在察覺公主私藏妖男兄弟後，老朽便知公主下一個要殺的是老朽。原本那天老朽已經準備逃跑，未料巫女大人來了，老朽、老朽那時才知道女凰星原來是女皇陛下！」

一天老先生連連搖頭。

「天意果然難測，老朽算出女凰星是離京的皇族，老朽卻一直誤以為是巫溪雪公主，從未想到是從小離開京都，被送上狐仙山的雲岫公主，哎……」

一天老先生連連嘆息，雙目之中是對天意的敬畏。他再次對我深深一禮。

「老朽謝女皇陛下不殺之恩，老朽未能參悟天機也是老朽學藝未精，自以為是，而女皇陛下卻一再寬容老朽之錯，老朽實在無顏留在巫月，請女皇陛下准許老朽離開巫月，雲遊各國。」

「老先生是要雲遊其他國家嗎？」我有了一個想法。

「正是。」

「好，那本女皇可否給老先生一個任務？」我微微而笑。

一天老先生立時激動看我：「老朽定不辱命！」

我微笑點頭：「好，這個任務很簡單，在老先生雲遊之時，請讓外面的人了解我們巫月，歡迎他們來我們巫月遊覽賞玩，讓巫月不再神祕。」

「女皇您這是……」一天老先生目露驚訝。

「現在大家通信不便，對鄰國了解並不夠多，希望在了解之後，能促進國家與國家之間的和平。所以，老先生，這個任務並不簡單，反而很艱巨。你熟知巫月，對巫月很是了解，您是最合適的人選，希望您能成為巫月的使者，傳遞巫月的文化還有文明。」

一天老先生在我的話語中越來越激動，身體甚至也輕顫起來。他退後一步，神情莊重而肅穆地忽然對我行巫月大禮，他跪落於地，朝我深深一拜。

「老朽謹遵女皇陛下之命，必讓巫月的文化流傳天下！」

巫月需要一個聲音，去告訴外面自大的男人，巫月是怎樣的一個國家，如果他們要打過來，我們也不怕，但是會讓他們後悔。

巫月真是太久沒有進行外交了。一是彼此距離太遠，來往不便；二是各國之間都有天險，不方便商貿往來。

希望一天老先生這次周遊，能建立起巫月與其他各個強國的橋樑。

說是休整三天，其實，這將會是最不平靜的三天，三天之後，朝局將會大變！

一朝天子一朝臣，誰也不知道三天後站在朝堂上的臣子，又會是哪些。

這三天，犯了罪的貪官們將被法辦，而原來被陷害的忠臣們會列出名單上報，重新委以重任。

但是，我也有我自己的想法。所以，這三天，必有人來！

許久沒有在自己的浴殿裡沐浴，氤氳濕熱的空氣中，飄著淡淡的蘭花幽香。蘭琴、桃香、柔兒、碧詩和慧心開心地候在一旁，我看看她們，唯獨缺了小雲。

「小雲呢？」我問。

她們的臉上同時露出蒼白的神色，彼此看了看，桃香小聲開口：

「小雲在攝政王正法時，就自縊了。」

我一驚：「我怎不知？」

「是白侍官大人交代的，他也不想讓女皇陛下您煩心，畢竟……小雲的事晦氣……」桃香怯怯回答。

我在溫熱的空氣中再次一聲長嘆，似乎，今天是我嘆息最多的一天，小雲應是畏罪自殺，白殤秋處理得很好。

我疲倦而慵懶地趴在浴池邊，讓溫熱的水充分撫摸我的身體，讓每一寸肌膚都獲得輕鬆。現在，瑾崋他們應該已經就位，還是會有人心存僥倖，或是捨不得萬貫家財，想盡辦法要出逃。我給了他們自首保命的機會，若是他們不要，那真是自作踐，不可活了。

師兄，希望你幫我一起看著，可別讓人逃出京都。

這一晚，整個京都到處狗吠，整個京城的狗不知怎的，沿街溜達，像是巡邏般，從狗洞、運出城的垃圾車，甚至是更讓人想不到的地方，揪出了一個又一個想要出逃的貪官汙吏！

沒有人明白這些狗是怎麼了，他們從未受過訓練，但是，他們像是自發地捉住一個又一個想要出逃的罪犯。

最後，人們把這一切視作是狐仙大人的命令，狗拿貪官的故事在巫月久久流傳……

✣ ✣ ✣

一夜之間，皇宮披上了綠衣，百鳥回歸，新燕做巢，整個皇宮頃刻間熱鬧起來。宮人來來往往，絡繹不絕。他們拿起竹竿，要驅趕正要築巢的鳥兒們。

在這皇權制的國家，一切生靈，即使植物也要聽女皇的。哪一任女皇嫌鳥兒吵了，便要將其趕走。哪一任女皇嫌知了吵了，便要捕殺。

我倚在蓮花池邊，懷幽靜靜站在我的身旁送上魚食，池水在春光下波光粼粼，蓮花依舊，池水依舊，魚兒依舊，獨缺了一雙美男。

還記得那次他們打到了蓮花池裡，但當阿寶前來時，他們二人立刻又配合我做起那池中美人魚。蘇凝霜看似冷豔，但其實是一個愛玩的男人，難怪他覺得瑾崋無趣。

「懷幽，讓宮人不要驅趕新鳥築巢，隨他們去吧。」

「是。」懷幽微笑點頭，走出亭外吩咐幾聲再次站回，依然安靜得讓人感覺不到他的存在。

春風徐徐揚起我臉邊的髮絲，也掠起層層微波，粼粼波光之下，是自由嬉戲的錦鯉。

「宮裡人太多了，這是一筆很大的開銷……」我淡淡說著。

懷幽微微笑道：「但是宮人們是以皇宮為家，他們已經習慣服侍女皇陛下，若是讓他們離開，他們無處可去，也是會餓死吧。」

懷幽說的，我也能理解。有工作的人，心思和期望全都寄託在自己的工作上。巫月的宮人雖然自由，但他們很多人只會做單一的一件事，若是離宮，他們也會就此失業。

「但有特殊才能的宮人也不少吧。比如……製衣局的繡女們，這麼多人只為我一人做衣服，太可惜了。」

「可是宮裡的人也不少，他們還要為宮人們做官服的。」懷幽就是以皇宮為家，他是代表了那些以皇宮為歸宿的宮人們。

我點點頭：「我知道了，懷幽，你讓白殤秋來一趟。」

「是。」懷幽頷首離去。

每個人的想法不一樣，有些人本本分分，一生視工作為己命；而有些人懶懶散散，在宮裡只想混混日子；還有些人有強烈的報復心，皇宮反而限制了他們的才能，讓他們一生憋悶。

現在，該把宮裡的人歸歸類了。

在等白殤秋時，梁秋瑛忽然來了，她的出現算是在我的意料之中。明天就要重新上朝，對京都貪官的查辦這幾天也應該有了一定的進展，所以，她來找我了。

桃香將梁秋瑛帶入，我坐在廊椅上淡笑看她：「梁相總算來了，我等妳好久了。」

「看來什麼都逃不出女皇陛下的神機妙算。」梁秋瑛笑了起來。

「梁相請坐。」

梁秋瑛微露敬意：「微臣不敢，女皇陛下請莫再對臣說敬語了，臣承受不起。」

我笑道：「巫月體制有些問題，很多事情需要改變。不如就讓我們從尊重開始。」

梁秋瑛吃驚地看我，目光之中又多了幾分崇敬，目露激動。

「女皇陛下真是巫月之福啊。」

「客套話就別說了，梁相此番前來，是否已有人才推薦？」巫月這一肅清，清了大半朝堂，即使將原先被誣陷的忠良尋回，官職依然空缺嚴重。但是，原來也有很多職位是孤煌少司為了賣官攬財而設的虛職，所以，整理巫月官職將是一件龐大而細緻的工作。

梁秋瑛含笑道：「女皇陛下，今日微臣並非來舉薦，而是……來辭官。」

我一驚。

「辭官？」我抿唇：「梁相，我還不了解妳？這個時候妳怎會辭官？妳直說吧，是不是妳已有人選，大膽說出，我來任命，不會讓他人口舌。」

「微臣……真是累了，現在巫月正是用人之際，該讓更多有抱負的青年男女來為女皇陛下效力，擔起重任……」她說罷頷首低目，唇角微微帶笑。

「妳……莫非想讓此人直接接替妳宰相之位？」

我一直看她，笑容從梁秋瑛的嘴角揚起。

「女皇陛下英明，但是此人……與秋瑛有血緣關係，所以微臣……不好說。只能先辭官，然後請足智多謀的女皇陛下扶他坐上宰相之位。」

我一怔，話說到此，已是非常明顯。我心中暗暗吃驚，梁秋瑛說的不是別人，正是梁子律！撇開梁秋瑛與梁子律的母子關係，子律確實是丞相之才，行事極為幹練，而且精明睿智，沉著冷靜。

但是，在我死的時候，他還是沒能沉住氣……那是他唯一一次失去他獨狼的冷靜。

抬眸間，懷幽已經帶白殤秋遠遠而來，但見我與梁相相談，他們站在了遠處，不再靠前。

我看他們一眼，笑看梁相。

「我知道了，我會如梁相所願，所以，還請梁相留在朝中……」

「可是，秋瑛要避嫌……」梁秋瑛目露憂慮，她舉薦自己的兒子為相，自然怕人議論，所以她來求助於我。

「梁相不必擔心，我想把整理孤煌兄弟財產一事交給妳。他們家產龐大，計算複雜，需要有人單獨核算，交給妳，我放心。而且子律經商多年，善於清算，若是遇到問題，妳也可請教他。」

「哈哈哈——」梁秋瑛笑了起來：「是啊，真是長江後浪推前浪，我也要求問兒子了。」

「我推薦給妳的蕭玉明與連未央好用嗎？」把玉明和未央推薦給她，也是為了讓他們跟梁秋瑛多多學習。聰明的梁秋瑛又怎會不知我的用意。

梁秋瑛笑道：「女皇陛下放心，未央生性老實，適合文職；玉明更加嚴厲，不畏任何人，且公正嚴明，所以適合在吏部與刑部。這次查辦貪官，他們可是幫了不少忙。」

我滿意點頭，那兩個小子沒丟我的臉。

「那白殤秋呢？」梁秋瑛似是沒想到我忽然提到宮內的人而微微一愣，我繼續問她：「妳覺得白殤秋會願意繼續任職宮內嗎？」

梁秋瑛背對亭外，所以沒有看見外面的懷幽與白殤秋。白殤秋原先是梁相的人，所以，她會比較清楚白殤秋的想法。

梁秋瑛想了片刻，徐徐道來：

「殤秋性格溫厚，但還是有自己想法的，女皇陛下可直接問問殤秋的意思。他父親倒是希望他能離開宮廷這是非之地。他們白家也是幾代效命宮內，因知道太多祕密，也一直是度日如年，惶惶不安。雖為求自保，臣服孤煌少司，倒是白殤秋願做我眼線，冒死相助，所以這孩子還是有些膽識，他理應有自己的抱負所在。」

花香漸漸洋溢在空氣之中，卻化不開梁秋瑛眉間的憂愁，她似乎還有憂心之事。

「梁相這是怎麼了？如此春意美景也無法讓妳舒心？」我不由打趣道。

「秋瑛有一事還在憂慮。」梁秋瑛尷尬地笑了笑，再次蹙眉。

「什麼？」

「孤煌少司的傾慕者遍及全國，女皇殺妖男是為巫月，但是那些女人不明就裡，只知痛惜，為孤煌少司的死而悲痛，終日不思勞作，對女皇心懷怨恨，長此下去，不利巫月穩定。」

我聽完哭笑不得，但也確實在意料之內，我不由輕笑搖頭。

「這些親媽粉啊，孤煌少司是她們的精神糧食。幸好，很多女人是花心的，看來我們要另外打造一支美男天團，來彌補她們心中的空缺了。」

「什、什麼天團？」梁秋瑛莫名看我，我揚唇一笑。

「之後妳自會知曉。」

梁秋瑛稍許安心。

「既然女皇陛下已有打算，那秋瑛就安心了。秋瑛先行告辭，子律之事只能勞煩女皇陛下了。」

「嗯，妳去吧。」

梁秋瑛轉身，看見了懷幽和白殤秋，她再次而笑，轉身側對我一禮。

「女皇陛下，其實宮內多些俊美男子，是能消除女皇陛下一天疲勞與煩憂的。」

我微微一愣，梁秋瑛含笑走出涼亭，走到白殤秋面前時，滿意地笑看他許久，看得白殤秋雙頰發紅才放過他，笑呵呵離開。

懷幽帶白殤秋入內，白殤秋對我一禮：「內侍官白殤秋拜見女皇陛下。」

我點點頭：「殤秋，剛才我還與梁相說起你。」

白殤秋微微一怔，始終頷首低臉，謹守宮內規矩。

我看向他：「以後與我說話要看著我，讓我看到你的眼睛。」

他身子開始緊繃起來，懷幽笑看他。

「別怕，女皇陛下不會吃了你。你會慢慢適應的。」

白殤秋聽了懷幽的話才緩緩抬起頭來，似是做了極大的掙扎，才看向我的臉，但是在看了一眼後，又匆匆垂落眼瞼，不敢與我對視。

「大侍官之職一直空缺，我心屬意於你，但知你父親一直希望你離開宮廷，所以，我尊重你的選擇。」我看著他說。

我說得輕描淡寫，卻讓白殤秋大吃一驚！他怔怔而立，久久沒有回神。

懷幽看他發呆，微笑輕語：「殤秋，女皇陛下讓你選呢。」

白殤秋倏然回神，立時掀袍下跪：「臣謝恩！」

我笑看他：「你謝什麼？是謝這大侍官之職，還是謝准你離宮？」

白殤秋懊惱地拍了拍腦門。

「臣該死！臣太激動了。臣謝女皇陛下賞識，願為大侍官一職！謝女皇陛下，謝女皇陛下！」

他激動地連連叩首，果如梁秋瑛所言，白殤秋也有自己的抱負。

懷幽扶白殤秋起身，我看向他。

「現在，我要交給你第一個任務，看看宮內吃空餉有多少人，在後宮作威作福的又是多少人，把這些皇宮的蛀蟲與流氓，全都趕出宮廷。若有傷人者，交由內廷司依法論處！」

「是！」白殤秋如同出了一口惡氣般，笑容滿面，眸光閃閃！

治國先治家，家裡都清理不乾淨，談什麼治國？這一次，我巫心玉要放開手腳，好好大幹一場！

「心玉。」在白殤秋走後，懷幽喚我。他喚我心玉，必是私事，我看向他，他目露憂慮。「阿寶還未處理……」

我擰起雙眉：「阿寶交給你了，你看著辦吧。」

懷幽微微頷首：「懷幽知道了。」

阿寶也很棘手，但巫月尚未平定，無暇顧及他，只有先把他放在一邊了。

晚上，我讓懷幽叫來了椒萸。

椒萸一身淡橘黃的錦緞長衫，上面繡著荷花綻放的羞怯之姿，襯得他越發柔媚妖嬈，也讓他更加雌雄莫辨。

他懷抱古琴，面露一絲喜悅和激動地跪坐我的面前，墨髮寬鬆地梳成一束垂在身後，一縷髮絲微垂臉邊，在燈光之中，劃過絲絲流光，讓女人心動得無法呼吸。

我滿意地看他，我知道，我這樣一直打量他會讓他不好意思，但我想確保眼前這個翩翩美男能治癒那些失去孤煌少司的女人們的心。

我走到椒萸身前，椒萸越發緊張。懷幽在一旁微笑看著，寵溺的目光像是可以縱容我在他面前調戲別的小美男。

我蹲下，裙襬撲簌墜地，椒萸一驚，臉立時通紅。

「椒萸，你說……你算不算欠我條命？」我揚起唇角。

椒萸一怔，立刻點頭。

「算！當然算！女皇陛下替我椒家鳴冤，又發還我椒家老宅，還殺了我們椒家的仇人……」

我的心不由劃過一抹隱隱的痛，眸光再也無法繼續保持壞笑。

「咳。」懷幽似是有所察覺，輕咳一聲，替我說了起來：「椒萸，現在女皇陛下想讓你為她犧牲一點點色相，你可願意？」

椒萸立時臉紅到了脖子，結巴起來。

「願、願、願意！無論女皇陛下讓椒萸做什麼！椒萸都願意！椒萸已經無以為報了！」

「哈哈。」我抬手捏了捏椒萸紅得發燙的臉：「放心，你不會吃虧的。」

「心玉！」忽的，懷幽低聲喝止，秀眉無奈緊擰。「不要欺負椒萸。」

我笑道：「知道了知道了，椒萸，一直沒聽你彈曲，今晚你總能為我好好彈上一曲了吧。」

椒萸激動點頭：「椒萸這就獻曲！」

立刻擺上琴案，焚起熏香，在清新的幽香之中，椒萸的琴聲也在這宮殿之內，緩緩流淌……

柔美如同春風的琴聲帶著我的思緒回到狐仙山，回到過去，回到記憶的殿堂，在那裡，泗海靜靜微笑，雪髮在流光般的風中，輕輕飛揚……

「女皇陛下！上朝——」

白殤秋的高喊響徹雲天，百官跪於兩旁，朝堂靜謐而肅穆。

玄色鳳袍長長拖地，我在懷幽的攙扶中一步一步走向金鳳皇椅，轉身，端坐，長長的衣襬鋪於台階之上，玄色的衣襬上是金色鳳凰尾翼花紋，如一隻金鳳伏於我的裙下。

「女皇陛下萬歲萬歲萬萬歲——」

「平身。」

百官起身，朝堂上已是煥然一新，左文右武。再也看不到孤煌少司身邊任何黨羽。心情舒暢。

梁秋瑛看向我，她想讓子律接替她為宰相，雖然子律護國有功，但尚且不能為宰相，他需要更多更讓人信服的政績。而且子律是不是想做這個宰相，仍未知。但是，我交代他做的事情，他定不會推辭。

四名侍衛手捧巫月鳳凰劍在百官疑惑好奇的目光中走入朝堂。

我朗聲喚道：「梁子律。」

梁子律在我的話音中一驚，立刻出列：「臣在！」

我沉沉而語：

「封！梁子律為東路欽使，賜青凰劍，自東而下，嚴查巫月東部貪腐及孤煌少司餘黨！」

百官面露驚訝的同時，又頻頻點頭，激動唏噓。

梁子律接過青凰寶劍，面容肅然：「臣！領旨！」

我接著喊道：「蘇凝霜、瑾崋、蕭玉明上前接旨！」

「臣在！」凝霜、瑾崋、玉明立刻出列上前。

「封蘇凝霜為西路欽使，賜銀凰劍，嚴查巫月西部貪腐及孤煌少司餘黨；封瑾崋為南路欽使，賜赤凰劍，嚴查巫月南部貪腐及孤煌少司餘黨；封蕭玉明為北路欽使，賜玄凰劍，嚴查巫月北部貪腐及孤煌少司餘黨。各持凰劍欽使執掌生殺大權，先斬後奏！」

「臣等！接旨——」

隨著子律、凝霜、瑾崋和玉明的朗朗之聲，巫月的清腐行動，也就此展開！

巫月二五九年春，巫心玉女皇平內亂，斬妖男，清君側，用新人！派四使嚴查貪腐，登時巫月上下一片清氣，進入昌平盛世！然，夫王之位依然懸虛，夫王之爭，一觸即發。

（待續）

去。

從懷幽被送入宮開始，他已經知道了自己的命運，或是受女皇寵幸一晚，或是……就此在宮中老

懷幽長相清秀，在巫月國內也算是排得上名次的美男。

在巫月國裡，但凡家中有美少年，急功近利的父母們總想方設法把他們送入宮，期望有一日被女皇看中，使全家榮華富貴。

即使懷幽的父母不想，懷幽的舅舅也看中了懷幽的美貌。

那一天，懷幽始終記得很清晰，他的舅舅要他匆匆起床，拿上包袱，離開了房間。他還記得那是一個柳絮飄飛的季節，像是天空飄著雪。

他的爹娘站在房門邊滿是期待地看著他，但是他沒有拜別他們，因為他的心裡……恨他們。

他不想入宮，他恨舅舅，是舅舅說服了他的爹娘把他賣入宮，無法和自己青梅竹馬的女孩兒長相廝守。

他舅舅把他帶到了孤煌府，那是巫月國的皇族。孤煌家族曾經出過一任男后，然而在那之後，也有百來年沒有男子成為男后了，雖然如此，孤煌家族男子的美貌，依然遠近聞名。

他那天穿著簡單的青衣藍衫，不像其他那些快要入宮的男子刻意打扮一番，他和平時一樣，只是把頭髮梳起，甚至比平時穿得還要簡陋一些。

他始終低著頭站在大廳裡，直到有人來了。

「懷幽！快見過孤煌大人！」他的舅舅推了他一把。

「拜見孤煌大人。」他依舊平靜淡然地跪下。

他甚至不知道這位孤煌大人是誰，在朝中是什麼官職，但如果入宮想被女皇寵幸，能被女皇看一眼，是需要靠關係的。

「抬起頭來。」忽然間傳來了清朗好聽，甚至足以讓男人也大為驚嘆的聲音。懷幽在聽到那動聽悅耳的聲音時，也發了愣。

這世上的男子，還能有這樣好聽的聲音。

「讓你抬頭呢！傻孩子！」他舅舅又急急地催他，陪著笑。「對不起啊，孤煌大人，這孩子沒見過什麼世面，嚇到了。懷幽！快抬頭！」

懷幽這才回神，慢慢地仰起臉，看到眼前這位孤煌大人的那一刻，他知道，他在宮裡是不可能獲得寵幸了，因為，面前這位孤煌大人，實在太俊美了。

那一天，懷幽便成了孤煌少司安插在女皇身邊的人。

孤煌少司給了他一個非常好的職位，女皇的貼身內侍。入宮的男子，沒有成為男妃的那些男子無不想得到這個官職，因為這樣就能時時刻刻待在女皇的身邊，難道還不能得到女皇的一夜寵幸？

然而，懷幽心裡很清楚，這個官職是有目的的。想想，女皇的面前有著孤煌少司這樣的美男子，又怎麼會關注身邊一個小小的內侍？

而他要做的，就是安守本分，在孤煌少司問他話時，認真回報。

事實也證明了他的預見。

孤煌少司一夜之間成了攝政王。

懷幽心中越來越不安，每一天，他的神經都緊繃著，無法放鬆。

他看著一任又一任女皇迷上了孤煌少司，因為他就在她們的身邊，他能清楚看到她們神情的變化。

甚至那些女皇們有時會問他：「懷幽，你覺得攝政王的心裡會有我嗎？」

那個時候，懷幽只有惴惴不安地答：「攝政王的心裡，只有女皇陛下。」

可是，這句話，他卻對無數個女皇說過。

他看到了朝局的變化，他看到了女皇的死，他知道是誰殺死這些女皇，但是，他只能當作什麼都不知道，因為，他不想死。

他恨自己，恨自己的懦弱，恨自己的貪生怕死，可是，他什麼都做不了，他只是一個小小的內侍，朝外的各種元老沒有一個是孤煌少司的對手，他看著他們死在了孤煌少司的手中，而他也還有家人……

他只能步步謹慎，事事小心。

他親手送走每一任女皇，然後清掃寢殿每一處前任女皇留下的痕跡，有時床單上還殘留著她們吐出的血。

宮裡每一縷風刮過的時候，他彷彿都能聽到那些女皇們臨死前痛苦而怨恨的哀嚎，這讓他毛骨悚然，夜不能寐。

漸漸的，他麻木了，因為巫月國的女皇們快要……死光了。

這是最後一位女皇了，她叫巫心玉，是神廟裡的巫女，她是巫月國皇族最後一縷血脈，最後一位名正言順的繼承人，待她一死，孤煌少司就徹底統治了巫月。

他和往常一樣，收拾著寢殿，等候這位新女皇的來臨。

「聽說了嗎？新來的女皇還沒入宮就綁回來一個美男呢！」宮裡的消息並不比外面慢。

懷幽停下了腳步，淡淡看著那些聊天的宮女。

「是啊是啊，是瑾大人的大公子瑾崋！沒想到神廟巫女這麼好色？」

「哈哈哈～～那是因為人家長年沒男人好嗎～～」

「哈哈哈——」

宮女們歡笑著。

懷幽微蹙雙眉，看來又是個好色的女皇，最後的結局仍會一樣，他還是做好他的本分吧。

他帶著孤煌少司安排好的宮女們匆匆趕往女皇的寢殿，卻發現那位新女皇已經在了，而寢殿內的床上果然有一個男子。他匆匆進入，低著頭，拜見她。

「懷幽拜見巫女大人。」

「起來吧，去拿條白綾。」

好聽的聲音讓他一怔，如果說孤煌少司的聲音，是他聽到過的最好聽的男聲，那這位巫女大人便是他聽過的最好聽的女聲，那聲音如同陰霾的天空灑落一縷陽光般給人帶來希望和溫暖。

他匆匆起身，沒有問為何要白綾，他在宮中多年，知道什麼該問什麼不該問。

他把白綾拿來，女皇趕他們離開。他知道，她要殺人，他們不方便在一旁，所以他帶走了所有人，自己獨自留在不遠處，隨時聽候女皇傳喚。

他覺得很奇怪，女皇為何把瑾崋綁來，為何又要賜死他？或許是這位女皇的癖好吧，他服侍過許多女皇，有些女皇有著特殊的癖好。

片刻之後，卻什麼都沒發生，但是那位瑾崋公子卻就此留在了宮裡。他雖然足不出宮，多少知曉宮外之事，否則無法應對宮內各種變化。

他知道孤煌少司要滅瑾崋全家，瑾崋生性耿直，怎會就這樣願意留在宮內做了公子，他不知道這位女皇用了什麼手段，而且，他也不想知道，只消在孤煌少司來時，將此事彙報。

他命人送瑾崋去沐浴更衣，自己進入寢殿準備記錄新女皇的喜好，這樣的事情，他已經做過很多次。雖然他心裡明白，進入這個房間的女皇，不會存活太久，但是，他要努力服侍好她們，讓她們在離開人世前能舒舒服服，這也是他僅僅能為她們做的事情……

「請問女巫大人有何忌口？」他認認真真地問。

新的女皇看似很調皮，一邊答一邊在床上滾，但這不會讓他分心。

「你的聲音很好聽。」

忽然，她說。

他微微一怔，第一次，有人沒有問他攝政王的事，而是說他的聲音好聽。一直以來，他在那些女皇身邊有如空氣，因為她們問的、看的，只有攝政王。

這也是他所期望的，那些女皇把他當空氣。

所以，這位新女皇的關注，反而讓他有了那麼一絲的不安，因為她和那些女皇太不同了，他能感覺到，他的心在告訴他，這位女皇，與眾不同。

「我踹了你舅舅，還把他踹吐血了，你……是不是有些暗爽？」

當她壞笑地說出這句話時，他徹底失去了鎮定，他慌張地逃了出去。她怎麼會知道他心裡恨他舅舅？她怎麼會知道！

她怎麼會知道連攝政王都不知道的事？

他感覺到了，她是故意要擾亂他的情緒，讓他慌張。他能感覺到，她知道他是攝政王的眼線。

「從此，我和攝政王，都是你的主子了……」

這句話，一直迴盪在他的耳邊。這個新女皇，不簡單，每一句話，都在暗示著什麼，打破他的冷靜與鎮定，而他，只想平平安安活到出宮。

而她的容貌……

他開始失神……

當她從浴殿出來時，他明明記得那是如同從月光中走出的仙子般清麗脫俗，讓他望之出神，可是，此時此刻，卻如何也記不起她的容貌。明明美麗，卻無法留在腦海，讓人越發想再見她一面，窺見那清靈出塵的美麗。

他這是……

怎麼了……

他第一次，這樣思思念念那位新的女皇，以前他只需思考女皇穿什麼、吃什麼，安排好她們的食宿，從不會去思念她們，迫切地想再看見她們，留在她們身邊。

他知道了這位女皇越來越多的祕密，他知道她會武功，他知道她要對付孤煌少司，他甚至知道她晚上不在宮中。她顯然是有意讓他知道，她在逼他，逼他效忠，否則，他就是死……

「懷幽，你覺得你未來的命運會如何？」她問。

「會死……」他知道他會死，他是被她逼死的，因為他是孤煌少司的眼線。「懷幽今日與女皇陛下私會，懷幽必死，女皇陛下會殺懷幽滅口。」

「看來你還不夠聰明。」她笑：「殺你的，不是我，而是孤煌少司。」

他身體一怔。

「是嗎？是懷幽沒有向攝政王彙報女皇陛下原來有如此祕密嗎？」

「不，因為我是最後一任女皇。」

他怔怔地看向她，她的容貌有著一種特殊的魔力，只要看著她的臉，他的心就會變得平靜和安詳。

「當你服侍完最後一任女皇，輪到孤煌少司執政，你覺得孤煌少司……會留你嗎？」

他的耳中一片嗡鳴，她提醒了他，他知道了太多太多的祕密，待她一死，他必死無疑！

他的心，終於有了決定，一直以來的聽從，只是為了活命，而這次，他要繼續為活下去而努力！

因為，這次已經到了生死關頭，他必須有所抉擇！

終於，在那片桃樹下，他向她提袍下跪。

他知道，這一跪，不僅僅是獻上他的忠誠，還有，他的心……

「懷幽只想知道，女皇陛下不擔心懷幽出賣女皇陛下嗎？」

她微微一笑，昂首而立。

「我巫心玉，疑人不用，用人不疑！」

一陣風從懷幽面前拂過，揚起了他的髮絲，也吹走了他心中多餘的猶豫和彷徨，他跟定了這位女皇——巫心玉。

國家圖書館出版品預行編目資料

凰的男臣. 5, 愛江山更愛妖男 / 張廉作. -- 初版.
-- 臺北市 : 臺灣角川, 2016.07

面 ;　公分

ISBN 978-986-473-173-2(平裝)

857.7　　105008344

Kadokawa Fantastic Novels DX

凰的男臣5
愛江山更愛妖男

2016年7月25日　初版第1刷發行

作　　者：張廉
插　　畫：Ai×Kira

發 行 人：成田聖
總 編 輯：蔡佩芬
責任編輯：林秀儒
資深設計指導：黃珮君
美術設計：宋芳茹
印　　務：李明修（主任）、張加恩、黎宇凡、潘尚琪

發 行 所：台灣角川股份有限公司
地　　址：105台北市光復北路11巷44號5樓
電　　話：（02）2747-2433
傳　　真：（02）2747-2558
網　　址：http://www.kadokawa.com.tw
劃撥帳戶：台灣角川股份有限公司
劃撥帳號：19487412
法律顧問：寶瀛法律事務所
製　　版：尚騰印刷事業有限公司
ISBN：978-986-473-173-2

香港代理：香港角川有限公司
地　　址：香港新界葵涌興芳路223號新都會廣場第2座17樓 1701-02A室
電　　話：（852）3653-2888